是谁，有勇气
乘上这艘通往
未知
的渡船？！

罪档案

锁命湖

鬼古女 著

世纪文景
Century Literature

世纪出版集团 上海人民出版社

上海世纪文睿文化传播公司 出品

目 录
CONTENTS

引子一

秋日斜阳,略显苍黄,踟蹰坠向天际。昭阳古道,单马轻车,绝尘而至。远望已见湖滨,波光隐隐,在淡淡霞晖下微泛浅橙。那传说中的湖心岛也许是被枯黄的芦苇遮挡,从官道上看不得见,即便如此,这一片恬淡湖景已足以让奔走天涯的旅人驻足。

车放慢,锦帘挑,佳人素颜,却明艳如画中仙,那一份国色,奔波风尘也掩不住。只不过,仔细看,她眉目间有一丝淡淡隐忧,迷离目光望向茫茫湖水,轻声问:"龙郎,莫非是到了?"

驭马驾车的青年索性由缰,车缓行几近停滞,转头说:"可不正是,你我今后的运势,全系于此了。"说着,他不由自主地摸了摸胸口锦囊,锦囊里的羊皮还在。

确切说,他凤中龙今后的运势,全系在那张羊皮上。

羊皮上手绘着一张地图,标记着传说中的元朝将相第一人伯颜的藏宝所在。伯颜曾将元朝大权独揽,一人之下,万人之上。当时的大元帝国声威远镇欧亚,万国来朝。民间相传,无数奇珍异宝,尽归伯颜的太师府,连大汗皇上都没机会看见。

凤中龙是嘉靖朝第一盗侠——这个是京城说书人的讲法,在锦衣卫和东厂的公文里,他是十恶不赦的第一要犯。捉拿盗贼本来是地方捕头的差事,能让锦衣卫和东厂这样的朝廷鹰犬大撒天罗地网的原因,是因为凤中龙犯了"大忌"。入宫行窃乃大忌,偷了伯颜藏宝图是更大的大忌。

仿佛嫌自己惹的麻烦不够多,凤中龙还"顺便"盗走了太师闻炳的独生爱女闻莺,恍若不知闻炳曾是总掌锦衣卫的指挥使。

凤中龙人如其名,花街柳巷中百炼成钢,但自从去年灯市一见闻莺,魂为之牵,遂潜入太师府私会。他自己也没想到,竟能赢得小姐芳心眷顾,许以终身。他带闻莺出逃,立誓要让她过上比太师府中更丰足的生活。这一夙愿,当然也系在那张羊皮上。

帘落、鞭起,马车继续缓行,不久驶下官道,颠簸了一阵,天初暗时,前面现出几间面湖而建的农舍。

凤中龙扶着闻莺下车,歉然说:"娘子,一路辛苦。"

闻莺看着面前的陋舍,再回头望望深灰死寂的湖面,淡淡回道:"辛苦的其实是你,咱们早些歇息吧。"

凤中龙看出闻莺眉间挂着心事,说:"娘子,我知道你自幼锦衣玉食,如今让你住在这等蓬门荜户,连个丫鬟仆妇都没有,实在是委屈你了。只要在这里耐得两日,等我……"

闻莺打断了他的话:"不是因为这些……"

凤中龙恍然大悟:"难道还是因为那个疯癫相士的话?娘子难道忘了,江京府内外的人都如何称呼他?"

"无稽道长。"

"所以他说的不过都是无稽之谈。"

是不是无稽之谈,闻莺不知,但她不愿做这无谓之争。早些时隔帘交语,无稽道长的话依然响在耳边:"昭阳湖那水,近不得。若见蓑衣斗笠人垂钓,竿上无线,要离得越远越好。"

"钓鱼不用线?那钓个什么?"

"钓的不是鱼,是人。"

"道长明示。"

"若见蓑衣人垂钓,必有人暴毙。"

"哦……您刚才说我夫君……"

"近日内恐有血光之灾。"

凤中龙听了,嗤之以鼻。他这行,天天有血光之灾。他和黑白两道的武林人士对决无数,遍体伤痕之多,不少于闻莺自小到大戴过的簪环首饰。

夜半,闻莺被风雨声惊醒。

连日驾车奔波,凤中龙疲惫不堪,睡得极沉。闻莺感觉有风从窗棂间透入,吹得她脸颊发寒,便披衣起身,来到窗前。

鬼使神差,她打开了那扇窗。

窗外就是夜幕下烟雨中的昭阳湖。风肆虐,雨癫狂,电闪如蛇窜。

刹那光芒,照出湖面上一叶扁舟,舟上如石雕,一个垂钓中的蓑衣人。

闻莺的心如鹿跳,以为是自己睡眼蒙眬。仔细看,不但那蓑衣人真实无比,她甚至能看见他的鱼竿,竿上无线!

若见蓑衣人垂钓,必有人暴毙。

一只手搭上了她的肩头,闻莺惊呼。

是凤中龙。

“娘子,这等风雨,为什么站在窗前,若是着了风寒,我可怎么向太师交代。”凤中龙温声打趣。

“龙郎,你难道没看见那条小船……蓑衣人……?”

凤中龙定睛望去,黑暗里,一片雨织的雾,什么也看不见。“我素来昼伏夜出,更是常在不见天日的水下往来,双眼的夜视之能,胜于灵猫,可是我怎么看,湖面上都未见任何船只人烟哪。”

闻莺再仔细看,果然,湖面上只是一片黑暗。

“可是,我分明看见……”

“那臭道士的骗术,让人疑神疑鬼,扰乱心神,自然会看出虚幻之像。”凤中龙拢住闻莺,掩紧了木窗,“娘子,好生休养,我也要再好好睡一觉,明天若转晴,我还要入水探宝呢。”

是夜,闻莺再没能入眠。

风雨渐止的凌晨,闻莺才淡入无梦之乡。醒来时,身边已不见了凤中龙。

不祥之感陡升，她叫了声"龙郎"，无人回应。

她冲出卧房，外屋的灶上一锅粥温热，凤中龙的长刀入鞘，和飞虎抓一并躺在桌上，但屋里没有他的身影，更不祥的预感袭来——他出门从不会忘了带兵刃。

飞快地拉开门，扑面而来的是昭阳湖的清凉。湖面澄清冷静，仿佛昨夜的风雨凌乱从未发生。

没有凤中龙。

她的心往下沉，痴痴地盯着湖面，难道那疯癫道人的话真的应验了？

"娘子……"

闻莺惊诧地转过身，仿佛昨夜的重演，凤中龙无声地站在她身后。

"我四处找你……"

"我就坐在后院门口，研习伯颜的那张藏宝图。"凤中龙拍拍胸口。

对了，后门。我忘了这农舍有个小小的后门。闻莺也拍了拍心口，扑入凤中龙怀中："刚才，真是吓煞我了。"

凤中龙笑道："好在我拿到伯颜宝藏后，就要金盆洗手，若是继续干老行当，刀尖舔血，娘子你岂不是整日整夜都要在惶恐中熬煎？"

闻莺看了看湖面，心想："我倒是情愿你忘了这伯颜宝藏，离开这昭阳湖，像那无稽道长所说，离得越远越好。"

为什么？就因为相士的一句话？

回到屋中，凤中龙又摊开那藏宝图，说："娘子你看，此处是湖心岛，宝藏就在岛下岩洞之中。早些时，我已花重金从邻家渔人那里租来小舟，我这就启程，半个时辰内便能划到岛边，若一切顺利，黄昏之前必能返回。即便一时寻不到藏宝的洞穴，我也会在黄昏前返回，明日再探。"

闻莺默默颔首。

转眼间，凤中龙已换上紧身水靠。

临走时，凤中龙在闻莺颊上一吻，闻莺忽然紧紧抓住了凤中龙的手臂："龙郎，你我离开这儿吧，伯颜宝藏我们不要也罢，我可以不用锦衣玉食，我可以不用丫鬟伺候，我可以学做很多事的，我带出来的首饰珠宝，变卖了，足够我们开一爿店铺，或者买几顷良田，我只是不想……"

"你不想我冒这风险……"凤中龙轻抚闻莺秀发，"可是，这风险可谓小之又小，我江湖外号凤中龙，就是朋友们赞我水上功夫天下无敌，入水如游龙，当年为劫一艘运银船，我曾在东海的狂风恶浪中漂流三天三夜；而你看今日这湖面，平如明镜，毫无风波，又怎会出事？"

"会不会，这湖里有妖？"

凤中龙笑了："你啊，戏园子去得多了，野史小说看得多了，我游过、潜过多少江河湖泊，从未见过水中有任何妖孽，就好像我长年夜行，也从未见过任何魑魅魍魉。"

"可是……"

"娘子，不用担心。拿到宝藏后，我从此不再为盗，你便不用担惊受怕——知不知道，天下多少名捕，都指望在他们的墓碑之上，刻下'擒获江洋大盗凤中龙'的光鲜字句——再者，做农妇，耕织劳苦，你愿意，我还舍不得呢。"

闻莺远未被说服，她只好拿出最后一招："龙郎，我知道拦不住，但有一事，我还没来得及告诉你，今日说出来，还望你三思……我……我已身怀六甲。"

凤中龙的双眼陡然睁圆，脸上笑容绽得好大，如沐甘露的舒心之笑，他紧抱闻莺："真的？我要为人父了！"他是个孤儿，在颠沛中长大，曾发誓要将天下一切美好给自己的孩子。

"龙郎，为了这孩子，望你慎重行事。"

"可是，育儿不易，我也更不该再做盗贼，伯颜的宝藏正好能让这孩子不用经受我儿时的苦楚。"

闻莺深深后悔，这消息似乎适得其反，更增凤中龙湖心探宝的决心。

凤中龙荡桨如飞，周遭视野所及，再没有第二条船只。此刻，他感觉自己是天下最幸运之人，红颜知己、亲生骨肉、金银满仓——就只缺金银满仓了，今日之后，什么都不缺了。

难以描摹的惊喜心境一路相伴,似乎只是一转眼的工夫,就到了湖心岛。他再次仔细研读羊皮上的地图,摆舟到一块突出的细长礁石边。举头望日,定准方向,他可以确定这就是地图上所标的"龙须岩"。"龙须岩"来系风中龙的探宝小舟,再贴切不过。

含一口丹田气,风中龙潜入昭阳湖。

大概是昨夜风雨搅扰,湖水颇为浑浊,但风中龙潜过比这浑了多倍的黄海黄河,并不觉得被碍了视线。他一路向下游去十余丈,嘴角忽然露出笑容——眼前是一块橙红色的礁石,形状如鸡,毋庸置疑,藏宝图上标的"凤仪石"。

"龙须岩"、"凤仪石",我名凤、中、龙,这难道不是天授我伯颜的宝藏,不笑纳也难。

风中龙按地图所标,绕过凤仪石,再向下三丈左右,就应该能看见藏宝岩洞的洞口。他睁大了眼睛,知道这洞口不可能如狮口大开,一定要细细寻查。看见了!

他忽然觉得右踝之上一紧,接着小腿肚一抽,莫非是被水草纠缠?

他低头看去,不见水草,但感觉得出,一个阴影似乎在逼近。他拔出自己在水中作战成名的兵刃锯齿断月刀,随时准备一击。

在陆上,风中龙绝不敢称天下武功第一,但在水里,他是真正的传奇。

可是那阴影,似乎无处不在,他能感觉到一种箭在弦上的紧迫感在向他靠拢,却看不清他的敌人。陡然间,他平生第一次在水中感觉到了恐惧。

已近黄昏,闻莺的心比落日沉得还快还重。她远望向那湖心岛,没有船的影子。

她站在水边,直至月上西天。

直至风中龙的尸体浮上水面。

太师府迎回了被劫的小姐,花颜依旧人已非,闻莺小姐从此嘴里只有一句话,和苏东坡的名句几无二致:"一蓑烟雨钓残生"。

引子二

"啪"的一个响雷,把屋里两个女生吓得几乎同时从椅子上跳了起来。她们刚读罢一份手稿,风中龙和闻莺,褰衣人悬空垂钓,死尸浮出水面……看得惊魂未定,一阵呼啦啦响,屋外暴雨骤至。

长发的女生是沈溶溶,暑假前刚从护校毕业,离报到上班还有一个月左右,经人介绍到这家来打工,照顾一位终年卧床的病人。今晚主人外出,沈溶溶说服好朋友钱菁来作伴。病人早已入睡,两个人闲极无聊,正好看见主人书桌上有一份手稿。

钱菁看了一眼窗外,又一道闪电划过,她说:"那不是湖心岛吗?"

沈溶溶走到床前,病人正在熟睡。她转过身说:"是啊,才看到吗?这里白天不下雨的时候,蓝蓝的天,碧绿的水,风景可好了,别看这儿现在是一片农民房,以后一定会像湖东区那边一样被开发,盖别墅或者是度假村。"

钱菁看了看灰泥散败的砖墙和似乎随时都会朽断的梁椽,坐了下来,念叨了声"农民房",一个念头突然冒出,她又翻到手稿的第一页看了起来,看着看着,看到"前面现出几间面湖而建的农舍",突然又站了起来,再看一眼窗外,转目盯着沈溶溶:"我突然想……天哪,会不会……"

沈溶溶觉得好奇怪,也看了一眼窗外,顿时明白了:"你是说,我们这里……这间房,就是小说里的农舍!"

"风中龙和闻莺住过的农舍!"

沈溶溶惊了一阵,稳定下来说:"好了,别吓唬自己了,那只是小说。写小说的人顺手把自己住的环境写到故事里,不用挖空心思做景物描写,看看窗外就行了。我看,只是作者偷懒而已,难怪到现在还没有写出名。"她对主人的"经济状况"还是有所了解的。

"你是说,那个什么蓑衣人的传说,都是这个人编出来的?"

"传说都是编出来的,所以才叫传说,不是编出来的叫历史。"沈溶溶说,"不过,我倒是听过我奶奶说起过这个故事,住在昭阳湖附近的人应该都听说过,但是,我从小到大,在湖里游泳、划船,什么都玩过,也从来没见过什么蓑衣人钓鱼。"

两人都下意识地瞥一眼窗外,仿佛要证实蓑衣人传说的荒谬。可是,这却成为她们一生中最为之后悔的一瞥。

一道闪电吻合了那一瞥,照亮河面上的一叶小舟。

和舟上的蓑衣人。

两个女孩的心被死神攫住,每一跳都惶恐而剧烈,一下,两下,三、四、五。

小船上一共有五名蓑衣人!

雨打在屋顶油毡,筛豆般响,风透过无法紧闭的窗棂,呜咽阵阵;但屋里静得出奇。

足足静了好几分钟,钱菁才说:"你也看到了?"

她的问话几乎和沈溶溶的突然开口交叠:"你看没看见?"

两人又几乎同时问:"你看见几个?"

两人都伸出了一只手掌,每个人的五根手指都在微微颤抖。

"难道说,要死五个人?"

没有闪电的照耀,只有室内灯光的帮倒忙,再看窗外时只见一片漆黑。两个人不敢开窗,脸贴着玻璃,湖面上好像盘古被孵出来之前的世界,只是一团混沌。

沈溶溶说:"一定是我们看到刚才那个故事,先入为主了,产生幻觉。"她自恃护校里学过些基础的精神病学,为刚才的异象找到解释。

"我们两个人同时产生幻觉?而且同时看到船上有五个人?"钱菁摇着头,向门口走去,她要拉开门看个究竟。

可是没走出几步，雷鸣声中，屋里突然没了光亮。

"这里的设备特烂，刮风下雨的时候经常断电。"沈溶溶的声音在黑暗中响起，"所以他们家一直备着蜡烛，你等一下……"

擦火柴的声音，一小簇火花冉冉，沈溶溶故作庄严地说："是我，给世界带来了光明……在爱迪生的发明不管用的时候。"

钱菁望向初燃的蜡烛，笑出声来。

但笑声戛然而止，随即变成了惊叫——晕暗的烛光照耀下，沈溶溶的身后，悄无声息地站着一个人，一个没有脸的人。

一头长发遮住了脸。

沈溶溶被钱菁的叫声惊呆，她的第六感带着她缓缓转过头，面对着藏在黑发后的脸，她张嘴欲呼，一双枯瘦的手猛然掐住了她的脖子。

昭阳湖唯一成规模的一片芦苇滩在湖的西南角，春夏秋季，都有鸥鹭出没，也是业余渔人们最幸福的时光。

何大维一大早就把小船摇出来，船尾坐着仍睡眼惺忪的儿子何欢。何欢十二岁，初一，一脸沮丧。对他来说，坐在一条小船上钓鱼是姜太公那个年代和姜太公那个年纪的离退休人员的休闲活动。就算真的要钓鱼，他也宁可在计算机上钓或者在 PS2 上钓。可是这个老爸，喜欢钓鱼到了自己买船的地步，又买不起豪华游艇，只买了这么个小小的"手动挡"，不到三米长的复合材料小船。现在就差在船头摆上个爷爷家储藏室里见过的上世纪的卡带录音机，放着"让我们荡起双桨，小船儿推开波浪"。

"傻坐着干什么，还不帮我摇船。我正好可以把蚯蚓穿上钩。"何大伟看出儿子的心事，但知难而上。这小子在家里捂得太厉害，该多和大自然接触接触。

何欢无奈地开始划船。一手料理粘乎乎的蚯蚓，他想到就恶心，索性把目光移向侧面，躲开老爸的原始人类民俗表演。

他这一扭头，才知道是多么错误的决定。

惊叫。

"爸,你看那里,是什么? 那团白乎乎的东西。"

何大维举目望去,不远处的湖面上,惨白的一团,滞在水面和芦苇间。

"奇怪,划过去看看。"

"干吗?"

"划过去看看。"何大维坚持道。

这是老爸做的错误决定。船靠近。

又一声惊叫。

何欢的惊叫带着哭腔,他不是没见过世面,不是没见过血腥和死亡,他偷偷玩过很多血战沙场或屠龙除魔的游戏,但都不能帮助他应对眼前的场景。

一具被湖水泡得灰白肿胀的女尸,全身赤裸。

十天后,第二具尸体被冲上湖滩,死者男性。

之后数日内,另有三具男尸在昭阳湖上、湖边被发现,成为该年度江京市及周边地区的最大恶性案件之一。

至今未破。

1　长发、短裙、毒眼

　　那兰从不会迟到,下一班摆渡 9:25 出发,她提前十分钟就到了渡口,买了船票。

　　问题是,渡船迟到了。

　　对此那兰也习以为常,任何约会的情况,那兰总是提前或准时到的一方,自小如此。换作你我,空等的挫折后,这守时的习惯可能早已被同化成"别太认真",偏偏那兰是个很难被同化的女孩子——江京大学心理学系自古出美女,像她这样的资质,按照促狭男生的说法,社会同化的结果,她应该百分百"已为人妻",至少"已为人三"(小三),她却孑然一身,考研、考证(心理咨询师)。

　　她望向湖心岛,骄阳下一团青葱,显然绿化到位。她估摸着距离,不会超过三公里,假如戴上脚蹼,应该可以顺利横渡——她从七岁开始在父亲的带动下苦练游泳,寒暑不辍,后来成为少体校游泳队的业余队员,现在还是江大游泳队的队长。

　　五周年的祭日将至,凶手依旧逍遥法外,爸爸你亡灵安在?

　　想起父亲,她有意识地开始深呼吸。现在不是追悼忆念的时候。

　　摆渡终于从湖心岛的另一侧绕了出来,疾驶向渡口,仿佛知道自己晚了,要弥补失去的时间。

　　等待的功夫,那兰将今天的任务在脑子里又过了一遍:见了面怎么说,说不通怎么办,什么算是取得成效,如果一无所获,怎么交差。

　　至少,今天要交谈的对象,不是一位重刑犯。

　　过去的三个月里,那兰每天搭车到江城坊监狱,采访重刑犯,在导师的指点下完成毕业设计。这是一个她认为普通而有意义的课题，却被校刊夸张为江大心理学系有史以来最野心勃勃的毕业设计。她试图通过对重刑犯的成长背景、心理健康状况、作案动机等进行统计分析，寻找犯罪心理的规律。和重刑犯交谈，即便有狱警在场协助，也远非和睦舒畅，她不知受了多少怨毒的攻击、轻蔑的白眼和不加掩饰的调戏。

　　大概这是为什么暑假一到，她就暂别这样自我摧残的生活，寻找机会打一份悠闲点儿更健康点儿的工。

　　这些都是陶子的总结。

　　陶子和那兰，江大心理学系的两朵霸王花。老教授们回忆，上一回心理学系同时出现两位才貌兼修、彼此又是闺中密友的学生，还是在二十五年前。上个世纪的那两位女主角，一位现在是外交部副部长，另一位是美国一个连锁康复中心的总裁，身价过亿。

　　渡轮刚靠岸，门开的刹那，船上的人匆匆而出，等船的人迫不及待地走入。除那兰外，另几个乘客看上去都是主妇或者保姆，晨购归来，提包挎篮，准备在烈日发威的巅峰期之前返回湖心岛的一片阴凉。

　　掌渡的老板四十岁出头的模样，不知是剃的、还是天然的光头，戴着几乎要遮住半边脸的墨镜——整日在烈日下掌船，不戴墨镜倒要奇怪了。他身材矮，但不小，两条腿像两条粗木桩子，下盘稳得让人一见就忘了水上的颠簸。他和乘客们都是老相识，寒暄说笑，看到那兰，笑着说："让我壮着胆子猜一猜，你是来找秦淮的，对不对？"

　　那兰也还以一笑："您这船上有镜子吗？"

　　渡老板一愣，那兰说："我早上出门前仔细照过，脑门儿上没有写着要来见谁，您是怎么猜的？"

　　竖着耳朵的另几位乘客在笑，渡老板说："要说也不难，打扮庄重、独身搭船的漂亮女孩子，十个里有六个半是来找秦淮的。"

　　"慕名来拜见？"

　　"或者是女朋友，谁知道。那是人家私事。"渡老板再次打量那兰，"那你是因为……"

那兰心想，这是我的私事。却笑言："公事。"

"公事？"

"关于书稿的事。"公事私事，那兰都不愿多谈。

渡老板拍拍光明顶："瞧我这人，他是写书的，公事当然是谈书稿。你是哪家出版社的？"

"我只是给出版商打工的，派过来……给他做助理。"那兰立刻知道用错了词，但话已出口，覆水难收，只希望轮渡引擎的轰鸣可以屏蔽住其余几位乘客的雷达。

但她们的卫星接收器抗干扰一流，脸上都露出会心微笑，八卦版的浸淫，她们都知道"助理"的深意。

也许，戴上一双脚蹼、游去湖心岛，并非一个坏主意。

终于到了岛边。轮渡缓缓绕岛半周，在另一侧没有礁石的渡口靠岸。

岛上候船的人屈指可数，那长发短裙的女子格外惹眼。

渡老板显然有意说给那兰听："瞧，这就有一位。"一位谁？秦淮的"私事"？

那女子戴着墨镜。不知为什么，那兰感觉，墨镜后的双眼，从老远就开始锁定自己。她甚至感觉，那女子的双眼是红的，眼角是湿的，眼光是毒的。

没有任何理由，只是一种感觉。

乘客依次下船，那兰走在最后，墨镜后的目光跟着她谢过掌渡老板，跟着她走上台阶，跟着她稍整鬓发，跟着她和目光的主人擦肩而过，跟着她出了渡口的栏杆门。

擦肩的刹那，那兰吸入了薰衣草的香水味道。

那兰的举手投足，都落在那人眼里。

看来，这位下船来的美女，就是万众期待的"新人"。虽然早有预料，来的这位"新人"一定夺目，但那人还是惊诧于那兰的明艳和气质。素颜，清丽而不浮华的着装,沉静但蕴藏着仪态万方的潜能。此曲只应天上有。

想到这里,那人不禁为那兰惋惜。如此妙人,却要成为一个牺牲品。

那人眼中夹杂着悲悯、欲望、兴奋和失望,但目光很快被一个身影打断。

"您就是那兰吧!"渡口外,一个洪亮的声音,一只热情的大手,一个魁梧健硕的男子。

"是我,您是……"乍一看,那兰以为是秦淮本人到了,但随即想起,读书报上秦淮的照片,并非这个模样。照片里的秦淮,和许多作家的照片异曲同工,故作深沉,神色忧郁。眼前这个男子全然不同,一双大眼,一抹浓眉,一口白牙,一片爽朗。

"我叫方文东,秦淮让我来接您。"那兰想起为这个工作事先做的功课:方文东也是位悬疑小说作家,几乎和秦淮同时出道,只不过成就远逊。两个人是知交好友,经常同时出现在研讨会、签售会和校园讲座。

她向方文东颔首微笑:"久仰。"

"不敢当。我没有像秦淮那样被多家约稿的压力,所以经常帮他跑跑腿儿,快成他的专业司机了。当然,我们是铁哥们儿,他给我的帮助就更大了。"方文东领着那兰走向停在渡口外的一辆"宝马"。

汽笛猛然一响,似乎提醒了那兰:尖锐的目光,从远处来,跟着她走到车边。

她缓缓转身,如有刀尖顶在脖后。

轮渡出发离去,那目光仍在。长发短裙的女子,俏立船尾,面向湖心岛,那兰几乎可以肯定,她还盯着自己。

墨镜后的目光那兰看不见,但有感觉,似乎写着怨毒二字。

她是谁?

那兰的转身迟疑,方文东一目了然,他欲言又止,那兰也没有开口询问。

方文东为那兰拉开了副驾的车门,够绅士,够专业,那兰谢过。车门都关上后,那兰的鼻中幽香阵阵。女人香水的味道,薰衣草的味道。

这辆车载着那女子来到渡口,又接上了那兰。

秦淮，业界昭著的"集邮男作家"，名不虚传。

"我知道您在想什么。"方文东启动了引擎，但没有急着倒车，"那个女孩儿——宁雨欣，我刚才开车带她过来，送她回江京。您这时一定在想，她是秦淮众多绯闻中的一个。"

从掌渡老板，到掌车老板，今天遇见的都是能掐会算的诸葛亮。她听说过宁雨欣，小有名气的美女作家，忧郁言情派。

"绯闻不绯闻，和我无关啊。"

"有关，非常有关。"方文东从后座上取过一个皮包，开始翻找，"等会儿您就知道了。"他终于找到了目标，抽出一张报纸，递给那兰："这位看着眼熟不？"

那兰看了一眼报纸上的一张美女照，就是此刻轮渡上漂往江京的宁雨欣。昨天的八卦版，桃红色的醒目标题，《美女作家网络自曝艳史》，文中另一处，略小的一张照片，是方文东掌下座驾的主人，秦淮。

"我还是不明白，为什么要我看这个？我是来做他的写作助理，可不是他的公关助理。"那兰皱眉，心里脸上，都是反感。

方文东忙说："完全没有这个意思。"他开始将车驶离渡口，又说："大概不用我来强化，您也该知道，秦淮的口碑，是有点儿那个。但我很想让所有人知道，他其实不是那种人，都是一些偏执的女孩儿、无聊的媒体，炒出了秦淮那么个花花公子的形象。"

山路曲折，两旁绿树丛中，彩墙青瓦闪现，已经经过了数十家别墅或者联体别墅。

"这位宁雨欣，倒是真的和秦淮认识，毕竟都是江京作家圈子里的人，但从来没有超越过普通朋友关系。"方文东车开得很稳，"可她不知怎么，就认定了两人早已是情侣。这不，昨晚又找上门来，说秦淮不该始乱终弃；可秦淮委屈啊，一个巴掌拍不响，一个人'乱'不起来，又哪里来的'弃'呢？秦淮最大的毛病，就是心软，天黑下来了，还是让她在客房住了一晚，早上才让我送她走。"

不顾外面气温已过 35 度，那兰将窗户撬开，仿佛方文东越解释越黑的八卦把小车塞得太满。

"这对我的工作到底会有什么影响呢？"她彬彬有礼地问，不期望任何有逻辑的答案。

方文东愣了一下，想了片刻，才说："您不是得天天和秦淮打交道嘛，了解一下他的本质会有帮助，他真的不是什么'集邮男作家'，也不像报纸上说得那么不堪，他是个淳朴、正直的人，我认识他好几年了，应该最有发言权。"

原来，方文东是秦淮真正的公关助理。

"谢谢，我会注意，不会随意贬低他的人格……也会尽量和他和睦相处。"

"我倒也不是说他有多完美，相处起来您就会知道，他……他是有点儿古怪，性格上的小缺点，谁都会有，但瑕不掩瑜。"

那兰想起了她在监狱调查的经历："我的上一份工作，接触的那些人，性格上也都有些缺点。"

方文东显然没体会到那兰话里的"无奈"，说了声："那就好。"又像是自言自语地说，"希望宁雨欣不要像纠缠秦淮那样骚扰您，她现在处于一种极度偏执的状态，我感觉，她甚至会把您假想为……"

"情敌？"那兰终于知道方文东在渡口外欲言又止的原因。可以想象，宁雨欣在车中是如何审问方文东，要接的这位"贵客"是什么来路。

"应该没那么严重，可能只是我在多想。"方文东叹了口气。

那兰忽然觉得，也许这个工作，比在监狱里做调查表好不了多少。

2 一见秦淮误终身

至少,新的工作环境比那兰的上一个"工地"强了百倍。秦淮的三层别墅通体雪白,红瓦屋顶,地中海建筑的风格。一排玫瑰绕墙而植,此刻虽然花期已过,倒还剩了些残红。

七尺须眉,植一众玫瑰在窗外,怨得他人道风流?

悠扬的钢琴曲从楼里飘来,耳熟能详的《致爱丽丝》。那兰暗暗轻叹:倒不是贝多芬的杰作值得贬低,只不过此曲已被贴上"流行钢琴曲"的标签,影射了主人的口味。

从门庭,沿着仿汉白玉石的台阶走到门口,方文东取出一串钥匙打开门,叮咚铃响,似大珠小珠落玉盘,不绝于耳,显然是安全警报系统。方文东在门口的一块仪表板上输入了密码,清脆铃声被封口。

秦淮对方文东的信任,可见一斑。那兰想想,自己和陶子的交情,是否到了这样的"深度"?

门口的墙壁上,贴着一盏乳白色的球形灯,想必是晚间可以为门口照明。墙角还有两盏小小的灯,很不起眼。那兰多看了两眼,有种感觉,那不是一对灯,而是一双眼睛——闭路电视监视系统。

进屋后,方文东径直走到厨房,将那串钥匙挂在壁橱边的一个小小钥匙架上,一边招呼:"你请坐,沙发上,靠椅上,随便坐,我给拿点儿饮料,咖啡、可乐、橘汁、矿泉水、红茶,你随便点。"方文东在这里做主很自在,显然是常客,显然是秦淮的心腹。"您"的称呼变成了"你",更随和,更自如。

那兰坐在沙发上,客厅的长窗落地,窗外一面湖水,玛瑙般璀蓝。靠墙一架三角钢琴,盖得严严实实——钢琴声是从头顶的环绕音响里飘出的,并没有人现场表演。

"米林水就好。"

"口味淡?"方文东很快从冰箱里拿出一瓶矿泉水。

"天热,白水最解渴,可乐、茶、咖啡什么的,反而有脱水作用。另外……"

方文东静静等着回答。

"您说对了,我口味的确淡。"那兰坚守着"您"字诀。

"君子之交淡如水,过去行得通,但是现在的世风,日新月异,早已不适用;和美女打交道,古往今来,更是永远'淡'不得。"另一个男声,和方文东的声音不同。方文东声音浑厚,这位老兄的声音磁性。"美女更习惯于珠宝、香车、九百九十九朵玫瑰、网络一夜成名,口味淡的真不多。"

秦淮。

说的话,和他的笔名一样俗艳。

那兰几乎就要起身告辞了。

但她没逃,她没这个习惯。何况,看见秦淮走来,她心头微微一动。过去,在报纸上见过他的几张照片,知道他除了名利之外,长相上也有当"集邮作家"的资本,帅得可以让各种年龄段的女生怦然心动。现在一见,才知道方寸小照的局限,那只能平面地描摹人形。眼前立体的秦淮,是吐血雕凿的精品,最致命的是那双眼,带着那么点散淡,带着那么点玩世不恭,但更多的是忧郁,深不见底的忧郁。从以前的照片看,忧郁是种故作姿态,而此刻立体地看,这忧郁比窗外的蝉声还真切。大多数女孩子都有天然母性,看到有千万身家的俊朗忧郁男子,都会奋不顾身、自告奋勇想要去抚平伤痕。

结果自己落下一身伤痕。

她忽然可以理解,长发短裙的宁雨欣为何会陷得那么深。

秦淮伸出手,眉目间飘着笑意,暂时将阴郁遮掩:"你真的就是那兰?"

那兰起身,和秦淮握手,出乎意料了一回——她印象中在湖心岛幽居写作的秦淮,一定是细皮嫩肉,手无缚鸡之力的阴柔之辈——她此刻握到的这只手,肤质粗糙,骨节硬朗,像是体力劳动者辛苦多年后的手。她几乎是条件反射似的注视秦淮的面容,他脸上的肤色也非奶油小生的粉白,而是经过风霜日晒的红褐。

你真的就是那兰?这是什么样的问题?

"我就是那兰,一介学生而已,目前好像还没有发现任何冒名顶替我的理由。"

"对不起,我不是这个意思,"秦淮的笑里却没带任何歉疚。"我只是说,我有点儿惊讶,没想到海满天会给我派来这样一道风景,美不胜收。"

用风景比美女。那兰只瞄过两眼秦淮的作品,就看出他不过是披着悬疑的外衣写言情小说,以此带动广大小女生掏腰包,今日耳闻眼见,他文字风格已洋溢谈吐之间,果然如此。那兰甚至想,如果这句话要我来说,"一道风景"已有足够味道,"美不胜收"这四个字反成了累赘,大可省略。

不知他和宁雨欣第一次见面时,是否也用这样不上档次的比喻?

秦淮提到的海满天,是那兰真正的老板,国内数一数二的出版人,客户都是畅销书作者。从和海满天交谈中听出,他和秦淮私交甚笃,也了解秦淮的写作态度。

秦淮的写作态度,一言以蔽之,拖。

那兰公事公办地微笑,从包里取出记事本:"既然提到海总……这是他给我的一份上个月刚更新过的出版计划,他希望您抽一点时间和我再温习一遍……"

"'您'这个字让我浑身起鸡皮疙瘩。"秦淮在那兰的身边坐下,对初次相见的人而言,距离有些过近。"当然,学而时习之,不亦说乎;和美女同学同习之,其乐无穷乎。"

那兰在肚子里叹气,真想一巴掌"呼"在他那有型的脸上:"当初和你签了草约,就是这本叫《锁命湖》的悬疑小说,双方对写作进程都有相当保守的估计,一月份开始创作,十月份交初稿,明年伊始出版,正好赶上三月份的北京书展,四月份的全国书市……"

"五月份的海南交易会、五月份的重庆书展,等等等等。"从心理学上看,秦淮这种喜欢打断人说话的习惯,可能是情绪不安定的表现,更可能是以自我为中心的性格。

或者,他只是想尽快结束工作之谈,继续他的拈花惹草。

秦淮目光灼灼,盯着那兰,显然没有认为自己有任何失礼之处,"其实海满天是在和我耍花枪,谁不知道他推书如反掌,从来用不着走那些正式渠道,这个书市,那个书展,都只是他的借口。他只是想让我尽快写完,他尽快赚到钱……应该说是我们尽快赚到钱,然后尽快进入下一个赚钱周期。所以他让你来做所谓的写作助理,其实是来催稿。"

那兰心中再叹,面上继续保持微笑,"明人面前不说暗话。我能帮你做些什么?请你尽管吩咐,查资料、键入手稿,我都可以立刻开始。"

"带泳装了吗?"

"什么?"那兰以为自己像秦淮小说里的很多角色一样,有了幻听。

"泳装。你既然每天跑通勤到湖心岛来,为什么不充分利用这里得天独厚的自然资源?我知道一个绝佳的游泳去处,目前还没什么人知道……"颠覆一下孟子老先生的话,秦淮有种不知耻而后勇的精神。

"海总和我谈工作条件时没提到过这条福利,游泳的事就免了吧。你再想想,有没有和写作《锁命湖》相关的工作我可以直接帮助你的?"那兰暗暗感谢着在监狱采访中来的经验教训和增厚的脸皮,依旧保持着镇静。

"有,当然有,午餐的时候我们可以慢慢谈。"秦淮惬意地靠在沙发上,微闭双眼,旗帜鲜明地表示出对工作的"兴趣","午餐谈不完,咱们晚餐接着谈。"

"海总应该和你说过,我的工作时间是早上十点到下午三点半。"

"如果我付加班费呢?"

"如果你相信钱真的可以买到一切。"

客厅里一片沉寂,空调低频的哼鸣轻易霸占了所有空间。方文东说有事要去江京,早已离开,连个打圆场的都没有。

那兰知道,仅凭那句话,她就成功地炒了自己的鱿鱼。她远非不懂世故,也没有辜负心理学的锤炼,但此刻,她不在乎得罪这位"雇主"。迁就和忍让或许可以让你的周围四季如春,但绝非解决矛盾的上策。尤其,对眼前这位狂妄而自命风流的所谓"一线作家",理论上应该避之唯恐不及。

秦淮忽然从茶几上拿起了遥控器,打开了电视,央视的经济频道。"这基本上是我电视消费的唯一频道,看来看去,好像钱真的可以买到一切。"他的语调淡淡,即便有愠怒,也裹了起来。

他的手机响起,铃声也是钢琴曲,肖邦的《悲伤练习曲》。附庸风雅,故作忧愁,进一步证实了秦淮的特征。

秦淮没有回避,打来电话的是海满天。秦淮一口一个"我会善待她",那兰毛骨悚然,再度和监狱采访的日子做起对比。

"瞧,他还怕我虐待你,其实一直是我在被你痛批。"秦淮放下电话后说。

"关于书稿,海总叮嘱我,一定要掌握好具体的进展……"

"刚才我以为你是在开玩笑,看来,你真的是来……"秦淮爱打断别人说话的毛病并没有消失。

"催稿的,"那兰下定决心图穷匕见。"电话里、E-mail 里,你对海总都是含糊其辞,到底书稿写了十万字,还是根本没有动笔,没有人知道。"

秦淮站起身,一声长叹:"海满天不愿自己死缠烂打,所以派美女做他的鹰犬,逼我就范。跟我到书房来吧,我让你看进度。不过,我就范了,你也要就'饭'……你美得像不食人间烟火,总不能真的连午饭都不吃吧。"

那兰皱眉,抬头看墙上挂钟:"可是,现在才十点半!"

经过高密度的开发,湖心岛上的公寓楼、别墅楼栉比鳞次,虽超不过千户人家,却有多家餐馆。"螺居"是家海鲜特色的小馆,也是秦淮的最爱。他执意请那兰吃"工作餐","寥寥"四菜一羹,龙虾鲜贝已在其中。

"你刚才不是对海鲜没意见吗,怎么还眉头紧锁? 或者,你压根儿就不会笑?"秦淮调侃着。

那兰没有舒展双眉,心里想着"无聊"二字,应付说:"我们见面时,你没开口前,我笑过。"

"那种公事公办、敷衍的微笑，不能算。"

"既然说到公事……"

"现在是用餐时间，可以不谈公事。"

那兰皱眉，继续说："整整半年，你在媒体上宣传说'呕心沥血'、'世纪大作'的小说，只完成了一个引子，五千个字……"来饭馆前，那兰已经读完了秦淮新作完成的部分，一个明朝人探宝的小故事和几具尸体被发现的过程，仅此而已。她觉得秦淮是在开玩笑。

"两个引子，五千七百五十三个字。"秦淮居然斗胆"纠正"她。

"整整半年，你一共完成了五千七百五十三个字，平均每天三十个字不到，看来精品巨著的诞生，比摩崖石刻还难。"

"悬疑小说，构思和研究要花很多心血，和你们写论文差不多。"

"其实写多慢都没关系，我完全同意精品需要慢慢打磨，我担心的只是，照这个进度，别说在三个月内完稿，就是再多给你半年，也难赶上预定的进度。"那兰还有没说出来的话：如果你同时还要和宁雨欣这样的女孩纠结，更无望。

秦淮的面色还是一如既往地不温不火，只是执著地盯着那兰："你可以回去问海满天，我这个人说话是不是一言九鼎？我答应过的交稿期，有没有误过？"

海满天的确说起过，秦淮虽然写稿拖拉，却从没有真正误过哪怕只是口头上承诺的期限。只不过这次有所不同，海满天嗅出，秦淮可能真的在写作中遇到了麻烦，停滞难前，才会派那兰前去"助理"。

"海总知道你说话从来都算数的……你是说你一定能在三个月内交稿？其实宽容一两个月没太大问题。"

"十月初交稿，就按草约上写的。"

"海总可不想勉强你……"

"你不相信我能按时交稿？"

"不是不相信，你有口碑、质量的保证，相信你不会敷衍的。"赶进度忽略质量，是写手的通病，没人可以免俗。

"你还是不信？"

"怎么看时间都是紧了些。"

秦淮似乎发自内心地微笑了起来,他的笑容引来了餐馆里好几个女孩的目光,那兰忽然深深同情起宁雨欣。他身体微微前倾,离那兰更近了些,说:"这样吧,我们打个赌,如果食言,哪怕有千万个借口,只要我不能按时交稿,就算我输,你就可以开条件;但如果我能按时交稿,而且保证质量,按你们海总的话说,经得起市场考验,让他推书推得有面子,就算我赢。"

"我不爱打赌,不会开条件。"那兰能感觉出秦淮在打着什么主意。

"开条件都不会?如果你赢,比如说,你可以把那辆宝马开走,做你的香车。我是认真的,不是开玩笑。"

"第一我嫌宝马的档次不够,不是保时捷;第二我的生活范围就是在江大校园里,一介学生,没必要开车,也养不起车。第一条是开玩笑,第二条是认真的。"

秦淮又靠回椅背,"我已经告诉你我的赌注,难道你不想听听,如果我赢了,条件是什么?"

"我更想听听你接下去的写作计划。"

"如果我赢了,"秦淮看来是完全生活在自己的"圈子"里,"如果你输了,其实也很简单,陪我吃一次晚饭就可以。"

那兰想说:"你可以继续幻想。"但嘴上说:"哇,我好向往,可惜,我还是对打赌没有兴趣。"

秦淮显然是个不愿轻易放弃的人,尤其对女生,"其实这也谈不上打赌,不过是对我出色完稿的一种促动……"

手机铃声忽然响起来,又是一首钢琴曲,但和上午听见的那首大不相同,那兰以前听过这个曲子,不算太熟悉,一时想不起标题,其实只需要个小小的提示……

可惜秦淮很快接通了,没有更多的线索。只听秦淮不停地问:"哪位?"但另一端似乎良久不语。秦淮终于嘟囔了一声"无聊",正要挂断,脸色突然大变。

那兰很明确地认出,秦淮脸上,那神色的名字,叫恐惧。

秦淮陡然站起身,环顾整个餐馆,随即冲出门,在门外四下张望。

那兰静静地跟出门,听到秦淮冷冷地对着手机说:"如果你再这样纠缠下去,或者你,或者我,迟早要付出血的代价!"

　　这一刻,那兰更愿意相信秦淮是在对着手机听写小说。毕竟,那句话,不像从常人嘴里说出,太沉重,太小说气,太不可思议。太恐怖。

　　她静静地退回座位,忽然觉得"螺居"的空调开得有些过冷。

　　那兰离岛上摆渡的时候,那人还在情不自禁地盯着她,观察着她的每一个细节。

　　那人忽然有种冲动,想拯救这个年轻美好的生命,因为如果他无动于衷,那兰生命的摆渡就会很快搁浅。

　　这真的不能怪我,那人想。谁让你自告奋勇地成为了炮灰,你难道真的没听说过,"一见秦淮误终身"?

　　第一天的工作感觉怎么样?有没有一见钟情?有没有让他拜倒在你的裙下?

　　有没有闻到死亡的气息?

3 陶子曰

天黑之前,有空调的图书馆是最佳去处。夕阳西下后,那兰在食堂吃过晚餐,才回到宿舍。

一个月前,那兰经系部特批,提前搬进了 11 层的江京大学研究生宿舍楼。她和陶子共用的宿舍在七楼,除了两张单人床、两张书桌、贴墙壁橱外,没有太多可周旋的空间。这些天陶子回天津看望父母,下周才会返校。那兰留守,日子清静平淡,将毕业设计的论文改成期刊格式,只等导师阅后首肯,就可寄出。

她进门后第一件事,是去看望书桌下笼子里的小仓鼠。小仓鼠是谷伊扬送她的生日礼物,刚来时还只是个宝宝。半年已过,陶子总结出,那兰和小仓鼠已经情深难断,而当初和她情深难断的谷伊扬却已远在天边。

当然,陶子总说,其实"天边"并不远,首都北京而已,坐上"和谐号",打个盹的工夫就能拉近实体的距离,所谓的"远",只是两心的隔阂。直到现在那兰看见小仓鼠,仍会时不时想起谷伊扬,情来如山倒,情去如抽丝。

说到陶子,那兰的手机就响了,陶子的电话。

"看到你留言了,说终于找到了份白领的工,详情如下。"陶子的声音有些哑,一定没少和高中同学喝酒。"详情如下"是陶子说"具体谈谈吧"的特殊讲法。

那兰说:"先别急着问我,你先回答我一个问题,这个调子听过没有?钢琴曲,我觉得耳熟,但一下子想不起来了。"她哼了一遍秦淮手机铃声的曲调。

仿佛嫌霸王花的"臭名"不够昭著,仿佛存心要曲高和寡,她和陶子大二时就一起迷上古典音乐,更是给本系本班的男生致命一击。

当然,谷伊扬除外。

可恶的谷伊扬,你就在前海后海昆明湖里泡着吧,永远不要再来见我。

那兰又哼了一遍,陶子说:"听过听过,可是我一下子也想不起来了……等等,我想起来了,好像是萨蒂的……"

那兰缺的就是这么个小小的提示,她立刻想了起来:"《古怪美人》!"

"第一乐章。"陶子也记了起来。

"可恶!"那兰恨恨地说。

"怎么了?"

那兰说:"说来话长。"

"长话长说吧,别忘了现在是暑假,我有的是时间。"

那兰说:"这首曲子,是秦淮的手机铃声。"

"那又怎么样? 等等,秦淮? 你是说那个秦淮?"

"我不知道你还认识几个秦淮,我说的这个就是一位比较畅销的写手,悬疑加言情、言情加悬疑的那个。我的新工作就是给他做助理。"

陶子尖叫一声:"天哪,你终于被和谐了! 恭喜恭喜,知道美女助理的'内涵'吗?"那兰可以想象陶子从床上跳起来的样子。

"当然知道,很多目光和会心的笑容给我上过这堂课了。其实我很冤,我不过是个催稿的而已,出版商雇的我,广告贴到宿舍楼里、贴到系办、贴到我的邮箱里,就差贴到我的QQ上。"

"出版商选了你做美女黑手党? 你不会没听说这位秦淮的口碑吧?"

"不需要是花痴也知道,人见人爱的'集邮作家'。"

"这还是好听的,'文坛陈冠希'听上去怎么样? 他的八卦汇集起来,也可以出本言情悬疑了。猜猜他的粉丝在网上怎么称呼自己?"

"勤奋? 淮粉?"

"情丝。"

那兰啧啧:"物以类聚,肉麻的人自有肉麻的粉丝。"

陶子笑道:"听上去你好像对秦公子不敢恭维,让我猜猜,他是不是特别名不符实? 他的长相谈吐,是不是特别猥琐,以前登出来的所有帅哥照都是PS

过的,对不对?"

那兰说:"你很少会错,但这次错了,他相貌堂堂,谈吐风流,名副其实,勾女成性,我这一整天都在对抗他言语上的性骚扰,所以现在感觉耗尽了所有元气。"

"怎么听上去像是你监狱采访的延续?"

"监狱里至少还有狱警保护我。"那兰叹气。"他一直在抛媚眼,我一直在翻白眼,于是他改换了手机彩铃,早上他手机叫的时候,还是《悲伤练习曲》,中午就换成了这个《古怪美人》,他是在绕着弯儿地骂我!"

良久,陶子那边没了声音。

"陶丫头,想什么呢?"

"你可能要中计!"

"中谁的计? 秦淮吗? 他这样,中计不会,倒是会让我中暑。"

"你再想想,他真的是'老猎人'哪! 你是学心理学的吧?"陶子的这句明知故问,往往是她要发表"高论"的前奏,"秦老猎人其实用的是一些基本的心理学技巧,他知道你先入为主,听说过他的丑名艳史,多厚的遮羞布也掩不住,所以,索性在你面前设下一条极低的底线,这样,在你们以后的接触中,他会逐渐地'改邪归正',一步步提高,而他的每一次'进步',都会增加你对他的好感——谁不喜欢天天向上的好孩子呀? 他甚至会说,他这样的'进步',都是因为你的出现,和你的接触……"

"求求您,别'接触'了,挺热的天,我却起了一身鸡皮疙瘩了。"那兰觉得陶子有些分析得过于"透彻",不敢苟同,但似乎也不无道理。

陶子接着说:"我这些天在家闲得慌,光顾着八卦了,知不知道秦淮的最新风流史?"

"我正想给狗仔队打电话呢,猜猜我遇见谁了?"只有和陶子在一起,那兰才会放下所有包装,做真正快乐的自己。

陶子叫道:"天哪,不会吧,难道是宁雨欣!"

"长发、短裙、身材极佳,很伤心。"

"她在博客上爆猛料,说和秦淮有三个月的恋情,有图有真相。只不过秦淮近日来突然绝情,她只好出此下策,博客爆料,是一种'逼宫'……"

"谢谢你的汇报,我很庆幸没浪费时间看她的博客。"

陶子又沉默了。那兰再次提醒她,陶子才说:"你不觉得,你这个时候变身'助理',有些'危险'?"

"你越说越悬乎了……大不了我再躲回监狱去。"那兰想起轮渡口藏在墨镜后的目光,陶子的担心或许并非多余。

她下意识走到窗边,迎面是晴朗夏夜深蓝的天幕。楼下只有零星一两个人影,毕竟是暑假,只有少数学生在校。

就在这一两个人影里,那兰看见了她。长发、短裙、浑身透着伤心,站在路灯投射光域之外的阴暗中,依旧戴着墨镜,怨恨的目光穿破所有黑暗,望向那兰的七楼小窗!那兰的全身凝固,七月也有冰雕。

"那兰,那兰,你又在走什么神?"这回轮到陶子敲闹钟。

那兰闭上双眼,又揉了揉,再睁开,楼下黑暗中,并没有宁雨欣的身影。是长发短裙怨毒目光的印象太过深刻,出了幻觉?

父亲突然离世后的那段揪心的日子,她不知多少次有过这样的感觉,晚自习寂静的课堂里,他有时候就坐在她身边,然后溶化在模糊泪眼里。

"没……没什么,在想宁雨欣一定恨上所有和秦淮交往的女生,我哪里会有那么荣幸,她会单单来找我的麻烦。"那兰也不知是在和陶子诉说,还是在安慰自己。

那人在阴影里,望着七楼那扇窗。那兰的身影出现在窗口,随随便便一件T恤,穿在她身上都那么有风味。她正在打电话。给谁?秦淮?她妈妈?还是她的那个好朋友陶子?

她忽然脸色一变。她看到了什么?

有一点是肯定的,她害怕了,很快离开了窗边,甚至关上了窗。

她的确应该觉得害怕,大开的窗户永远诱惑着悲剧的发生,比如刚才,要是有人在她身后轻轻一推,她就会坠下七楼,连挣扎的机会都没有。

4 秦淮之水浊兮,可以伤吾身

八点整,那兰按照习惯更衣下楼,短衫短裤,双肩小包,MP3 在耳,跑向江大运动场。包里是游泳衣帽眼镜和换洗衣裤,她每天的例行私事,跑到运动场,跑圈 2000 米,然后进游泳池。游泳池晚上 8:30 后只对游泳队队员和教工开放,人少,可以游来回的泳道,达到真正的训练目的。

她边跑,边想着刚看完的《锁命湖》已完成的部分——她只用了不到十分钟,看完了秦淮"呕心沥血"整整半年"倾情写作"的五千个字——两个引子。

故事的开头还算吸引人,看见蓑衣人垂钓,就会有人暴毙,江洋大盗风中龙携宰相的女儿私奔,小姐看见了垂钓的蓑衣人,第二天下水寻宝的风中龙就成了一具尸体。然后是那个怪怪的"引子二",更像是写实,江京真的出过那样的大案? 那两个看见蓑衣人的女孩后来怎么样了? 那个没有脸的人,是否行凶? 被钓鱼的父子发现的女尸,是否就是被惊吓的女孩之一?

为什么秦淮用了半年,却只写了这么点东西? 是不是灵感卡了壳? 圆不了前面奇巧的设定?

经过一整天千万人踩躏的游泳池此刻像是一碗馄饨汤,那兰习以为常,只能对泳后的淋浴加倍关注。最后一拨游泳的另一个好处是淋浴的自在,不需要和别人"共享"一个淋浴头。此刻,淋浴区里只有屈指可数几个人。

冲澡时,她还在想着《锁命湖》,也许下次见到市公安局刑警大队重案组的巴渝生,可以"顺便"问一下有没有类似的五尸大案。她和巴渝生相识在毕业设计的过程中,通过课题组里一位公安大学的老师搭桥,那兰找到巴渝生,巴渝生为她提供了一些重案犯的犯罪背景,做了她课题组的顾问。

她耐心地冲净了洗发露的泡沫，抹了抹紧闭的双眼，终于可以睁开眼"见人"了。

但她睁开眼的　刹那，就感觉有双偷窥的眼睛，那是两道熟悉的目光，怨毒。

她猛然回头，看见一个长发短裙的高挑身影，在墙的转角。

那身影稍纵即逝。

她飞快地用浴巾裹住自己，绕过转角，是更衣区，一排排的衣箱围成空荡荡的更衣室，没有人影。

擦干，更衣，那兰快步走出更衣室，把门的阿姨已经离岗回家，门外倒是有两名工作人员拖着一袋明矾走向游泳池的边上。那兰叫住他们，借问是否见到一位长发短裙的女子走过，两个汉子上下打量那兰："你不就是一个？"

那兰几乎可以肯定，自己没有任何视觉和意识的恍惚，宁雨欣在跟踪自己。

宁雨欣恰巧在自己出现之际被秦淮割断情丝，于是怀疑她那兰就是秦淮的新欢。跟踪自己，是为了获得第一手的证据。然后呢？然后怎么样？

那兰还要日复一日地去湖心岛的秦宅"上班"，宁雨欣有一千个伤心的理由认为那兰的每日湖心岛之行不过是去和秦淮幽会、缠绵、午餐。

"螺居"里秦淮接到的那个电话，引起他的极度恐慌，乱了故作潇洒的阵脚，除了宁雨欣，还会是谁打的骚扰电话？当初秦淮不知多少次带宁雨欣去"螺居"吃过海鲜呢，所以她自然知道秦淮的那点伎俩。她甚至可能根本没有走下摆渡船，又返回了湖心岛，远远地看着秦淮和那兰在"螺居"传杯弄盏，言笑晏晏。

那兰想到几乎头痛，偏偏耳边又响起秦淮对着手机的森森恶语："如果你再这样纠缠下去，或者你，或者我，要付出血的代价！"这话说给谁听？除了宁雨欣，还会是谁？

如果方文东说的属实，秦淮和宁雨欣之间并无纠葛，宁雨欣莫非是精神病学上的"被爱妄想症"患者？这类患者，极度的单相思病例，以为和对方情深似海，不择手段要占有无辜的对方。跟踪、纠缠、暴力，甚至谋杀。

问题是，秦淮是无辜的吗？清者自清，而秦淮就是那放入明矾和漂白粉之前的游泳池。

可悲的是，自己偏偏还得"畅游"在那池浊水中。

宁雨欣，如果你再这样纠缠下去，或者你，或者我，或者那条叫那兰的小人鱼，迟早要付出血的代价。

那兰心头身上，一片冰凉。

在宿舍楼下，那兰前前后后转了一圈，没有看见宁雨欣的影子，或者说，宁雨欣没想让她看见。

她心事重重上了楼，不想再打电话骚扰陶子，就给远在家乡的妈妈打了个电话，听妈妈聊了些家常，县城里的八卦。妈妈听上去平淡快乐——父亲被害后，她得了抑郁症，最近似乎已逐渐恢复。

她放下手机后，打开桌上的笔记本电脑，准备继续整理论文。

但手指像是触到了灼热的熨斗底，飞快地缩了回来。

那兰的笔记本电脑，一直有密码保护，只要她二十分钟不在桌前，电脑就会自动进入睡眠状态，再开启时，必须输入密码。而此刻她打开，直接就是页面，电脑仿佛变成了乖乖狗，识得主人，不问她要密码。

更糟糕的是，电脑"醒"来后的页面也面目全非。

她去游泳前，屏幕页面停留在秦淮那可怜的五千字文稿上，她准备回来再细读一遍的。此刻，那可怜的区区五千字也从电脑屏幕上消失了。这份文件所在的优盘，也离开了笔记本电脑的 USB 接口，不知所终。

就在那兰离开的这一个多钟头里，有人闯入了这间小小的宿舍，解除了笔记本电脑那一点点基本的防护，盗走了秦淮半年的"心血"。

或许，秦淮应该庆幸，半年里只写了五千字，而不是五十万字。

虽然窗口吹进来的风中仍带着浓重暑气，那兰还是下意识地拢了拢双臂，好像要抵御不存在的夜寒。她走到门边，低头仔细观察门锁，完好无损。

这是个"专业人士"的杰作。

是不是可以排除，是宁雨欣闯入了宿舍？那兰无法将美女作家和飞檐走壁的盗窃高手等同。这样的人也许会出现在秦淮的小说里,但难得会在世间遇到。更何况,宁雨欣似乎在很投入地跟踪自己,不见得有闲心来做妙手空空。

但不是宁雨欣,又会是谁?谁会对秦淮憋了半年的可悲"小品文"有如此好奇?

疑问越多,那兰越能看出恐惧向她长伸的手。

她忽然觉得宿舍里有些静得不同寻常——那兰在读书和休息时,会尽量保持室内的安静,但此刻的静,却让她心跳陡快。

"可恶!"她顿悟出格外安静的原因,却几乎要叫出声。

小仓鼠没了动静。

永远闲不下来的小仓鼠没了动静,比任何凄厉嘶吼更让人心悸。

小仓鼠躺在松软木屑上,四脚朝天,连胡须都没有一丝颤动。那兰蹲下身,颤抖的手开启笼门。她轻触小仓鼠的一只脚爪,毫无反应。

泪湿了双眼,那兰才意识到和小仓鼠的情深难断绝非一句玩笑话。

偷优盘的人为什么要杀死小仓鼠?一个警告?我卷入了什么样的是非,需要经受跟踪、破门的折磨?

她尽量克制着泪水的汹涌,将手指轻按在小仓鼠仰天袒露的胸腹部。

谢天谢地,微弱的心跳尚在,小仓鼠并没有死。凶手只是让小仓鼠长睡,可能只是用了麻醉药,的确只是警告而已。

我做错了什么?

她将笼中吸水瓶里的水倒在一个空瓶里,残存的鼠粮也倒进一个塑料袋。是该向警方通报的时候了。

转念一想,她还是先拨通了秦淮的手机。

"那兰,改变想法了?现在吃晚饭也还来得及。"秦淮辜负了陶子厚望,并没有一丁点儿"进步"的意思。

"有人闯进了我的宿舍,你给我的优盘被偷走了,我养的小仓鼠也被下了毒,你能给我些线索吗?"那兰的声音可以让整个江京清凉一夏。

"就这些?"秦淮只差笑出声了。

"你还嫌不够吗？听说过宁雨欣这个名字吗？我猜你一定觉得很陌生，我倒是和她相知相守了，她现在二十四小时在我楼下蹲点，都够资格去做狗仔队了。连我去游泳池，她也会到更衣室来拜访一下……"

"她一定是在欣赏你的身材。"标准的秦淮语录。

"今晚我就会向海满天辞职，这工作不是人干的。如果我明天没到你的府上拜见，你不要觉得奇怪。"

"这工作当然不是人干的，而是美人干的。"秦淮自以为妙语连珠，哪知适得其反，只会让那兰想起《古怪美人》的曲调。"我了解你，你不是那种轻言放弃的人。"

"你不了解我，我们只见过一面……"那兰心头一片烦躁，秦淮放电，也不分时间场合。

"有些人，毕生相处也如陌路，有些人，一面之缘却情定三生。"

那兰想说，也许你改写言情小说，不会有这种半年五千字的"便秘"，但她只是说："我希望你坦诚告诉我，我、或者你，惹了什么样的麻烦？这是什么样的悬疑剧？"

秦淮沉默了片刻，说："我可以向你保证的是，宁雨欣虽然固执，但她善良无害。"那兰想，难怪女孩子们为他倾心，宁雨欣在大众前毁他的"清誉"，满城风雨，他依旧庇护着她。"偷我优盘的人，我不知道他们是谁，否则我肯定会报警，但我可以肯定，他们不过是些跳梁小丑，你也不必害怕。"

那兰心里冷笑，如果有人不留痕迹地潜入你的卧室，破解了你的电脑，偷走了你的文件，麻醉了你的宠物，不管你知不知道那人是谁，你都会报警。

知道秦淮不会提供更多帮助，那兰冷冷地说再见。秦淮说："你养了只老鼠做宠物？"

"仓鼠。"

"你看来真的很孤独，才会养只老鼠做宠物。"

"你耳朵没问题吧？我说了是仓鼠。养宠物的好处之一，就是它不会喋喋不休说些不三不四的话。"

"你明天真的不来了？"

那兰说："请给我个继续上这个班的理由。"

"我们一起，解开这些谜，谁在跟踪你，谁在威胁你。你知道，我是写悬疑小说的，解谜是无穷的乐趣，独乐乐不如众乐乐，你不能指望警方会认真处理这么个小案……"

那兰坚持说了再见，坚持结束了通话。

她知道秦淮说的没错，她没有天真地认为警方会专注于这个普通至极的小案子，但还是向学校保卫处报了案。保卫处的值班干警来了十分钟，做了记录，没有承诺，没有激情，那兰也觉得怨他们不得。

值班干警离去的脚步声未落，那兰就在考虑是否要给市公安局刑警大队的巴渝生打电话。但想想觉得自己有些傻，有些大惊小怪：巴渝生经手的都是重案要案，像江京这样的大都市每天都有好几起，怎么好意思麻烦他这样一件微不足道的小事？发生在她宿舍的这起"大案"，最血腥的部分也不过是一只小仓鼠吃了点麻醉药，需要闹出惊天动地的声响吗？

5　逝者无痕

"谢天老爷，今晚终于要下点儿雨了。"渡老板笑着和那兰搭讪。

秦淮说中了那兰最致命的弱点，她不会轻易出逃，所以昨晚的辞职之说，只是威胁。但如果秦淮依旧无赖，依旧对她的问题敷衍，如果她感觉依旧身在泥潭之中，她会毫不犹豫将此行做为最后一次对湖心岛的拜访。

那兰望天，蓝天蓝得深湛，白云白得纯粹："气象预报好像没说有雨。"

渡老板用手指在自己晶亮的脑瓜上转了一圈："摇船二十多年，听风、看云、闻空气的味儿，比他们什么高明的多普勒电脑都管用。要让我每天都和官方气象预报打赌谁预测得准，我可要赚大了。"

"您的眼睛，看天气准。阅人无数，看人也一定特准，昨天我可领教过。真羡慕您的经验。"要引人畅所欲言，赞誉先行。

渡老板笑眼一线，"嘴甜。我不敢说自己能一眼看穿谁谁谁，但一个人往我面前一站，我能猜出个七八分。"

"那您给我相个面。"

渡老板压低了声音："这可对你不公平，你已经告诉我你是秦淮的助理，就凭谈吐，至少大学以上文凭；你妆上得淡，口红涂得浅，指甲不抹油，或者是透明油，大热天还穿丝袜，说明你为人庄重，不是常来找秦淮的那群狂蜂浪蝶；你的眉头常常攒一起，有心事困扰，而且不像突发事件，估计是慢性的……"那兰想到父亲，世上最爱我的一个人去了五年，极度痛苦的慢性折磨。"……除了我，你不和别的乘客瞎聊，不能说明你内向，但至少说明你有主见，凡事想得多，也知道言多必失；而找我聊，也不是因为你闲得发慌，你想了解秦淮，秦淮让你摸不着头脑，所以你想看看我能知道多少。"

那兰对渡老板肃然起敬。

"如果我直接问……"那兰轻声说。

"我当然不会说。有些事，只能告诉聪明人。你已经向我证明，你是人精一个。你这样的女孩，和常去找秦淮的那些女孩……怎么说呢，不是一个湖里出来的水。"

"不知道这是表扬还是批评，但还是谢谢您，过奖了。"那兰直视渡老板的目光。

"所有那些和秦淮有瓜葛的女生里，也有一个例外，她和你很像……你让我想起了她。"

这可不是那兰想要的信息，"哦，是谁？让我这么荣幸。"

"他媳妇。"

"他……"

"秦淮。"

"秦淮的太太？"那兰的目光不离渡老板，不知道这是不是他在耍冷幽默。

"秦淮的太太。"渡老板重复着，"不是说你们长得有多像，你们都是美女，各有千秋，我是说气质、性格、聪明劲儿，很像。"

那兰努力回想着秦淮的客厅、书房，没有婚纱照，没有一张哪怕表明有女主人存在的生活照。秦淮在那兰心目中本就不甚高的地位完全被地心引力控制，再落千丈。陶子还说昨天秦淮的表现是在设底线，谁知道这底线深不可测呢。

"不知道会不会有一天能和她见一面，看您说得准不准。"那兰好奇，但并没有强烈的见面意图。

"你等不到这一天……你见不到她的。"渡老板的语调怪怪的。

"为什么？"

"她已经死了。"

那兰扶住了椅背，仿佛轮渡突然颠簸起来。

"死了？"

"如果一个大活人失踪了整整三年,毫无音信,很少还继续活着。"

"出了什么事?"

"听说过蓑衣人钓命的传说吗?"

锁命湖?那兰点点头,又摇摇头,"听说过,但了解不够,也难相信,难道不就是个传说,不是迷信吗?"

"话说三年前,有一天夜里,两个来偷摸鱼的痞子看见湖上有一条小船,一个蓑衣人在钓鱼,想起了蓑衣人钓命的传说,登时吓得屁滚尿流,扔下渔网开溜。第二天,秦淮报案,说老婆失踪了。你说是不是迷信?"

"没有尸体?"

"活不见人,死不见尸,大概一年后,法庭宣告,算是实际死亡。"

那兰觉得渡老板话里有话:"法庭宣告?"

"看出来了,你美丽的脑袋开始转圈圈了,给你提示一下吧。秦淮的太太失踪前,小夫妻俩贫困潦倒,只租了岸边一间屋顶漏雨、四壁透风的破民房,连到湖心岛上来看风景都算奢侈消费;但在法庭宣告失踪者死亡后,秦淮就成了我这小摆渡的常客,甚至买了临湖的别墅。"

"保险理赔!是不是秦淮夫人死前买了巨额保险。秦淮就是用了这笔理赔的钱买下湖心岛的别墅。"那兰的猜测。大多数情况下,保险公司出于自身利益,会拒绝对失踪者理赔,但如果法庭干预,正式宣告死亡,保险公司则必须履行合约,全价理赔。

"嘿,你可别全当真,我是个摇船的,所有信息都是道听途说。"湖心岛伸手可及,渡老板开始专注地停船靠岸。

"那么,秦淮太太的死……她的失踪,有没有是谋杀的可能,有没有嫌疑犯?"

"嫌疑犯?有,当然有。"渡老板摆正了船尾,换了挡,引擎由怒吼转为轻哼,他抬起头,脸上浮出一丝诡秘的笑,"就是他。"

那兰一惊,抬眼,码头上,玉树临风的,是秦淮。

"等人？"那兰保持礼貌，微笑。

"我很想知道我猜得对不对，所以等不及让文东接你，自己跑来了。"秦淮的笑里带着得意，让那兰肚里叹息。"坦白说，等得我真有点儿心虚，生怕你一念之差，不来了。"

那兰说："可惜，我一念之差，又来了。"

"我知道你这一来，不是委曲求全，而是来寻找答案的。有些话，我不说清楚，有些事，我不交待清楚，就是绝了你再来这儿的路，所以今天我一定配合。"秦淮在没有"邪念"的时候，真是个交往起来不费力的人，他能猜出那兰的想法，算是进步之一。

"好，请先从宁雨欣说起。"

"哦，宁雨欣……不瞒你说，我和她之间，真的是纯洁的朋友关系，她是个……她其实是个很优秀的女孩，帮了我的大忙，我欠她很多。"秦淮替那兰拉开车门。

好个秦淮，无论宁雨欣怎么将他逼入墙角，他一味只说那女孩的好话，没有愤怒，没有哪怕一点点抱怨，没有在我这个"新欢"面前厚此薄彼，做人还算厚道，算是进步之二。

"这是你们之间的私事，但为什么她幽灵般盯着我？ 你能不能请她……"

"我再次向你保证，她没有任何恶意，也不会再'幽灵般'出现在你身边。"秦淮将车开出码头。

那兰微微惊讶，原来解决一个问题如此简单？ 今日的秦淮也格外干脆利落，有些进步神速的意思，莫非陶子的"底线提高论"当真成立？

陶子很少出错。

"你真的不知道是谁偷偷进了我的宿舍？"那兰又问。

"我要是知道，绝不会让他逍遥法外。"秦淮听上去像是悬疑剧里的公安干警。

"但我觉得你至少有几个猜测。"

"算你高明。海满天怎么说？"

原来他已经知道自己和海满天联系过。"海满天的第一个反应是做盗版的那几位大师，据说他们现在的技术非常高科技，溜门撬锁破解密码什么的，可以做得比专业盗贼还专业。"

秦淮想了想："不排除这个可能。还有个可能性不太大的嫌疑犯……应该说是一批嫌疑犯，就是八卦版记者。"

"你是说……"

"宁雨欣在博客上爆料的事你肯定知道了，八卦记者们只要盯准了我，立刻就会发现你的存在，所以如果你不幸在八卦版上亮相，不要忘了我这个伯乐。"

那兰越听越绝望："真没想到还有这么个职业危害。可恶的海满天，也不告诉我。"

秦淮却有些幸灾乐祸："一大半也是因为你自己功课没做好，本来就不该答应——但那样的话，你我就不会萍水相逢了，白白损失一段佳话。现在说这个也没太大意思，总之娱记们如果恰好在你的电脑上看到肉麻的信件或聊天记录，就可以大做文章。"

"但你并不觉得这次破门而入是娱乐记者干的，他们没有必要麻醉了我的小仓鼠。"

"悬疑小说写手的职业病，凡事多想几个可能而已。我觉得更有可能是一些我以前得罪过的人，他们一直在关注我的动向，随时准备整治我。"

"什么样的人？"那兰想，秦淮果然不干净。"得罪过的人"，高利贷、赌债、黑社会？几个凌乱的词冒出脑海。

"如果你不想让类似事件再次发生，最好继续保持毫不知情，他们就不会再打扰你。"秦淮难得如此认真，那兰几乎要全盘相信。

说话间，车子已经停在房门口。进门后，那兰看遍了客厅的每一个角落。

没有丝毫悼念亡妻的迹象，仿佛那个失踪三年的女子从来没有出现在秦淮的生命中。薄幸如此，与禽兽何异？

想着秦淮驾轻就熟地与女生调情的画面，那兰还是觉得今天上岛来是人生一大错误。

是什么改变了她辞职的初衷？

也许真的是那份固执，说好听点儿，"永不言弃"，说难听点儿，不撞南墙不回头。

也许，只是因为那谜一样的秦淮。

"我还有个问题，关于书稿的。"那兰决定暂时不提渡老板的"道听途说"，那是更严肃的一个话题，她想先做些调研。

"欢迎你重新上岗。"秦淮一笑，唇如弯月，眼似流星，热情似骄阳。

"别急着下结论，我只是说要问个与书稿相关的问题。"

"知无不言。"

"引子二里的恐怖故事，是否有原型？"

秦淮双目炯炯："不但有原型，根本就是真真实实发生过的事件。"

"里面提到的五具尸体……"

"在昭阳湖附近出现。"

"那是怎么回事？难道所谓蓑衣人垂钓的凶兆，都是真的？"那兰知道这话问得傻傻的，她其实根本不相信。"会有这么巧，那两个女孩看见船上有五个蓑衣人，结果就真的有五个人相继死去？"

秦淮盯着那兰的双眼，又是一笑："问我吗？你还是不是我的写作助理？你不是要帮我查资料、做研究吗？"

原来如此。

"我开玩笑的。"秦淮突然又改了口，"这是个无头悬案，连江京刑警队大名鼎鼎的巴渝生都没辙的大案……我的意思是，等我编完了故事，需要某些方面的资料，你可以帮我查。"

至少，这是一个远离是非八卦的正经工作。

秦淮说："还记得我们昨天打的那个赌吗，如果我按时写完《锁命湖》……"

"是你一厢情愿，请不要轻易篡改历史。"那兰不容任何漏洞形成。

"你虽然还没有输，当然你只是目前还没有输，认输是迟早的……"

"你到底想说什么？能不能爽快一点？"

"我可能得让你提前兑现承诺……"

"什么?!"那兰以为自己听错了。莫说自己根本没有同意打那个赌,即便真的下注,她还没有输,却要提前兑现?

"我是说,晚饭的事,可能要提前进行。"

"我觉得你客厅墙上还缺一幅名家字画。"那兰淡淡地说。

"嗯?"

"我可以帮你找一位山寨书法大师,为你写四个大字装点门面,就像很多人家里有的那种,'难得糊涂'什么的。不过给你写的,是量身打造,四个字,'岂有此理'!"

秦淮笑笑,一点没有难为情的样子,说:"我这个要求的确是有些不同寻常……"

"不同寻常? 普通话的说法是'太过分'!"

"听说过司空竹这个名字吗?"

那兰一怔,点点头说:"连我这个外来人员都知道,电视上财经频道的常客、博客名人,房地产、房地产、房地产,谈的写的都是房地产,江京的潘石屹。"

"也有人说潘石屹是北京的司空竹。"

"吹牛可以不交物业税。不过我妈挺喜欢他,一表人才,很上镜,说话也文质彬彬;据说他出身贫寒,全靠自己苦心经营,我表哥也做房地产,照理说同行相轻,但居然也欣赏他。"

"因为他从来没错过。"

"这和你那个空中楼阁的打赌、还有饭局有什么关系?"

"司空竹还是艺术家、慈善家。外来人员好像也都知道?"

那兰点点头,以前有个追过她的中文系男生,对司空竹赞不绝口,说他是偌大江京为数不多真正"有文化"的商人。

"如果他请你吃饭,你去不去?"

6 暗夜听波见鬼影

　　司空竹今晚将举办一场拍卖酒会,拍卖他自己创作的十余件书画作品以及八件他精心收藏的艺术品和文物,收入全部捐给玉树震灾后的安置和重建工作。据秦淮说,包括市委书记在内的一干重要领导都会出席。

　　"但为什么要我去?"

　　"因为我被邀请了。"秦淮好像觉得这个理由天经地义。

　　"你嫌麻烦还不够,想要八卦来得更猛烈点? 你刚才还承认娱记都盯着你。"

　　"你要怕曝光,不必跟在我左右。"

　　那兰想大叫:我这里无光可曝! 她忍住了,问:"我还是不明白,你为什么一定要我去。"

　　"你可能不知道,司空竹虽然做过很多慈善,但拍卖自己的收藏,还是破天荒头一次。他是个嗜收藏如命的人,我经常嘲笑他有那么点走火入魔,他居然也笑纳了。"感觉秦淮在顾左右而言他。

　　"你还是没有回答我的问题,你想去看热闹,我没意见,为什么……"

　　"谁是我的写作助理?"

　　"写作助理只负责和写作相关的事。"

　　"今晚就是和写作相关的酒会。"

　　那兰知道秦淮在诡辩,又推说自己一介学生,连适合场合的衣饰都没有。秦淮说好办,方文东的太太可以借给她。

　　谢天谢地,至少不用穿秦淮那位失踪的太太的衣物。

　　摆渡上,那兰发现方文东夫妇并没有同来,秦淮淡淡说:"司空竹请人比较挑剔。"那兰心一冷，秦淮言下之意，方文东的"地位"还没有达到被请之列。秦淮又说："你不要误会，本来，我和要去酒会的这帮人也是格格不入的，只不过，司空竹和我有私交……应该算是患难之交。"

那兰不再多问，还是觉得，自己答应陪秦淮赴宴是下下策——从渡老板异样的眼光和神情，就能猜到几分。

拍卖酒会办在临湖一家叫"听波榭"的酒楼里。秦淮介绍说，这家餐馆也属于司空竹的集团，据说是三省内最好的浙菜馆。最难能可贵的是，酒楼里不设 VIP 房、没有卡拉 OK，没有小姐，一切坦坦荡荡，保证不藏污纳垢。那兰说："这好像有悖'经营之道'？"秦淮说："其实很简单，司空竹怕破坏了他的雅名。这酒楼不过是司空竹的私家厨房，本来就不是用来赚钱的，所以他完全可以'为所欲为'。"

到了"听波榭"门口，那兰才明白秦淮为什么"胆敢"带自己来赴宴。由于市领导的出席，酒楼门口警车夹道，如临大敌。任何人进入，都要被再三查验请柬。请柬上印的是一幅司空竹的"私房画"，名《舞者》，而且请柬间夹了磁条，保安扫描通过后，才会放行。

这样的戒备森严，至少挡住了百分之九十九的娱乐记者和各色闲杂人等。

但酒楼内外的戒备森严，并没有挡住那个人。

从这个角度，那人可以清晰地看见所有进出拍卖酒会的人物。可以看见市委书记、两名副市长，五个区长区委书记、省政协主席、市公安局副局长和一个个叫得上名号的富豪巨贾。哦，别忘了还有一、二线的影星歌星，连酒会的主持人都是江京卫视的当红主持人。

这里有多少人是完全干净的？

秦淮和那兰并肩走入。谢天谢地，两个人没有挽着手，否则，那人会按捺不住，说不定会当场做出很不妥当的事。

急什么呢，即便他们真的有苟且，露出丑态，迟早也会终结。他们彼此之间如果不能了断，也会有别人出面彻底解决。

这个秘密，只有那人知道。

可怜那兰这个不谙世事的小女孩，卷在如此洪流浊水中，迟早要被淹没、冲走。

这时，一个夺目的身影出现在那人视野，也吸引了几乎所有在场者的目光。那人心头一动：谁知道呢，或许，好戏就在今夜。

秦淮只穿了件休闲西装，在这个场合似乎有不修边幅之嫌，倒显得那兰从方文东太太那里借来的那袭深蓝色的露肩礼裙过于正式。等两人走进酒楼大堂，才知道今晚怎么穿，都不会太正式。黑西装和燕尾服的人物满眼都是，女宾们穿着露肩露背低胸高腰的礼裙，都是大阵势。

那兰这个从来不怯场的人，此刻也觉得有些晕，便准备"转入地下"，谁知意图立刻被秦淮识破，纤腰被秦淮大手扶住。那兰心生厌恶，付诸脸色，秦淮低声说："我不是故意用咸猪手，你只要忍耐两分钟，和他见了面就算结束。"

见对面走来一位气宇轩昂的中年人，那兰就知道自己必须立刻川剧变脸，她笑容恬淡，面对司空竹。

近看司空竹，比电视上显得更有神采，头发乌黑，据说从没有染过，眼角前额几乎看不见一道皱纹，不知是天然少相还是美容师或肉毒素的神功。他一身黑色西装，领结，雪白衬衫，迈着虎步，远远就伸出手。

那兰还在莫名其妙中，就被司空竹握紧了手："这位是……"

"那兰。"秦淮说，"我的写作助理。"

司空竹笑容可掬，"欢迎。幸会。"那兰在犹豫是不是要替妈妈要份签名。司空竹又紧握住秦淮的手，"真担心你不来了呢。"

"为什么？"

"我以为小报的长舌陷你于囹圄。"司空竹又看一眼那兰，话里似乎多层意味。

"正好让我锻炼一下越狱的能力。"秦淮笑笑，"拿出先生您精心收藏的宝贝来拍卖义捐，让我不敬佩也不行了。"

司空竹对着那兰说:"那小姐可能不知道,秦淮常说我的收藏之癖,有走火入魔之嫌。"他又转向秦淮,"所以,今天也是自己给自己清凉败火一下,又能造福他人,可谓一举两得。"

秦淮又和司空竹闲聊数语,问:"嫂夫人呢?"

司空竹说:"她在最后视察作品的陈列,和拍卖师一起复习拍卖章程和时间安排,你知道,在面面俱到这方面,她强我百倍。"

那兰不由好奇,想看看这位司空夫人的模样。终于等到司空竹转身去招呼一位市府要员,那兰向拍卖台前望去,一时认不出哪位像是司空夫人,反倒没头没脑地撞上了两道冰冷目光。

一时间,那兰觉得自己是不是被宁雨欣的墨色目光盯得多了,草木皆兵起来。再看一眼,更迷惑。那两道目光的主人,明眸深黑,嵌在无瑕脸上,细瓷般肌肤,修长颈项,高高的发髻,雪白色长裙,让人立刻想到不华而贵的天鹅,同时让所有自命不凡的美女看起来像丑小鸭。她像是直接从名家的画布上走出来的——事实上,她真的是,那兰可以肯定,她就是请柬上司空竹《舞者》的原型。

刚才一定是看错了,那兰此刻看到的目光,恬淡、友善,如果真的和"冰冷"相关,那也是与生俱来的一点矜持。

莫非这就是司空夫人?老夫少妻,以司空竹的"底气",不足为奇。那兰想请教"阅女无数"的秦淮,古典美女是什么来历。但秦淮已经消失了。

她忽然觉得,身边虽然有一张张真切的脸,一件件真切的衣裙,自己却像是困在一片大雾之中,甚至,有点像个走失了的孩子,一种对陌生的恐慌,不像刘姥姥进大观园——刘姥姥可圆通了,一进大观园就成了荣宁二府的私家笑星——她觉得自己更像刘姥姥的孙子板儿,不知所措。

这时候,最好的办法,当然是躲起来,避免众多陌生的视线。

那兰到现在还是没有明白秦淮带自己来的目的,难道仅仅是让布衣女"见世面"的休克疗法?她保持着微笑,穿行于西装礼裙之间,穿出宴会厅,到了厅后的花园,长舒口气,感觉像是最后一次冲杀下长坂坡的赵子龙。

花园别致而不矫揉,小桥流水修篁之间,缭绕着湖面飘来的夏晚风。那兰对着自己微笑,这就是我今晚的根据地了吧。

打断惬意感觉的,是两道目光,熟悉不过的目光。毒的、阴暗的目光,像是从竹丛间盘旋而出的一条蛇,无声地攻击。

她知道自己一定看错了,这是个壁垒森森的"重要场合",宁雨欣不可能在被邀之列……可是,请柬不是我发的,我又怎么知道?

她没看错,她看见一个高挑的黑影,在不远处的一棵花树下,稍纵即逝。

那兰追了上去,黑影绕着花园的九曲小径疾走,似乎在逃避,又似乎在引领。她执意要追上宁雨欣,质问她的目光。

"你迷路了吗?"一个声音突然在她身后响起,那兰惊得险些出声。

她回头,看见一袭白裙。那位洁白的"舞者",刚才在拍卖台前见到的那位古典美女。此刻浴着溶溶月光,舞者更如仙人。那兰说:"没有,只是出来透透气。"她半转身瞟了一眼,宁雨欣的身影已经淡入黑暗。

"看来,我不是唯一觉得里面憋闷的人。"女孩微笑,竟让那兰心跳,不知该说什么好。女孩倒没有让冷场继续,淡淡说:"秦淮一定很喜欢你。"

那兰真希望冷场继续,"说什么呢?!"

"你不要误会,只是个客观的评价。宁雨欣在秦淮身边那么久,他也从没带她到这样的场合来过。"女孩一副实事求是的样子。

"宁雨欣……你也认识宁雨欣?"听到这个名字,那兰竟忘了为自己申辩。

"好像一大半江京市民都认识宁雨欣了呀。"女孩笑笑,显然是在说最近小报上的花边新闻。

那兰再次转身看一眼,好像宁雨欣还会在黑暗里等着她。"说来巧,我刚才看见她了,就在这儿。"

女孩蹙眉,摇头说:"不可能。她怎么可能受到邀请? 即便来了,又怎么会进得来?"

"你怎么知道她没……"那兰问出口,立刻觉得后悔。

"我当然知道,"女孩说,"因为请柬名单是我列的。"

"原来你是司空竹的……"

"司空竹是我爸爸。我叫司空晴。"

明白了一些,不明白的更多。大厅里的酒会,周旋于达人显贵之间,是她真正的舞台,但她为什么要出来和我搭讪?

那兰自我介绍,又问:"你一定很能干,你父亲也一定很骄傲,请柬上的'舞者'是你吧?"

"是啊,喜欢吗?我一直在帮我父母打点集团的事,我不喜欢,可又不愿做寄生虫,只好自觉点,做自己不想做的事。好在,就像你说的,我爸对我一直很纵容,谁让我是独女呢。我呢,也不想让他失望。"

"好羡慕你。"那兰有些喜欢司空晴了。

"我倒是很羡慕你。"

那兰忽然觉得两人之间初生的默契一触即断,她隐隐知道司空晴所指,只好说:"你真会开玩笑。"

"我的确很幸运,出生在这样一个家里,父母这么能干,对我这么好。"司空晴向那兰走近了一步,仿佛要告诉她一个深埋在心底的秘密,眼波如水般柔,"但你可能怎么也不会想到,我父母给了我生命,但秦淮给了我第二次生命。"

然后,司空晴就走了,只留下无语嗟哦的那兰在原地,好像什么都没发生过,好像时间倒转回那一刻,她在追逐宁雨欣的身影。

宁雨欣的身影!

她瞬了瞬眼,宁雨欣,黑色礼裙,就站在她面前。那兰想质问,却被惊得一时说不出话来,宁雨欣轻声说:"我一点儿也不羡慕你……你真正的麻烦到了。"

7 致命约

　　第二天,那兰准时上班,按照秦淮的要求,查了些昭阳湖和嘉靖年的资料备用,时间转眼过去。一天下来,秦淮也没有动笔写一个字,而是捧着本书在读,好像是本清代的笔记文学。

　　几百年前的博客书。

　　午饭由方文东送来,相对高档的盒饭,三人一起吃了。方、秦二人扯些文坛闲话,那兰觉得索然无味,庆幸自己不是文学女青年。

　　方文东走后,那兰问秦淮:"你昨晚逼着我去拍卖会,是拿我做挡箭牌,对不对?"

　　秦淮故作无辜状:"我堂堂七尺男儿,怎么会需要……"

　　"司空晴和我'推心置腹'了一回。"

　　"哦?"

　　"希望你下次不要再把我当做你的花瓶,让别人产生误会。"那兰正告。

　　"还没见过这么刺手的花瓶,插的一定是玫瑰。"

　　"司空晴为什么说……"

　　"我给了她第二次生命?"

　　看来这不是司空晴第一次用这个说法。那兰盯着秦淮,等着他的回答。

秦淮问:"你相信吗?"

　　那兰说:"所以我问你。"

　　"听说过'夸张'这两个字吗?"

　　那兰叹口气:"我还听说过'搪塞'这两个字。"

返回江京的轮渡上，渡老板又来和她聊天，那兰几乎就要问他，有没有听说过司空竹的公主司空晴和秦淮的韵事，好在她还没有无聊到那个地步。渡老板说："你说巧不巧，昨天咱们刚说起过蓑衣人的故事，立马就有人告诉我说，她看见了！"

那兰惊问："看见什么？蓑衣人钓鱼？谁眼神这么好？"

渡老板不以为然地说："眼神好可不见得。是一位老太太说的，谭家老太太，我总是管她叫谭姨，七十八岁了。你知道那些老头老太们，该睡的时候睡不着，不该睡的时候总打迷糊。她说昨晚睡不着觉，从她家窗子往外一看，一位老兄披着蓑衣在湖上钓鱼呢。我说您看走眼了吧，半夜偷偷钓鱼的肯定有，但是昨晚没风没雨的，那人穿雨衣干嘛呀？我一句话激起千层浪，老太太最怕被说眼神不好，可把她气着了，她说，'我不但看见那人穿着蓑衣，而且钓鱼竿上还没线！'"

"钓命！"

"可不是嘛，越说越玄乎了。"

"不过，这说法不可能不准，江京每天要死好多个人呢，都可以算是应验了传说。"那兰越来越觉得小说家言的无聊。

接下来的谈话，两人似乎心有灵犀，都回避谈到秦淮。

可是除了秦淮，那兰突然觉得和渡老板之间话题寥寥，来来去去，都是一些她不愿深入的隐私，除了纯粹满足好奇心，她想不通为什么陌生人需要知道这些信息，也许是告诉给下一个来找秦淮的女孩？

所以当手机铃声突然响起来的时候，那兰松了口气。这电话来的正是时候，她抱歉地向渡老板笑了笑，一心期待是百无聊赖的陶子。

可是，打来电话的不是陶子。

事实上，什么人都不是。

那兰握着手机良久，问了好几句"喂？""哪一位？"耳中却只有渡轮引擎声和船行带动的呼呼风声。

她的心一紧，想起了秦淮在"螺居"里接到那个奇怪电话时的神色。这个神色现在一定也在我脸上。

她朝手机上看了一眼，一个陌生的号码。

"对不起，我要挂了。"她觉得自己还是个如秦淮狠辣，咬牙切齿说出"血的代价"这样的威胁。

"我是宁雨欣。"娇柔的声音，略沙哑。

那兰不自觉地将手机握紧，该说些什么？离我远点，不要在你的墨镜后面注视着我的每一步。但她说："有什么事儿吗？"

"你在摆渡上？"

该死，难道她还在跟踪我？那兰四下张望，脸上的表情一定也和秦淮在"螺居"里一样惶恐。

视野里是水岸和不大的渡船，但不见宁雨欣。

耳边的宁雨欣说："你不要害怕，我没有跟着你，我只是听见你手机里传来马达响和呼啦啦的风声。"

"谢谢你，不再跟着我。"那兰不喜欢调侃，但此刻她忍不住。

"你是去，还是回？"宁雨欣说话慢悠悠，像是吃多了安眠药，随时准备睡去。

那兰想说，不劳你挂心，又觉得这样反会让事情变得复杂，只好说："回江京。"

"这就好。"但宁雨欣的话音里听不到"好"心情。"你这样是对的，离开他。"

好什么？什么是对的？确认我不会在湖心岛过夜吗？太过分了。

"宁雨欣，我不管你和秦淮之间发生了什么，我只是被海满天雇来帮助他完成书稿。我今天是回去了，明天还得去上班。"

"不要，不要去，离开他，越远越好。"宁雨欣仿佛根本没听见那兰的话。

"我只是个打工妹，每天上午去，下午就离开，离得远远的。"

"你没明白我的意思，"宁雨欣的声音有了些色调，仿佛总算"活"了过来。"我是想说，秦淮……他是个极度危险的人。"

那兰想说，我明白，秦淮的确很危险，尤其对你们这些随时随地准备噼里啪啦坠入偶像浪漫爱河的女孩子来说。她叹口气："宁雨欣，我坦白和你说，也许你，还有很多'情丝'，真的觉得秦淮很有魅力，但是……"

"你还是没明白我的意思，秦淮极度危险，是……是真正的危险。"宁雨欣的话音里带出来的是什么？一丝恐惧？

"那就请你说得再明白些。"那兰也终于觉出，宁雨欣的这个电话，不是对假想"情敌"的恐吓交锋。

宁雨欣停了片刻，似乎在想措辞。"秦淮身边的人……爱秦淮的人，都死了。"

那兰心一抖索，手也一抖索。"我不懂你说的……"

"秦淮有极为疼爱他的父母双亲，但在他孩提时就去世了，煤气中毒；他几乎是被他姐姐一手带大，他姐姐对他，像母亲一样慈爱，几乎奉献了所有青春，但他大学毕业不久，姐姐还没有享上他的福，就死了，坠楼自杀；他的新婚妻子，爱他至深，已经失踪了三年，官方私方，都有数，她一定已经死了。所以我想，如果我继续留在他身边，最后也是一样的下场。"

那兰觉得有些晕船："你是说，是你主动离开秦淮。"

"和八卦版上的消息黑白颠倒，对不对？"

"和方文东说的也背道而驰。"

"方文东是秦淮的'喉舌'，秦淮说不出来的话、说出来有损形象的话，只好都由方文东来讲。不过，方文东是我见过最肝胆相照、最讲义气的人，说实话，这样的优秀男人都快绝迹了。但无论他们说的是什么，都有真实的一面……我的确有些偏执，偏执地爱上了秦淮，才会如此被动，陷到这个境地。"

"那你为什么主动在博客上爆料？那些香艳的内容……"那兰话刚问出口，心里已有了答案。

"你那么聪明，应该知道，我这样做也是不得已，我希望激怒秦淮，让他恨我恼我，这样才能断了我的回头路，但即便如此，也不是很容易……当然，这是我的一面之词，你肯定不相信。"其实，宁雨欣的回答和那兰的想法吻合。但宁雨欣一定不知道，她爆料遥激的成效甚微，秦淮至今提及宁雨欣，仍无半个不字。

"不管是谁说的,我更愿相信事实。昨晚的拍卖会,你是怎么进去的?"

"你去多翻翻八卦版,会发现传说中和我'有染'的所谓名人不是一个两个……"

那兰明白了她的意思,另有追求她的大牌人物带她进了拍卖会。"你为什么说我真正的麻烦到了?"

"你难道没听见司空晴的话?"宁雨欣的声音有些打颤。那兰怎么也想不到,提及司空晴这个天仙般的女子,她会有这么强烈的反应。

"听见了,她说秦淮给了她第二次生命,那意思是……我想,她很爱秦淮。我还是看不出我会有什么麻烦。"应该昨晚问她的,但当时宁雨欣出现后又立刻消失,两人没有机会多谈。

"真看不出吗? 其实很简单,参加昨晚那种酒会,一般都是丈夫带着妻子、或者钻石王老五带着情人,秦淮带上你,自然表明你是他的新欢。"

那兰险些晕船,早知如此,寻死觅活也不会去昨晚的鸿门宴。

"那她……司空晴,又会怎么样?"

宁雨欣冷笑说:"司空竹是有名的好好先生,司空晴却是有名的心狠手辣,据说司空竹的产业集团,目前有很大一部分在司空晴的掌握运作之下,从她的并购业绩看,如果她看中的,如果她想要的,她会不顾一切地得到。"

"包括……爱情?"那兰愈发觉得自己"太傻太天真",居然会被秦淮"拖下水",气得想甩掉手机。"你怎么得到我的手机号的?"

"海满天那里。"

"可恶的海满天,他有什么权利……"

"不怪他,是我'偷'来的。那天,我去他办公室辞职,你的工作合同就在他桌上……"

那兰觉得自己听错了:"什么? 辞职? 你也给海满天打工?"

"秦淮的写作助理。"

"这个职务听上去耳熟。"那兰揉着太阳穴。

"没错,我就是三个月前的你。"

旧人哭,新人也没在笑,这个"助理"的职位定是受了诅咒。

宁雨欣又说:"司空晴只是你的麻烦之一……我想,你一定看到了秦淮的所谓新作?"

"五千字的小散文吗?"

"五千七百五十三个字。"宁雨欣说得很认真,但那兰要晕倒:宁雨欣和秦淮,应该是天生情侣。宁雨欣更认真地说:"这个,是你最大的麻烦。"

那兰逐渐明白了宁雨欣的方向:"你辞去这个工作,离开秦淮,是怕'一样的下场',和秦淮亲近的诅咒,难道,和秦淮的新作有关? 你看到了什么预兆?"

宁雨欣几乎脱口而出:"我就知道你会问这个问题。"

"所以?"

"所以我在等着和你见面,我……想和你好好聊聊。过去两三个月遭遇的事,很多很乱,我不知该说给谁听。"

"你相信我?"那兰更想问:难道我是最佳听众?

"我……研究了你,我去了你们系,读了你最近写的毕业论文,觉得对你有不少了解,至少,觉得你很有头脑。希望你不要见怪。"

终于可以解释,宁雨欣如游魂般无处不在的身影。

"你想在哪儿见面? 什么时间?"那兰看了看手表,4:06。

"能不能麻烦你,就到我家来一下,在杨柳青村小区,你下了摆渡后,坐157号空调车就可以直接到……你知道,现在多少人等着看我的笑话,我现在出门有多不方便。"

但你却有时间做我的影子。那兰无奈地说:"好,我大概五点之前就可以到你家。"

中断通话前,宁雨欣停顿了一下,说:"不过,你还要答应我一件事。"

"说吧。"

"答应我,不要爱上秦淮。"

那兰苦笑,还有比这更容易的事儿吗?

那人目送着那兰上岸,觉得自己已经被她柔婉的身姿和单纯又果决的气质吸引,所以当想象到她成为一具尸体的画面,让那人充满遗憾,偏偏谁也不能阻拦命运的脚步,不是吗?

怎么?她上了157号公交?回江大最直接的巴士明明是"文湖专线"。她要去哪儿?

逐个扫过牌子上157号公交的停靠站名,那人突然明白,那兰的去向。

宁雨欣租的公寓在一个叫杨柳青村的小区,的确离江大不远。小区里是数栋15—20层的高楼,楼门都是自动紧锁的铁栏门,客人进楼前,必须在键盘上输入室号,主人接到电话后,在自家里按键开门。

那兰揿了室号:1043,接通了,"哒"的一声,楼门锁弹开。那兰进楼后,却发现电梯坏了,一张白纸黑字贴在电梯门上,说是已报修,请稍候,或者自己去爬楼梯。

那兰选择了爬楼梯。游泳训练不辍,她的肺活量和耐力不是问题。

走到10楼,汗湿薄衫。还没进1043的门,那兰就感觉到了空调的冷风阵阵透出。

门怎么开着?

那兰觉得自己的警惕有些多余,宁雨欣知道自己进了大楼,提前打开门迎客,又有什么可奇怪的?

她叫了声"雨欣"。没人回答。屋里只有空调的哼鸣,衬托出死寂。

她不知为什么在这个时候想起,刚才宁雨欣给自己开门,并没有在电话里出声。

她提高声音又叫了一声,仍无回应。她推门,步入客厅,没有人影。

心一紧,但她还是缓缓走进卧室,终于了解了死寂的定义。

死一般的沉寂,死后的沉寂。

天花板上垂下一根铁链,原本是挂吊灯的,现在挂着宁雨欣。

长发遮面,那兰甚至不敢确认那就是宁雨欣。

轻薄棉制的舒适睡裙下,露出一双苍白如冰玉的脚,淡淡的薰衣草香味化在沉沉死气里,那兰捂住了嘴,心里在惊呼。

她忽然想到,这一切发生得突然,发生在转眼之前。毕竟,不到一个小时前,自己才和她通过电话。宁雨欣如果断气不久,说不定还有救。

她踩着床沿,去解缠绕在铁链上和宁雨欣颈项间的绳索,急切间解不开。她飞跑入厨房,找到了一把菜刀,割断了绳索。

宁雨欣被平放在地上,那兰为她做人工呼吸,游泳队的必修课。

口对口,然后是按胸。但是徒劳。

宁雨欣芳魂已飘远。又一个爱秦淮的人逝去。

又一条青春的生命消失了。

一样的下场!

8 死亡的定义

　　食堂早已打烊，小仓鼠也早已享用了夜宵，那兰仍没有一丝饥饿的感觉。尽管窗户大开，小小的宿舍还是让她产生了近乎幽闭恐惧的症状：一阵阵寒战，随时都想冲出门去。她不知不觉走到窗口，才知道错、错、错——她的目光不自觉地投向楼下的树影，那曾是宁雨欣幽灵般跟踪观望自己的立足之地，如今，宁雨欣应该真的成为一个幽灵了吧。你有什么话要告诉我？是谁夺去了你的生命、你存在的权利？

　　这是五年前父亲被害后，她第一次觉得死亡原来离自己这么近。

　　而且，这是她第一次感觉，死亡在向自己走来。

　　宁雨欣怎么说来着？"我就是三个月前的你。"

　　三个月后，我会不会成为另一个宁雨欣，香魂一缕，飘入冥冥。

　　在文园区公安分局盘桓了足有三个小时，口供笔录，一应俱全，那兰身心疲惫。看得出分局对这个案子很重视，可是，目前连自杀还是他杀都还没有定论。她甚至有感觉，警员们更倾向于这是起自杀案。宁雨欣被秦淮"始乱终弃"的花边新闻洛阳纸贵；探案人员更是在她家里发现了抗抑郁类的药物；对门的邻居曾"好像"听见宁雨欣嘤嘤哭泣。种种迹象表明，生活对她极不厚道，她似乎没有太多快乐和期许的心情。

　　但那兰无论如何不相信宁雨欣是自杀。宁雨欣给自己开了门，就在自己上楼的几分钟里，上吊自杀？如果是他杀，更说得通些，是凶手给自己开了门，然后坐电梯下楼——警方也证实，电梯根本没坏。也许，真该给市局的巴渝生打个电话了。

但案子是分局管的,而巴渝生是市局重案组,我这样,算不算干涉办案?

那兰看着手机发了会儿呆,直到手机铃声将她惊醒。

市局刑警大队重案组的巴渝生,仿佛遥感到了那兰的犹豫,给她发来了短信。

"秦淮河上是非多?欲谈详情,高兴水饺见。"

那兰顺便看了一眼手机上的时间显示,10:28。

"高兴水饺"是江大校南门夜市排档的一颗明星,据说老板的曾祖做过御膳房的面点师傅,虽说吹嘘的成分更大,但那饺子从皮儿到馅儿,的确无与伦比。

那兰出了宿舍楼门,四下望,一个人影皆无。这里离江大南门不过五分钟的距离,她准备快步走去。但拔腿就知,这是何其错误的决定。

路灯光将她的影子在柏油路上无限地拉长,同时拉长了另一个身影,就在她身后不远。

她的手,捏紧了小挎包里的辣椒水。

"那兰吗?"陌生的声音,一个高大的男生。

"你是……"

"巴队长派我接你,上车吧。"树影下停着一辆捷达。

那兰迟疑了一下:"麻烦你出示……"

来人狠狠拍了下手,说:"我输了!倒霉!"

那兰更是停步不前,准备随时喊救命。

"你不用怕,巴队长和我打赌,说你一定会逼我出示证件。我不信,说过去多少次带人,只要说声是警察,一般都乖乖从命了,所以和他打赌,我输了,饺子钱我来出。"他边说边掏出证件,还有手机,里面有巴渝生的手机号码。"巴队长说……你很小心谨慎,还说了一大堆你怎么出色的话,我不好意思一条一条讲出来,怕你害臊。"

那兰赞这年轻警察乖巧,有些话还是不要说出来的好,上了车。

"高兴水饺"摊前的长条椅上，巴渝生已经一碗水饺下肚，他说："不好意思，从中午忙到现在都没有机会吃饭，肚子饿慌了，没能亲自去接你。时间也有点儿晚……好像你和我一样，一直做夜猫子。论文写完，你还没有改变生活习性吗？"

那兰上回见巴渝生是一个多月前，在毕业设计汇报会上。此刻夜市灯光下看他，还是老样子，戴着一副过时了多年又返潮的黑边眼镜，头发东倒西歪，更像宿舍楼里见到的博士生，和刑警队重案组组长"该有"的样子有天壤之别。

"改的不多……我正在犹豫是不是要打电话找你。"那兰说，"你怎么知道我见了秦淮？"她不认为自己值得江京最好的警察日夜监视。

巴渝生说："你不要怕，我们并没有对你做任何监视，一方面是合理推论，你发现了宁雨欣的尸体，宁雨欣和秦淮，以下省去很多字……秦淮的那些事，我们都很感兴趣。"

"你们在监视他？"

"谈不上，我们哪有那样的人力物力。只是比较关心，在岛上有些好心的群众会给我们提供信息。"巴渝生苦笑一下，"说说你遇到了什么麻烦吧……"

那兰心里苦笑，好像发现宁雨欣的尸体还不算什么大麻烦似的。"你怎么知道我遇到了麻烦？"她故作惊讶，又想到宁雨欣告诫自己的"麻烦论"。

巴渝生看一眼接那兰来的小警察，那兰会意，他眼里的意思是，"你输得服不服？"他说："你遇到了秦淮，所以你遇到了麻烦，够不够高度概括？"

那兰点点头，将这两天的一系列遭遇合盘道出。巴渝生饺子入嘴的速度越来越慢，终于放下了筷子："我的第一条建议，打电话给海满天，辞职。如果你只是需要短期打工，我们局里有些文书工作，正好需要帮手，薪水可能没那么高……"

"秦淮的麻烦究竟在哪里？"那兰被疲惫啮着，希望得到直截了当的回答，虽然她知道，秦淮的麻烦恐怕是个很难直截了当回答的问题。

"你知道多少？"

"算上所有道听途说，也只有一点点，比如，他身边的人都死了……"

"他的妻子，只是失踪。"巴渝生纠正道。

"可是，可是，她已经消失了三年，法院已经宣告死亡……"

"但在没发现尸体前，刑侦角度上，只能算失踪！"从结识以来，巴渝生给那兰的印象一直是波澜不惊，也从来没有做老师的架子。这还是第一次耳闻目睹，他语调神态，带出激动的情绪。

那兰淡淡说："真要跟我揪字眼儿吗？"

巴渝生显然意识到自己的略略失常，带着些抱歉地说："法院宣告死亡，至少要等下落不明四年后。"

那兰沮丧地点头："这我真是菜鸟了，看来道听途说，再怎么逼真，终究只是道听途说。这么看来，秦淮发迹，也不可能是靠传说中的保险理赔。"

巴渝生说："不单是你，我们办案人员也听过这个传说。邝亦慧的确买过人寿保险，但保险公司当然不会给还没有定义死亡的人理赔。不过呢，定义死亡的确是个难题，尤其，邝亦慧……就是秦淮的妻子……她本身就是个难题。"

秦淮和邝亦慧，麻烦遇上了难题。巴渝生谈不上是最伟大的说书人，但那兰已经入神。

"邝亦慧的父亲邝景晖，是从广东梅县走出来的'岭南第一人'。第一人的意思，不光是说他巨富——据说劳动法出台前广东一半的玩具厂都是他的投资，而且他在五年前开始转移资金，挥师地产界——他的确巨富，即便不算首富，在广东至少也是前三位，他同时是省政协元老、慈善家、书画家、古董名家、粤剧的保护神、客家山歌的收藏家、某个中超球队的大股东。邝景晖唯一美中不足的，是香火不旺，到四十五岁头上才得到这么一个千金，就是邝亦慧。所以你可以想象，邝景晖夫妇对独生女，用疼爱有加来形容，非但不过分，而且太轻描淡写。"

那兰当然可以想象这种感情，自己的父亲不是任何的"第一人"，爱她也入心入骨。

"所以你可以进一步想象，邝氏夫妇对邝亦慧的终身大事，会有多重视。开始，顾虑并不多，邝亦慧一直和一位叫邓潇的男孩情投意合。这位邓潇也是出自名门。邓家多年来一直经营建筑材料,从九十年代末开始就具备了建材'王国'的规模,所以算得上和邝家门当户对。两家的掌门,邝景晖和邓潇的父亲邓麒昌,都是老政协、大商人,往来不辍,因此邝亦慧和邓潇是典型的青梅竹马,郎才女貌,嫁娶的事宜,已经在双方父母的议事日程上,只等两人大学毕业后完婚。偏偏就在邝亦慧大学的最后一年,她遇见了秦淮。"

"一见秦淮误终身。"

"一见秦淮误终身。"那兰喃喃说。

"哦?你也听说过'情丝'们的这条标语。好像是抄袭金庸的吧?"

那兰点点头。

"秦淮当时只是个身无分文的'江漂',卖文为生,但不知哪点深深吸引了邝亦慧,也许是才华,也许是相貌,总之邝小姐毅然断了和邓潇的青梅竹马,向父母宣布,非秦淮不嫁。邝景晖从商三十年,什么风浪没见过,却在这件事上遇了险滩,他用了许多手段,甚至用重金诱惑让秦淮离开邝亦慧的生活,直到公开断绝父女关系,都没能拆散这对爱到海枯石烂的鸳鸯。"

那兰突然想到了秦淮小说稿里的浪子凤中龙和太师府的小姐闻莺私奔,忽然明白作家原来真的无法脱离生活,即便编着发生在五百年前的故事,也会影射出自己的经历。

巴渝生不再说下去,提醒那兰吃些饺子。那兰笑着推辞,说深夜吃饺子不好消化,点了碗粥,问道:"后来呢?"觉得自己像是回到小时候,缠着爸爸讲完后面的故事。

"后来你都知道了。你的那些道听途说,也并非都错得离谱。"巴渝生笑笑。那兰这才想起来,巴渝生其实是个惜字如金的家伙,很少说废话,刚才的长篇大论还是第一次。

这么说来,掌渡老板没有太夸张,秦淮和邝亦慧婚后拮据度日,直到邝亦慧失踪后,秦淮暴富,买下了湖心岛的别墅,写作事业也开始起步、腾达。既然保险理赔不是秦淮的致富捷径,那么他的腾达,是否依旧和邝亦慧的失踪有关?

"邝亦慧的失踪,秦淮真的是主要嫌疑人?"

"其实连嫌疑人都谈不上。作为失踪者的丈夫，他是第一个被怀疑的，可是，没有任何哪怕间接的线索使他成为嫌疑人，没有人证物证，没有暴力痕迹，没有犯罪历史；报失的头一天晚上，他自称喝酒醉倒，所以不知道妻子的去向，只记得醉前和妻子共饮。当时，他的悲哀和焦虑，非常真实……至少我这么认为，你这个未来的心理学大师，也许有不同意见？"巴渝生见那兰突然抬起眼。

　　"也许当时他是真的悲哀和焦虑，但是事发不过三年，他就好像全忘光了，他的生活里，没有哪怕一丝丝悲哀、焦虑、思念的痕迹，没有旧照片，没有悼文，没有言语中的追思，根本连提都不提；相反，比较多的是风流债、追逐美女的口碑……"那兰想，故作忧郁的眼神除外。

　　或者，那忧郁是真实的？

　　巴渝生说："大概有些人比较擅长从痛苦中迅速脱身。"

　　那兰想，也许这就是我和秦淮的不同吧。时过五年，我却仍愿意做任何事，只要能见爸爸一面。

　　"说到风流债，"那兰定了定神，说，"宁雨欣的死……"

　　"还是一样，秦淮是第一个被怀疑的，但他不是嫌疑人。宁雨欣出事的时间段，他一直在湖心岛边游泳，有不少人可以证明。"

　　"一定是批少女和少妇们。"那兰自言自语。

　　巴渝生说："我看你是'一见秦淮变八卦。'"

　　"是不是没想到，你的学生有这个潜质？"

　　"这是给秦淮做助理的职业病，另一个该辞职的理由。"

　　"方文东呢？他是秦淮的心腹……比心腹还亲。"

　　"嫌疑排除。他一直在家。"

　　"也有证人？"

　　"开摆渡的老板证实方文东一整天都没有过湖，另外，他太太也说他在家写作。"巴渝生看出那兰脸上的微微期许，"你想必也听说过方文东的太太？"

　　那兰点点头，说："可惜没见面，我倒是还借她的一套礼裙穿过，那天我受骗上当，跟着秦淮去了一次司空竹开的慈善拍卖会，还见到你们局长呢。"

"真没想到你过着那样精彩的生活。"巴渝生笑笑，又说，"方文东虽然和秦淮在公众面前形影不离，口碑却比秦淮好，结婚多年，好丈夫，没绯闻，专心写作。你可以从他的作品里看出来，缺少灵气，却很扎实用功，感觉写每个字都费了不少脑筋。"

"你会去看他们的悬疑小说？"那兰脸上的惊讶更明显。

"了解一下他们对整个刑侦过程和公安系统的认知有多糟，本身就是种消遣。"巴渝生和那位小警察相视一笑。

"我这里还有一位嫌疑人，不过说出来，你们不许笑。因为这一切都很肥皂剧。"

"你面前，我们哪里敢笑。"

"听说过司空晴吗？"

巴渝生愣了一下："司空竹的千金？"

"她也爱慕秦淮，所以自然是宁雨欣的情敌。宁雨欣说到过，她这个人，好像很强势，为达目的不择手段。"那兰将那晚酒会上司空晴暗藏锋芒的一番话转述了一遍。

巴渝生真的没有笑，点头说："这算是个好线索，谢谢你。司空晴和秦淮有交往的事，我们倒也知道，但宁雨欣的话很有帮助。既然司空晴把你也误认为秦淮的女友，是不是你也应该加倍小心？"

那兰点头，又问："我一直以为除了影响深远的恶性案件，你们一般不干涉分局办案，怎么对宁雨欣的死有这么大兴趣……好像连自杀他杀都还没确定。"

"我们有一定的灵活性，何况，你这个当事人算是我的学生。"

"说不通。我这个当事人算是你的学生，你好像更应该回避。"

"你是当事人，但不是嫌疑人。我不愿你成为被害人，所以劝你辞职。"

"照你前面说的，秦淮谈不上多么可怕，我为什么需要辞职？"其实不需要巴渝生劝说，那兰已经拿定主意不再去见秦淮。

"你自己刚说过，司空小姐可能会视你为眼中钉。另外，邝亦慧失踪后，伤心的人有很多，尤其当秦淮在那之后暴富，有些人会很自然地认为秦淮和失踪案有关。所以哪个女生和秦淮交往，都会被偏执地看做是对邝亦慧的亵渎……"

"你是在说邝景晖？"

巴渝生不置可否，说："有足够的说服力吗？"

那兰忽然说："如果你再这样纠缠下去，或者你，或者我，迟早要付出血的代价！"

"什么？"两个警官神色大变。

"秦淮对着手机说的一句话。"

告别巴渝生，回宿舍的路上，那兰觉得新产生的疑问比得到的解答更多。她一言不发，直到年轻警官提醒她宿舍已经到了。

那兰下了车，正要说谢谢，小警察忽然说："巴队长的事……你们对失踪和死亡的争论……这里面有些事儿，我开始以为你已经知道了。"

"知道什么？"

"巴队长……巴队长有个深深相爱的女朋友，已经失踪了十年。而且，我可以肯定，他……他还在找她。"

9 念去去

那兰走进杨柳青村小区,觉得不是自己的双脚在走,而是被一种无形的力量牵引着。我这是在干什么?从自己行走的方向看,当然是要去宁雨欣的家,但为什么?她觉得这很可能会是个日后让她追悔莫及的决定,但她仍在往前走,到了那栋楼下。

宁雨欣的死,和我有关,我有责任。

这是个荒唐透顶的想法,所以她不想告诉巴渝生,不想告诉陶子。她觉得如果不是自己的出现,也许宁雨欣还保守着那份秘密,继续着有些乱糟糟的"一夜成名"的生活。宁雨欣说要和我好好聊聊她过去三个月的遭遇,是什么?宁雨欣执意要在家中见面,是否已预感到危险的存在?或者,宁雨欣离开秦淮,就是已经预感到危险存在?巴渝生提到,文园公安分局的人取走了不少宁雨欣家中的材料物品进行分析,会有结果吗?

这是为什么那兰又回到这让她夜夜噩梦的大楼的原因。

她忽然发现,自己在迈出更危险的一步——她想知道宁雨欣是为什么死的,是谁下的手。

自从父亲被害的案子冷下来,那兰的心境就没有平静过:犯下如此罪孽的人仍在惬意地生活着,而被害人身后,留下的是一个破碎的家、几颗破碎的心,得了抑郁症的母亲,和生活里留下阴影的自己。如今,她又陷入了一起谋杀案中,眼睁睁看着一个无辜的女孩死去。她知道在自己的内心深处,想为宁雨欣的死担那份责任。

宁雨欣,让我找出杀害你的凶手。

说吧，就说我荒唐、疯狂，但是我考大学时主动选了心理学专业，选定犯罪心理学的方向，不就是在补偿我对父亲被害一案的无能为力？

她觉得思绪逐渐被理清，让自己平静了一下，但还是不知道自己到宁雨欣的旧居有多少意义。

宁雨欣的家门口还拉着黄色的警戒线，那兰上前推门，门紧锁着。

那兰想了想，不再勉强。她低下头，默默念着，宁雨欣，你好好去。

一滴泪，落在前襟。

她想说，宁雨欣，杀害你的人，我会找到他。但知道这是一句空空的承诺。她对着爸爸的坟墓说过这样的话，刻骨铭心，但她无能为力。

两行泪，凝在腮边。

走出楼门，那兰长长吸了口气，仿佛刚才的旧地重游使她心力衰竭。

夏日的闷热让空气里也似乎带了铅，那兰没能如愿以偿，吸到更多的氧，但至少闻到了花香。

花香？

楼门口的台阶上，一个花篮，满满插着百合花、白菊和白玫瑰，白得让人心碎；但众白之中，却跳出一枝含苞的红玫瑰，红得让人心颤。

也许，哀思之外，还有对美好的向往。

那兰几乎可以肯定，虽然刚才心情震荡，但进楼时的印象还在，这花篮并没有在场，也就是说她上楼吃闭门羹的这短短几分钟里，有人摆上了这个花篮。她弯下腰，花篮里没有标签，是匿名送的。

她抬起头，四下张望，对面楼下的转角处，一个男孩在朝她望，那孩子瘦瘦高高，宽大的 T 恤和更宽大的嘻哈短裤，看见她的目光，回避开。她开始举步走向那男孩，男孩却转身走开。偷看美女的男生如果被看破，目光回避，正常；但如果美女向自己走来，转身就逃，嗯，有情况。

男孩越走越快，那兰索性跑了起来，叫着："我是那楼里死者的朋友，我想问你件事！"

像是突然踩了刹车，男孩停住了，回过头开始肆无忌惮地上下打量那兰。

那兰本来想问,你有没有看见刚才是谁放的花篮?现在却问:"那花篮是你放过去的,对不对?"

"你是警察吗?"

"你看我像吗?"那兰稍稍理了下鬓发,"我真的是宁雨欣的朋友。"

男孩的警惕仍没有消除,显然不是那种缺根筋的少年:"你是记者?"

"记者会空着手吗?没有相机,没有笔记本,没有话筒?我只想问你,你们……你们这些送花的人,和宁雨欣是什么关系……我说你们,是因为发现花篮里的花,像是许多不同的人,一枝一枝从不同的地方买来或者采来,堆放在一起的,不讲究插花摆花的规矩,只代表一份深情;甚至有一枝红玫瑰,我猜,是你送的?"

"你怎么知道……原来你还是警察。"男孩虽是这么说,却似乎对那兰产生了兴趣,歪着头看着她。

"我是江大的一个学生而已,要检查我的学生证吗?"

"你既然声称是她的朋友,怎么会猜不到我们是谁?"男孩耸耸肩,"其实告诉你也没关系,没什么隐秘的,我们是宁老师的学生。"

"学生?"

"你大概只知道做美女作家的宁雨欣吧!直到三个月前,她还是我们的语文老师,江大附中,去年我们高一,她还做过我们的班主任。她连续两年都是我们学生评选出的'最美教师',人也很好,这些花,都是我们班和年级里喜欢她的学生凑起来的。"

"我认识她不久,没注意太多关于她的报道,她也没有提起过她做教师的经历。看来,消息传得真的很快,她去世才三天……可以想象,你们应该很难过。"

"我可以走了吗?"

"你为什么送她红玫瑰?"

"这跟你有什么关系?"男孩酷酷的样子不完全是装出来的。

"是我发现了她的尸体。"

男孩的十足酷劲消失了七成,惊得有些呆:"那……那又怎么样?"

"我想知道,是谁杀害了她。"

男孩初长成的大喉结艰难地蠕动了一下:"宁老师她……真的是被杀的?你真的不是警察?"

"警察难道会告诉你这些吗? 警察会不知道她做过教师吗? 我相信她是被杀的,但仅仅是我的猜测。"

"那我可以告诉你谁是凶手?"男孩呼吸急促。

"哦?"

"当然是那个狗屁作家秦淮! 他们的事你肯定知道吧。宁老师绝对不是媒体或博客上表现出的那种人,都是被秦淮的无情无义逼出来的!"

那兰点点头:"你还没有回答我刚才的问题,为什么送她红玫瑰?"

男孩低下头:"我喜欢宁老师,不是一般的喜欢……当然也谈不上爱慕爱恋什么的……我这个人有点怪,学习上一向重文轻理,喜欢写东西,总梦想着以后变成韩寒或郭敬明那样的,你知道……写出名,数理化怎么样不重要,可是所有人都觉得我是在做梦,他们也很有道理:中国十几亿人,不就只有一个韩寒,和一个郭敬明吗? 包括我爸妈,唠叨个没完没了。只有宁老师理解我,和我谈过许多,她说她原来也是这样,也像我一样固执,因此吃过不少苦头……"

那兰心头一动,"像我一样固执"吗?

"所以她劝我应该坚持自己的理想,同时也要适应基本的学业要求。她的话,我都听进去了。她不久前辞职,对我打击可大了,到现在都没缓过劲来。好在前几天在学校里又遇见她,推心置腹聊了一阵,好受多了。谁知她突然就走了……送她红玫瑰,是希望她在另一个世界,或者是来生,有美丽人生,和爱情……"男孩用巴掌抹眼睛,那兰努力不去注意到他在流泪。

等男孩的情绪稳定下来,那兰说:"我不大明白,她三个月前就辞职了,你怎么说前几天在学校里又遇见了她? 现在不是暑假期间吗?"

"我们马上就高三了,所以暑假里大多数时间都在补课。她是学期结束前辞的职,好像在学校里还有些事要做,比如整理上半学年考试成绩什么的,一直断断续续地在做,她在语文教研组里还留着一张办公桌,她有时候会去。"

"你前几天遇见她，具体是哪天？"

男孩发着呆心算了一阵，说："她是大前天去世的吧……那就应该是，她去世的两天前。"

"你看见她，有什么反常吗？"

"当然有，你知道的，那阵正是八卦小报炒作她爆料和秦淮'风流事'最轰轰烈烈的时候，她戴着个大大的墨镜，幸亏暑假里教师和学生都不多，但她这样的美女老师，还是有些人注意到她，闲言碎语一大堆。我和她聊天的时候，她摘下墨镜，显得很憔悴。"

宁雨欣为什么在这个是非风雨满楼的时候去学校？换作我，绝不会出门半步。或许，这些都是重要的线索。

"你说她在语文教研组里还有张办公桌？"

男孩点头，盯着那兰，"你想干什么？"

"没什么，只是问问。谢谢你了，我希望，杀害你们宁老师的混蛋早点落网。"那兰不知道自己还能说什么，还能许诺什么，让这个孩子好受些，只得转身离开。

"暑假里，学生补课的原因，白天教学楼里一直会有人走来走去，"男孩在她身后说，"参与补课的有两个语文老师，也时不时会去办公室，所以你白天去肯定会被人注意到。"

这个聪明的少年，猜出了那兰的想法。那兰索性回身听他继续说："江大附中的大门晚上七点就关了，要进去必须通过门卫。但是，附中靠后门的地方正在建一个停车场，最近一直在施工，因为天热，施工最热闹的时段反而是在太阳下山后的几个小时里，那时后门一直开着。

"教学楼通常也上锁，但一楼男厕所有块玻璃坏了好几个礼拜了，因为是假期，大概也没有人会去修补；语文教研室在三楼，有牌子，办公室一般也会被随手锁上，但那门锁是最简单的那种，可以用银行卡插进门缝打开的那种，如果你嫌麻烦，也可以用这个。"男孩从他短裤上千百个口袋里掏出一把钥匙，递给那兰，"我一直是语文课代表，有幸接触过办公室的钥匙，这个是备份。那些办公桌的抽屉，大多也上锁，那些锁也都是最简单的那种插嵌锁，用银行卡或铁片，也一攻就破。"

那兰不解地看着男孩,想问,你到底是去上学,还是在玩学校于股掌之间?

男孩似乎明白她的眼光,说:"忘了告诉你了,我的志向,就是写最好的悬疑小说,所以一直在实践……更主要是因为,我从来不是什么三好学生,而语文教研室里面有门,通往更多的教研室……"

"我不需要知道得那么具体,留在你的悬疑大作里慢慢道来吧。给我留个电话,赶明儿我请你吃饭。"那兰接过男孩手中的钥匙,三天来第一次有了微笑的动力。

那人看着那兰终于找到了"突破口",不由好奇,她想做什么? 难道宁雨欣的死还没有传出足够强的信号? 我为刀俎,你是鱼肉,你这个时候脱身都来不及,反而往一江浑水里跳?

难道,她想知道真相?

那人冷笑起来。这是个公安局最好的警探也破不了的案子,她这是何苦?

还有那个男孩,大概是宁雨欣的学生,送花,好感动。

他们在谈什么?

那人忽然发现,自己对那兰的兴趣,已经超乎寻常。

10 夜机

那兰的生活规律在她发现宁雨欣的尸体后被打乱了两天,但她很快迫使自己返回原来的状态,八点整出发,跑步、游泳。

游泳结束后,她没有返回宿舍,而是出了校门,直奔江大附中。江大附中和江京大学正门隔了三条街而已,十分钟的路程。附中的大门紧闭着,大铁门边还有一扇小门,也关上了。那兰按着男孩的指点,穿过一条小路,绕到学校后门。果然,一片通明灯火,一辆水泥卡车旁,三五个工人正在忙碌着。后门洞开。

那兰进了后门,从工地边的树影下穿过,走进安静的校园。

校园实在太安静,大概这是为什么,她总觉得,黑暗中疾行的,不止她一个人。她甚至能听见树丛间传来的声响,窸窸窣窣。

猛然一条黑影。不过是觅食的野猫。

她忽然有种不祥感。

江大附中的办公楼是座五层高的宽大楼房。那兰走到楼门口,推门,楼门紧锁。她围着楼绕了大半圈,发现了底楼一扇缺了块玻璃的窗子。那缺口一尺见方,上下左右都还有玻璃,肯定容不下一人钻入。那兰从缺口伸进手,摸索了一下,找到了锁窗的铁扣,拧开,整扇窗荡开。

至今为止,那男孩的描述毫厘不爽,日后写悬疑小说,一定盖过鸳鸯蝴蝶派的秦淮。

那兰翻进窗口,屏住呼吸,抵挡扑鼻而来的臭气。翻窗进男厕,这是那兰人生的第一次,希望也是最后一次。她从厕所中逃出,恢复了一下鼻息,走上三楼。

走廊和楼梯里漆黑一片，静谧一片，那兰脚下柔韧的运动鞋触地，几乎算是悄无声息的，却在这沉静黑暗中被放大无数倍，历历在耳。她告诉自己，这里没有人，没什么可顾虑，唱歌壮胆都没关系。

她突然发现，自己好像真的需要"壮胆"。黑暗有一种吞噬人的力量，给她带来的压迫感无法事先估量，无法做心理准备。

其实黑暗本身并不可怕，黑暗中只有她一个人也不可怕，可怕的是黑暗中不止她一个人。

她不想吸引门卫的注意，所以没开灯，从背包中取出手电，光圈照向走廊两侧每间房门的上方。"数学教研室"、"物理教研室"、"政治教研室"、"高考策略办公室"、"语文教研室"。

她转动语文教研室的门把手，动不了。拿出男孩给她的复制钥匙，一转即开，果然是那种最简单的锁。

站在同样黑洞洞的办公室里，那兰发现，自己并不知道哪张办公桌属于宁雨欣。宁雨欣既然已经辞职，办公室中央的两张大写字台一定属于其他老师。那兰举着手电，沿墙的几张写字台一一看去。终于，她看见墙角一张办公桌上的照片，宁雨欣和一对中年男女，想必是她父母，一家三口欢乐的笑容仿佛能在黑暗中发出光亮。

又一出白发人送黑发人的惨剧，无法想象。

办公桌上整理得很干净，显然这两天没有人翻动过。公安局一定也掌握了宁雨欣的就业历史，但估计没想到，她虽然已经辞职，却还在学校留了一张办公桌。

桌子两侧的抽屉都没有上锁，那兰拉开左侧抽屉，用手电照了照，一些空白的备课本、一些文具、办公用品、一瓶香水——不用看、不用闻，定是薰衣草的香型。右侧抽屉拉开，是一些衣物，一条牛仔裤、一件长袖T恤、一顶太阳帽。

唯一上锁的，是紧挨着桌面正中间的那个抽屉。

那兰取出学校发给她的游泳卡，从抽屉上方的缝隙中塞进去，往下按，

"嗒"的轻响,再拉抽屉,开了。

整个抽屉里只有一件物品。一本今夏版的《广州火车站列车时刻表》。

看来,这里没有秘密。可是,为什么要锁一本时刻表在抽屉里?

那兰拿出时刻表,翻开,一张薄薄的小纸片掉了出来。

一张火车票,江京至广州。

那兰将手电对准票面,车票的出发时间是前天,宁雨欣死后的第二天。

宁雨欣在临死前,准备远行花城。如果她还活着,不失为一个好主意,躲开娱乐版的困扰与江京的是是非非。

可是,为什么要锁一张火车票在这儿?

她又翻开了列车时刻表,准备看看里面是否还藏着什么宝贝,还有什么线索,却听见了办公室门把手轻轻转动的声音。

那兰的心开始狂跳,看来黑暗中真的不止她一个人。

门锁着,所以把手被拧动后,并没有打开。可以撞开门,用不了两秒钟,但可能会惊动不远处的门卫——如果那门卫还没有睡着的话。用更专业的方法,这扇门没有任何强大的锁,对他来说,不费吹灰之力。最多也就是十秒钟过后,门开了,门口出现了一个黑影,因为一身黑衣,完全融在黑暗中,其实连黑影都谈不上。

他走进办公室,脚步也融在黑暗中,无声。等到出声的时候,那个叫那兰的女孩,就会很后悔,不该来找宁雨欣的遗物,甚至,她可以真正"见到"宁雨欣。

可是,她已经不在办公室里!

他打起手电,靠墙角的一个书桌,中间的抽屉被拉开一半。他走过去,台子上是宁雨欣全家的照片。可恶,抽屉已空!

他将手电飞快地挪动,扫遍整个办公室,没有看到那兰,却看到了另一扇门……另两扇门!

这间办公室还连着其他办公室!一左一右,那兰可能从任何一间毗邻的办公室逃走。他选了离宁雨欣办公桌较近的门拧开,随后听见了不远处另一扇门打开的声音。

那兰果然从语文教研室穿到了相邻办公室,正在向外逃。

他快步追上,知道那兰其实逃不出他的手心,或者说,他们的手心——他的同伙等在那间厕所的窗外,那兰跳出来,就会直接跳进他们的手心中。

那兰大口大口地喘息着,在黑暗中奔跑。代替最初恐惧感觉的是更深的恐惧。这是生平第一次,她有种被猎杀的感觉。

来"找"她的人很专业,在走廊里没有脚步声,打开门锁又轻又快,追赶的脚步也很轻灵。刚才还在走廊尽头,转眼已到了楼梯口。

追的人没有说话,但不知为什么,那兰似乎可以听出他自信脚步声里带出的恐吓:"你逃不掉的。"难道就为了一张火车票?

更深的恐惧感被求生的欲望代替。

冷静,快,原路返回,再一次做逐臭之人,那扇窗应该还开着。

他可以听见那兰奔跑的脚步声,迅疾轻便,不愧是锻炼不辍的健身女子。他追到一楼楼梯边的时候,正好听见走廊里一扇门被关上的砰响,的确好像是厕所方向。那兰果然要原路逃回。

他紧追几步,到了男厕边,厕所门兀自在轻轻晃动,显然那兰已经进去,或者,已经到了窗前。

推开厕所门,窗前却没人。想必她已经跳出窗子,跳到他同伙的刀尖下。可惜,可惜,宁雨欣和那兰,两个美女,这么快就殊途同归。

他到了窗前,却发现他的同伙,像个木桩子一样呆立着,好像什么都没发生。

的确什么都没发生!

那兰并没有从原路返回。

可恶,他低声骂着,回转身,推门而出,又推开了对面的女厕所门。

一扇窗开着,他甚至可以看见那兰的身影消失在学校后门的方向。

　　那兰跑到江大附中后门,看见修建停车场的工地,就是看见了光明。她略略定了神,略略放了心,脚步却没有慢下。她仍是借着黑暗绕过工地,步入那条小路,回头看看,没有人跟上,总算长舒了一口气。

　　但她随即又忘记了该怎样自如地呼吸。

　　因为从前面路口,突然转进一辆汽车,开足了马力,向那兰急冲过来。小路狭窄,一侧是附中的围墙,另一侧是一个小区的围墙,路宽恰好只能容这一辆车,那兰毫无周旋的余地。

　　她唯一能做的,是掉头往回跑,但那车速之快,只怕她还没来得及跑回到工地,就要被撞成冤魂。但她没有时间权衡,只能飞奔,她甚至顾不上喊救命,双眼飞快地望向两侧。

　　那车来得比她想象得还快,刺眼的前大灯照亮了通往地狱之路。转眼间,她就要成为一起肇事逃逸车祸案的受害者。

　　就在那辆车要撞上那兰的刹那,她消失了。

　　那兰情急之下,忽然贴到了小区的围墙边,借着奔跑的动能,纵身攀住了墙头。

　　小车从她身侧滑过,在轮胎的尖叫声中,车停了下来。

　　那兰在他们停车的刹那,落地向路口奔去。车又飞快地倒回。但已经晚了,等这辆没挂牌照的车倒回路口时,那兰已经消失在霓虹下夜归的人群中。

　　我险些丢了性命。

　　这是那兰让狂跳的心略平静后反复想的一句话。

　　我做了什么?是谁想要我步宁雨欣的后尘?也就是一夜之间,死亡突然离她如此的近。

　　袭击我的人是谁?他、或者他们,怎么知道我今晚的行程?监视,我的一举一动都在别人的眼中。以前是宁雨欣在监视我,现在是更凶险的人物。

一想到黑暗中有人在窥视自己,那兰身上立时起了一层细小的疙瘩。

她拿出手机,准备告诉巴渝生今晚的遭遇,可是又迟疑了:我该怎么说?她仿佛可以听见巴渝生的质疑,为什么一个人摸黑爬进紧锁的办公楼?你找到了什么?你为什么要冒这个险?

是啊,我为什么要冒这个险?

你应该回到你的宿舍,继续完成你的论文,忘掉秦淮和做他的所谓写作助理的事。

坐以待毙。

她的心迅速往下沉着,她非但没有从刚才的惊吓中回过神,而且失去了所有的安全感。有人潜入她的宿舍,有人在她赶到之前杀害宁雨欣,有人跟着她晚出"行窃",几乎杀了她。

结论只有一个,她必须消失。

11 红唇短发下岭南

　　那兰在江京的唯一亲戚就是表哥成泉。成泉是位不大不小的房地产开发商,接到那兰电话后,执意要那兰到他家客房来住。那兰盘算过,她不知道跟踪她的人对她了解多少,但多半知道成泉的存在。住到表哥家,会给成泉添麻烦。于是她提出要住"清静"的地方。成泉翻了阵账本,将她"安排"到一个新盘的样板房去住。

　　在商场关门前,那兰用银行卡取了些现金,买了一堆内外换洗衣物,打车赶到了成泉公司操作的新楼盘。小区的物业已经开始运转,保安已经接到通知,将样板房的钥匙给了那兰,又送那兰上楼,殷勤备至。

　　保安一走,那兰立刻将门窗紧锁。她发现,自己的心跳还是超乎寻常的强烈。

　　定了会儿神,她坐到桌前。一盏台灯下,她打开宁雨欣留下的列车时刻表。

　　这时她才发现,其中的一页折着角,明显的记号。

　　页面上有红笔圈出——广州东站至汕头 N621 次,08:46 发车。在一排途经站站名里,红笔又圈了"梅州"站,14:11 分到站。

　　她又看了一眼夹在时刻表中的车票,又查了时刻表,江京到广州站,和谐号动车,20:35 到站。她闭上眼,想象着宁雨欣未成行的旅程:从江京坐到广州站,下车,酒店里住一晚,坐出租到广州东站,第二天下午两点半左右到达广东梅州。

　　宁雨欣为什么要去梅州?

　　那兰想起了宁雨欣办公桌抽屉里的那套衣裤,和这张火车票放在一起。

说不定,宁雨欣正是要从学校出发……在学校里换上一套全然不同的装束,戴上太阳帽,从学校后门出发去火车站……她有可能感觉到了被跟踪,这么做是为了方便出行。

显然,她不想让别人知道梅州之行。

为什么是梅州?

她心头一动,想到了和巴渝生的一席交谈。于是她拨通了保安的电话:"请问这附近哪里有网吧?"

"网吧? 这么晚了,你是要去聊天? 还是'魔兽'?"保安有些诧异。

"就是查查邮件……"

"我值班室里有宽带,只要你不是聊天或者打网游……"

"我这就来。"

等再次回到样板房的时候,那兰已经拿定了主意,明天就出发去广州。

因为她很快在网上查到,广东梅州市梅县,近百年来,出过两位响当当的人物,无与伦比的开国大帅叶剑英,和无可替代的客家大商邝景晖。

邝景晖虽然早已走出梅县,但发迹后在老家广施恩惠,行善积德,当地媒体对他赞不绝口。最引起那兰注意的一篇新闻,说到邝景晖如何地不忘本,每年清明重阳,都会简装回乡,插柳扫土,朝宗祭祖——邝氏祖坟就在梅县。

宁雨欣为什么要去邝景晖的老家? 或者说,宁雨欣为什么要去邝亦慧的老家?

难道,宁雨欣在调查邝亦慧的死因?

莫非,宁雨欣要和我谈的,和邝亦慧之死有关?

至少她相信,聪明的宁雨欣绝不会盲目地南下,也许只有亲自到了梅县,才有可能找到线索。

天将亮未亮的时候,睡眼惺忪的小区保安发现有辆出租车停在大门外。他没有太在意,脑子里更多的是昨晚接待过的那位长腿女孩。他一直在揣测女孩的身份,据说是楼盘老板亲自安排过来的。那个中年有些发福的老板,深夜"安排"过来的美女＝二奶。可是,没看见老板一起来过夜呀?不知为什么,他觉得那少女又不大像小三,也许是所谓的气质,更像个大学生。话说回来,大学生做二奶的还少吗?遍地都是。

一个高挑的女孩上了出租车,保安顿时清醒了一点。那是谁?怎么没见过。这个小区开盘没多久,虽然已有住户,但寥寥可数,他的目光没放过任何一个稍有姿色的女子。刚才经过的这个女子他只见到背影,身材和昨晚那个大学生二奶颇有一拼,但显然不是一类人。昨晚那个美女穿着短裤装,乌黑长发系成马尾,不施脂粉,没挂首饰,不是妖冶狐媚型的。进出租车的这个,穿着紧身低腰的牛仔裤,更显修长美腿,短发,染成棕黄,耳朵上坠着两个又大又圆的耳环,他没看见正脸,但可以想象,女子脸上一定涂满了各种进口化妆品。

透过玻璃窗,他可以一眼看见昨晚那个女孩住进去的样板房的两扇侧窗,窗帘低垂,屋里人一定还在酣睡。于是他也再次打起了瞌睡。

直到大半个小时后,被电话铃惊醒。

"您好,是我。"昨晚那个女孩的声音。

"您……您好。"他下意识地扶正了帽子,对着话筒微笑。

"我已经出来了……"

"好,好,我来接。"

"不用了。我已经在路上了,刚才看到您在打盹儿,没惊动您,就把门钥匙放在样板房门口的信箱里了。"

保安有些失望地愣了片刻,甚至忘了什么时候挂断了电话。他忽然有种感觉,说不定,那个打车的短发女孩,就是昨晚来的长发女孩。

戴上墨镜,那兰对着火车站洗手间镜子里的陌生人苦笑。她昨晚一番忙碌,剪发、染发。凌晨起床,继续努力将自己打扮成"非那兰",用口红将嘴的轮廓拉开拉大,胭脂和粉将颧骨托高,戴上两个大耳环,宅女和潮女的界限一笔抹去。

她上了开往广州的动车,呼啸南下。但她心中仍忐忑,倒不是怕再被跟梢、被认出来,而是对此行的不安。这不符合她的习惯,她更习惯于胸有成竹地去做一件事,如此茫无头绪地远奔千里,还是头一次。

转念一想,到梅县,说不定真的可以更深入了解邝亦慧。

至少,可以暂别江京这个是非之地。

她很快就会明白,这是多么地一厢情愿。

到达广州站,那兰在酒店里住了一晚,第二天清晨打车到广州东站,下午三点左右,顺利住进了梅江边的梅县桃源酒店。她只是略略梳洗,就下楼,又上了出租车。

"去哪里?"

"广助镇。"这是那兰能讲出的最精确地址,邝景晖的诞生地。

"广助哪里?"

那兰不知该怎么回答,司机又问:"去哪里啊?广助镇占了半个新县城,很大一片。"

"邝景晖。"

"什么?"司机回转头,不解地看着那兰。

"邝景晖的老家,是哪里?不知您是不是知道。"那兰觉得自己是被逼无奈,才有此下策。

"局里。"司机踩起油门,出发。

"局里?什么局?"

"局里村,"司机一定觉得那兰不可救药。"邝景晖的老家是局里村,这里每个人都知道。"

"邝景晖果然好有名。"那兰从来不觉得巴渝生说话会夸张,但亲自体验邝景晖的影响力,仍是心惊。

"告诉你好啦,这里的人可能不知道广东省长是谁,但肯定都知道邝景晖。"

"那就请你带我去局里村,我也是听说他很了不起,所以想看看他的老家。"那兰觉得这说法没太大说服力,但至少算个说法。

"这样吧,我把你带到三圣宫,局里人常去的地方。从那里开始,你可以在局里四处逛逛。"

"三圣宫?是个什么地方?"

"三圣宫是座庙,你至少可以旺旺香火,希望菩萨保佑你和邝景晖一样成功。"

那兰吐出真心话:"保佑我和他一样走运就好了。"

"邝景晖走运?不好说,"司机的语调一沉。"你大概没听说他的……他家的倒霉事情……"

仿佛是再次提醒那兰,邝景晖的事,这里每个人都知道。

"哦?倒霉的事情?我真的没听说过。"

"不是很公开的,只是传来传去的说法,"司机左右巡视,仿佛怕隔车有耳,"他的女儿三年前失踪了,都猜说被害死了。他的太太,年轻的时候是我们客家山歌女王,叫董月卿的,她那几年本来身体就不好,女儿失踪,哭得死去活来,终于有一天,哭死过去,没有再起来。他就这么一个女儿,就这么一个老婆,虽然有亿万家财,但实际上可以说是家破人亡。"

那兰的心被猛地撞一下:这两天疲于奔命,忘了给妈妈打电话,她近来可好?

"那真是挺可怜的。"那兰不是随口说。这是她第一次听说邝景晖夫人的事,想象着"岭南第一人",每日对着空屋,是否会有些许寂寞,些许悲哀?

12　墓亲人远

梅县三圣宫是新县城边缘的一座小寺庙,红砖青瓦,墙上写着"南无阿弥陀佛",六个大字被一溜三扇小门分隔开。那兰挥别司机,从中间正门走进。她不知道自己在寻找什么,但知道肯定不是来拜佛的。

因为今天不是什么特殊的日子,连周末都不是,庙里的善男信女并不多,用一双手就能数清。那兰从供着释迦牟尼的正殿逛到观世音菩萨坐镇的侧殿,怎么也不觉得这里是她应该久留之地。

当然,不能白来,她打量着几名香客,希望找个合适的人选,问一问更多关于邝景晖的事。比如,邝亦慧失踪案,乡里的外人知道多少？想想如果宁雨欣到这儿来,也是人生地不熟,她又能得到什么线索？

"小姐需要带路吗？需要买香火吗？"身边不知什么时候出现了一位年长的香客,真丝衬衫,丝麻面料的长裤,宽边遮阳帽,瘦脸上架着一副墨镜,气质和其余那些香客大有不同。他双手空空,那兰觉得奇怪,自己如果真的需要买香火,他拿什么卖给我？

那兰摇摇头,说:"谢谢,不用,我只是随便看看。"

"你不是本地人。"老者的墨镜后面一定是双高洞察力的眼睛,"可是,外地来旅游的,也不会到这么个小庙来。"

那兰心头一动,这不正是最好的采访对象？

"您说的对,我是来……一直听说梅县出过两位豪杰,一个是叶剑英,一个是邝景晖,梅县有叶帅的纪念馆和纪念园,但是邝先生还健在,县里没有任何介绍他的名胜。我想多听些邝景晖的传奇。"那兰想,会不会问得太赤裸裸了？

"为什么对邝先生这么感兴趣?"果然,问得太赤裸裸了。

"记者……我是中山大学校报的记者,想写份关于邝景晖的介绍……他最近给我们学校捐款,我们想重点报道一下。"那兰从手袋中取出笔记本和圆珠笔,自己都觉得像是记者。"能不能采访一下您?"为中山大学捐款的事也是那兰在前晚上网搜索到的结果,没想到在这里派上用场。

老者好奇地打量了那兰一番,大概在考虑是否该相信这个女孩子的话。

那兰似乎认定老者的不置可否就是同意,继续问:"请问您愿不愿透露姓名,至少,可以告诉我您高寿,另外,在广助,或者局里,居住了多久?"

"高寿不敢当,才六十三岁。土生土长的广助镇人。"老者显然接受了采访,也显然没打算用真实姓名接受采访。

"你们,村里和镇上的人,是否都听说过邝景晖先生?"

"听说?"老者笑起来,有点讥嘲的意味,"这么跟你说吧,村里和镇上的所有人,不是每个人都能说出广东省省长的名字,但每个人都知道一堆邝景晖的故事。"

那兰心想,一说起邝景晖,好像本地人打的比喻都高度一致。

"您能说一两个关于他的故事吗? 或者,说说他的家史。"

"一两个故事? 那有点难。就说说家史吧。邝氏是我们客家大姓,邝景晖的祖上好像从唐朝就开始定居梅县,如果你真的有兴趣,可以到梅州剑英图书馆去看看,以前就叫梅县图书馆,里面有个地方文献室,应该有不少相关资料。"老者的墨镜望向三圣佛像,那兰忽然觉得,他远非一个闲极无聊的老香客。

老者开始缓缓踱步:"至于邝景晖的先祖是什么时候落户局里村的,就只有去翻他们家谱了。邝景晖名大业大,我可以保证有专业人士给他修族谱,只不过需要门路才能看到。现如今的局里村中,邝家人丁不再是铺天盖地——邝家子弟,当年出南洋、过台海走掉一批,参加革命走掉一批,剩下的,大多攀着邝景晖这根高枝进了商界,在村里反倒不剩几多。但邝家的痕迹一点也不淡,邝家的祠堂每隔几年会翻新一回,很光鲜,你可以去看看……哦,还有邝氏祖坟,很大一片,据说邝景晖直系先祖都埋在那里,邝景晖发达后,又买下不少地,足够后世很多代的下葬,他每年春秋二季,清明重阳,都会大张旗鼓地来祭祖……"

那兰心动:"您能告诉我,邝家祠堂和墓地在哪儿?"

老者停下脚步,摘下墨镜,盯着那兰看了一阵,仿佛到此刻才注意到,那兰原来有一张明艳脸孔。他说:"离这儿不远,走路大概一刻钟就可以到。"

那兰按照老者指点的方向,先到了邝氏祠堂。祠堂锁着门,附近也找不到一个人可以进一步"采访"。她只好继续走向邝家墓地。离开公路后,一条小路曲曲折折走了很远,地势渐高,终于在一片缓缓起伏的山丘间,现出一块三人多高的牌坊,写着"邝氏荫土"四个字。

邝家先祖,福荫后代,邝景晖成了"岭南第一人",却妻亡女散。

那兰觉得莫名的悲哀升起来,好像受了这阴魂之地的感应。她想象着邝景晖站在老伴墓前的感觉,想象着宁雨欣的父母站在女儿坟墓前的感觉,想起自己站在父亲坟前的感觉。别自己作践自己了,她在心中提醒着,天还亮着。

虽然天光亮亮,四周绿树环绕,却静谧无声,没有风拂枝叶的声音,没有蝉虫鸣唱的声音。

她走进墓园,扫视着一座座坟茔,一排排墓碑。她没有特别明确的目标,最多只是希望能看看邝氏宗族的历史和规模,也许,再看一下邝夫人的墓。这里的坟头和墓碑,形状大小各异,大概映射了邝家各门各户的兴衰。从墓的修葺状况和墓碑身上,也可以看出立墓年代的远近。她逐渐发现了规律,新近修的一些坟墓,在整个墓地的东南一带。她很快发现了邝夫人的墓,"邝董氏月卿之墓",墓志铭是"贤妻慈母,民歌留馨"的主题。她慨叹一阵,继续专注地扫视这些近数十年树起的墓碑,一个个读来。

直到她发现了邝亦慧的墓碑。

如果不是她每个碑文都读得仔细,她不会认出这是邝亦慧的墓碑,因为碑文的设计十分古怪,没有"某某某之墓"的字样,也没有提是谁谁谁的至亲,只有这样排列的几行字:

邝	亦	慧	墓
董	明	质	亲
掌	亦	兰	人
珠	灿	心	远

如果不是她看得专心，如果不是她隐隐地想发现什么不该发现的秘密，她或许会耸耸肩一掠而过，但她在那墓碑前立了许久。按照读墓碑的习惯，从上到下，从右到左，是"邝董掌珠，亦明亦灿，慧质兰心，墓亲人远"四句话。邝者，邝景晖？董者，邝景晖的夫人董月卿？掌珠者，掌上明珠，自然是指邝亦慧。

取每句的第一个字：

> 邝董掌珠
>
> 亦明亦灿
>
> 慧质兰心
>
> 墓亲人远

正是"邝亦慧墓"四个字。藏头诗的做法，（除了将蕙质兰心的"蕙"以"慧"代替）但文意确切，这就是邝亦慧的墓葬。

望着墓碑，那兰口舌发干，额头渗出汗来。邝亦慧已经离世?!

邝亦慧，失踪只有三年，只要问问巴渝生就知道，他深爱的女友失踪已经十年，但他还在苦苦寻找。

父母对子女的爱，不会比男女之情少半分；邝景晖手可遮天，一定会尽全力寻找失踪的独女，直到海枯石烂。却怎会短短三年内，尸骨未见，就放弃了希望，立冢纪念？邝亦慧完全有仍在世上的可能。听说过被拐婚的女子，失踪二十年，重现"人世"。邝亦慧失踪，不过三年。这不合情理！

"最耐人寻味的，其实是'墓亲人远'这四个字。"一个声音从身后飘来，离得远远的，并不响亮，却足以让那兰一惊。

而且这是个熟悉的声音。

她转过头，更是吃惊，背后三十米开外，不但立着在三圣宫见过的墨镜老者，还有另外两个人。站在最前面的人和墨镜老者年龄相仿，瘦如枯竹，穿着无领的短袖棉衫，拄着一根拐杖；另一个三十出头的青年人，本来身量就高，宽厚肩背挺得笔直，酷日下，仍穿着一身黑色西装，也戴着墨镜，打着一把遮阳的伞，罩在拄杖老人头顶上方。

一眼看去，像是一主二仆，拄杖老人是主，唯一不戴墨镜的人。

拄拐杖的老人开始挥杖、迈步，明显有脚疾，行路瘸跛。他一边走，双眼一边紧盯着那兰——不是打量，而是紧盯，想要看穿你前生后世的那种紧盯。

那兰有过在重刑犯面前的训练，这时还是感到了一阵忐忑。

山野荒坟间，面对三个游魂般的身影，一双直勾勾的眼。

"宁小姐，是不是？终于见面了！"拄杖老人虽然跛足，但似乎转眼就到了那兰面前，伸出枯瘦的一只手。两副墨镜也如影随形地赶到。

那兰有些明白其中的奥妙了，伸出手，说："您是在等宁雨欣？"

老人眼中闪过迷惑。

那兰紧接着说："她已经不在了。"

两人的手一握，有力，稍稍凝了片刻。老人问："不在？你是说，那种'不在'的意思？"

那兰点头，指着一坡坟茔说："是的，就是这种'不在'的意思。她几天前死了。"现在，是她紧盯着老人的脸。老人的脸上现出更迷惑和震惊的神色，不是装出来的，因为他的手不自主地轻微抽搐着，心惊的表现。那兰问："你们在等她吗？她的死讯，虽然算不上国家大事，或者娱乐圈的爆炸新闻，至少在江京还是比较轰动的。"

在三圣宫见过面的老者接过话说："我们赋闲，生活过得散淡，消息有些落后……也许是该学学上网了。"那兰猜测，宁雨欣南下的目的，一定是和他们约见，他们没有在约定时间等到她，但仍盘桓在局里，等着她的出现。墨镜老者一直在观察外来人，尤其青年女子，搭话摸底。

那兰说："我是宁雨欣的朋友。她去世得突然，并没有告诉我你们在等她。"

"你也在查邝亦慧失踪的事？"拄杖老人问，目光仍不离那兰面容。

"还有宁雨欣被害的事。就在她准备启程和你们见面之前，她突然被害了……是我,发现了她的尸体。"

三个人的脸上都有被震了震的痕迹。终于,拄杖老人说:"我看,还是找个更适合说话的地方谈谈吧,我们已经足足等了二天。"

那兰的确想和他们谈谈,但还是没忘了问:"请问你们是谁?"

拄杖老人说:"我姓邓。"

那兰心惊,墨镜老者说:"这位是邓麒昌先生,如果当年邝亦慧小姐没有遇见秦淮,她应该是我们邓先生的儿媳,我们也没有太多理由在这个压抑的地方见面……宁小姐说不定也不会死去。"

13　痴

一见秦淮误终身,误的是多少人的终身幸福?

这是那兰跟着邓麒昌一行走出邝氏族墓时,一路上的想法。

巴渝生的介绍还清晰地印在脑中,邓家和邝家是世交,邓麒昌的儿子邓潇,和邝亦慧青梅竹马,人人都盼着他们成为一对玉人,富二代和富二代的豪华组合。谁知邝亦慧会突然撕毁婚约,"下嫁"秦淮。不用问,这是对两家人的打击。

"小潇从小到大,只交往过一个女孩子,就是亦慧。"这是邓麒昌在茶馆落座后,说的第一句话。那兰跟着邓麒昌上了他们的林肯车,外人看来可能更像是绑架,但她丝毫没有这样的感觉。戴墨镜的老者是邓麒昌的老秘书,称为师爷也完全贴切,名叫樊渊。樊渊说局里村根本没有适合交谈的地方,就让司机驱车回县城,找到了梅江边华侨城柏丽酒店四楼登云阁的茶艺馆。大概见到那兰,想起了儿子那段没头绪的婚姻,一路上邓麒昌有些失神,凡事都是樊渊在打理。

那兰说:"很替公子难过……听上去,他是个用情的人。"

邓麒昌将望向窗外的目光收回,又落到那兰脸上。那兰真心期望他还是失神点的好。邓麒昌说:"那小姐冰雪聪明……你聪慧的样子,当然,还有容貌,倒是和亦慧有几分相像。"

那兰想,这倒不是第一次听说,看来那位摆渡老板不是在随口奉承。她想说,真是幸何如之,又觉得有些假,只是笑笑。

"所以你也不能怪小潇对亦慧如此痴迷。"邓麒昌长叹一声,"我们邓家人……其实不光是我们邓家,我们客家人,文化里崇尚的就是用情专一。我和我太太,三十八年的夫妻,感情还很深;老邝,就是亦慧的父亲,和他的太太,也是一辈子夫妻,可惜老伴因为亦慧的事伤心逝去。直到现在他一提到,还会伤心落泪。说难听点,别人要是在老邝和我的位置上,像现在这个社会环境,早就乱来一气了。可是我们,就是守着小小的家,一个老伴,一两个儿女。

"小潇一直是个细心的人,从小如此。所以考大学填志愿的时候,特意将所有学校报得和亦慧一模一样,至少是在一个城市。怕就怕大学四年,天南海北,拉断了感情。他如愿以偿,两个人都考上了江京大学,不在一个系,但在一个校园,可谓完美。谁想到……"

服务员端来了茶,邓麒昌讲到情绪激动处,竟端起茶就喝,被烫得手一哆嗦,抖出了一些溅在前襟。樊渊忙拿起纸巾擦拭。

"现在的人喜欢嘲笑老传统里的信神信鬼,其实我看,当初的邝亦慧,就是因为鬼迷心窍,喜欢上了那个一文不名的秦淮!"洒出来的茶像是火上浇油,邓麒昌语带怨忿。那兰注意到,"亦慧"变成了"邝亦慧",亲切转为隔阂,足见邝亦慧"变心"造成的伤害。

那兰想说,一文不名好像不是什么罪过,但看着邓麒昌一脸因愤怒而颤抖的老年斑,再次压了下来。

"小潇是个没有什么架子的孩子,邝亦慧提出分手,他低声下气地求她回心转意。可是,邝亦慧连她父亲的话都置之脑后,又怎会回头?她算是铁了一条心,任凭小潇怎么求也无法挽回。大学刚毕业后的那两年,可怜的小潇,真是心灰意冷,什么事都不想做,医生甚至说他有抑郁症。"

那兰心里发酸,低下头,感情这个东西,就是如此可爱又可恶。她想起谷伊扬,就那么潇潇洒洒地走了,不带走一片云彩,不带来一条短信。一万个放心,我不会像邓潇那样求你回心转意。

忽然,她又转念。这么看来,邓潇是个痴情种子,失恋后到了抑郁症的地步,这不正是个作案的动机?邝亦慧的失踪,是否和他有关?所谓痴情,有时候和占有欲难划界限,邓潇会不会绑架走了邝亦慧,正所谓得不到你的心,但要得到你的身?甚至,杀害,我得不到的,你也休想得到。不知多少情杀源自于此。

邓麒昌又喝了一口茶,说:"当时我和他妈妈,还有他姐姐,都劝他,要走出邝亦慧的紧箍咒。至少可以这样想嘛:搞文学的人有几个靠得住?那秦淮一看就是个花心之辈,邝亦慧一时蒙了心,以她的聪慧,她的高傲,迟早会走出迷沼,到时候你再可以决定,是否要挽回,是否再收留她。

"这说法,理论上行得通,谁又会想到,三年前亦慧突然失踪,这成为压在小潇这病骆驼背上的最后一根稻草……"

那兰心头一紧:"他怎么了?"

"他疯了……精神失常了,至少有一阵子,我是这么感觉的。他或哭或笑,没有任何规律征兆,捧着亦慧以前送他的小礼品,手表、棒球帽什么的,发呆,一呆就是几个钟头。他姐姐带着他,广州、深圳、江京的医生都去看过,没有什么定论,他时好时坏,足足有一年,才渐渐恢复,当然,也只能说,恢复成……比较正常。"

邓麒昌又长叹一声,半晌无语,眼角湿润。那兰也沉默,她深深同情着邓潇,却又想着千百个"如果"。如果邝亦慧的失踪真的是邓潇所为,他为什么会有这样的表现?演戏在人前,摆脱嫌疑?如果他真的下手杀害了邝亦慧,这是内心惧怕、后悔又不敢外露的表现?靠对自己的折磨忏悔罪孽?这些从心理学上都能说得过去。

可是,一个优秀的心理医生,只能通过和病人的直接接触,才能做出合理的判断,第三方的描述难免会有偏差和偏见。

"他在哪里?"那兰突然问。

"啊?"邓麒昌一时没明白那兰的问题。

"令郎……邓潇,他现在在哪里?"

"我不知道。"邓麒昌的声音有些冷,也有些无奈。

那兰忽然觉得,邓麒昌说的一切,可信度在飞快地消失。"您……不知道?"

"我是真的不知道。或者说,知道得不确切。这两年,他情绪相对稳定了,我认为,走出那段感情阴影最好的办法,莫过于投身事业,所以很自然地希望他能帮我逐渐开始打理公司的业务——过去两年里，各地的房市都火爆，建材业也火爆，但竞争更激烈，没有得力的人才，随时都会落败。"

可是，一个连精神都不太稳定的年轻人，能算得上得力的人才吗？

樊渊仿佛猜出那兰的疑问，说："小潇学的是工商管理，学业出色不说，后来在外企工作了两年，更是出类拔萃，这个绝不是自吹，他的管理能力，足以将邓氏集团发扬光大。"

那兰说："他不愿意？"

"他说他需要时间，需要平静的生活，他说他没有心思。"邓麒昌说，"所以你可以想象，我们因为这件事，有了隔阂，说是关系僵化也可以。我对他疼爱惯了，他再不听话，我也绝不会提到断绝父子关系这样绝情的话，只好听之任之。他说他一直在散心，云游四方，每隔十天半个月，他会给他妈妈打个电话，前一次是从云南滇池打来，上一回又是从浙江杭州打来，所以他此刻在哪儿，我真是一点儿也不知道；当然，也许明天他又会一个电话打过来，我们至少会知道他此刻在什么地方。"

那兰想的是，邓潇到底在干什么？

邓麒昌告诉自己这些，又是为什么？

"谢谢您将这么多家里的隐私都告诉我，这么信任我，我保证守口如瓶。"

"樊渊告诉我，他一见你，就知道你是个诚实可信的女孩子。别小看樊老弟，他虽然是我的秘书，却是我最尊重的人之一。"邓麒昌向樊渊颔首示意。

"不会。这位樊伯伯的学识谈吐，我很佩服的。"

"我们也是最近才发现了邝亦慧的那座陵墓……应该说，是有好事者发现了这个有趣的墓碑，告诉了我们。我想，你和我们一样，一定也有很多疑问。"樊渊说。

那兰点头："非常说不通，警方没有结案、认定死亡，为什么立碑纪念？一个可能，邝家已经确知女儿死亡。"

"警方都不知道，他们怎么会知道？即便他们知道了，凭着我们两家的关系，邝老也没有什么理由不告诉我们。"樊渊说。

"可是，如果他们在不知女儿死活时就立碑，不觉得有些冲运吗？"那兰不信邪，但从失踪者的长辈角度考虑，将失踪女儿当作亡灵纪念，情理上和迷信上都说不过去。

"可惜我们不能亲自向邝家询问，他们立这个碑，没有任何仪式，显然想瞒了所有人。"

"可是，我还是不明白，您就算新近发现了邝亦慧的坟墓，为什么要约宁雨欣来？"

樊渊说："不是我们约她来，是她自己找上门来。"

因为昨晚没睡上几个小时，那兰和邓麒昌一行作别后，回到酒店客房，便和衣睡去。一觉醒来的时候，却发现不过是晚上八点半，天边竟然还有那么一条淡淡的光带。大概是养成的生物钟还在作怪——在江大，现在应该是开始游泳的时间了。

这时谈游泳是奢侈，但她至少洗了把脸，觉得头脑清醒了许多。可是，当她的手握在房门把手上时，又觉得自己并没那么清醒。她不知道自己为什么会做出打算出门的动作。夜幕已落，我要去哪里？

在脑中浮现的，是邝亦慧的墓碑。

这是一个她仍在纠结的问题：邝景晖对女儿的深情似乎无可置疑，但为什么在失踪案未破时如此匆忙地立碑？最可能的解释，就是他得到了女儿的尸体。或许他手眼通天，即便警察不知道的，他都知道呢！

其实再怎么猜测也是徒劳，一切眼见为实。

亲眼看看，邝亦慧是否真的埋在土里？

下午和樊渊聊到，像邝景晖这样的身家，既然能买到大片私家墓地，用的自然是土葬。挖开坟茔，打开棺材，真相大白。

她立刻笑自己的想法幼稚偏激，掘墓之举，算是犯法行为不说，更是有悖常情，是对死者的不敬。

但她还是打开了客房的门。下午在茶室只吃了些点心，要想安度一晚，还是要吃饭。顺便,理理头绪,这梅州一行,有什么样的收获?下一步,该怎么办?

此行虽然知道了不少邝家和邓家的私房事,但对解决宁雨欣被杀案还是没有太多裨益。最大的"收获",大概也就是发现了邝亦慧的坟墓。可是,发现邝亦慧的坟更像是插曲,宁雨欣启程前,并没有这样明确的目标。难道凶手真的是因为知道了宁雨欣的旅行计划,要阻止她南下?但是仅凭今天得到的这些信息,谈不上"爆炸性",如果为此杀人灭口,岂不是大惊小怪?

走到酒店大堂,那兰忽然停住了脚步。背对着她的,是一个熟悉不过的身影。宽肩、挺拔、黑色西装、墨镜,邓麒昌身边那个沉默的随从。此刻他并不沉默,对着手机说了些什么,又点点头,忽然转过身。

那兰早已隐身在大堂和走廊相接的拐角,偷眼望去,那人的身材本就"出挑",在室内仍戴着眼镜,更是引人注目。他头微微移动,大概是在环视大堂一圈,不知在看什么,然后转身出了大门。

梅县酒店林立,邓麒昌的手下为什么单单出现在我下榻的宾馆?

只有一个可能,他在跟踪我。也许他没想到,我并没有东奔西走,为他们提供更多线索,反而呼呼大睡了几个小时。

她本以为出了江京,就甩下了跟踪的阴影,没想到,他乡遇到老麻烦。

本来和邓麒昌杯茶倾谈,对邓氏父子的同情已深植在心,如今看见邓家的保镖在监视自己,被欺骗的感觉化为愤怒和深深的猜疑:他们想要干什么?

她也快步走到大门口,正好目睹那宽肩保镖上了停在路边的一辆黑车,正是邓麒昌的林肯。

酒店门口也正好停着三辆出租车,那兰上了其中一辆,说:"就跟着那辆黑林肯吧。"

前面的林肯车沿着宪梓大道一路向南,越往前,那兰越明白,林肯车的去向,竟还是局里。

邓麒昌养尊处优,下榻之地不可能在局里小村,一定是梅州城里的大酒店。但他的随从,却为什么在夜晚奔赴局里?局里村和邓麒昌搭界的,不就是邝亦慧的坟墓?想到邝亦慧的坟墓,那兰一惊。

14　冢

　　到了局里村,路上车辆渐稀,那兰连忙嘱咐司机,和前面的车保持足够的距离。

　　果然,林肯车在县道边停了下来,几乎就是下午停车的原位。那兰也请司机远远地停下车,灭了车灯。司机觉得新奇,但那兰许以重金,他也乐得听从。

　　林肯车里出了三个黑影,走向邝氏墓园。等三人从视野里消失,那兰才付钱下车。

　　月光下,那兰很快就再次看见了那三个人影,他们走得并不算太快,但也谈不上缓慢。其中的一个身影很容易就能辨认出,邓麒昌的宽肩随从,他肩上似乎还扛了什么东西,更显得身躯庞大,如落荒猛兽。另两个不太容易认出,但从他们行走的步态,那兰几乎可以肯定,其中没有跛腿的邓麒昌。

　　三个人沉默地走着,仿佛不愿打破四周的寂静。那兰再次注意到,刚才下车时,尚能听见田间树影里的虫语,此刻接近墓园,却全然没了响动,似乎虫豸之辈也知道不要打扰长眠土下的故去之人。她努力让自己的脚步和前面三人的频率吻合,以免发出格格不入的响声。好在一路走去,直到经过"邝氏荫土"的牌坊,前面三人都没有回头看一眼。

　　为什么深夜游墓园?

　　为什么停在那座墓前?

　　一锹下去,终于证实了那兰的猜测。他们在掘墓,邝亦慧的衣冠冢。

　　那兰虽然有这么个毫无根据的猜测,甚至自己也起过挖墓探究的荒唐念头,此刻看到铁锹翻动,仍是打了个寒战。

不知为什么,她想到邝景晖,如果这位"岭南第一人"知道自己女儿的坟墓被世交老友翻掘,会是什么感想?

　　她躲在一棵榕树后,借着月光,仔细辨认着三个人影。在奋力挖土的正是沉默的宽肩随从,沉默依旧。另外两人,一胖一瘦。瘦的那个让她觉得眼熟,一开口,她立刻认出是樊渊。

　　"这件事,我们老板并不完全知情,也不会支持,所以请你一定不要再和任何人提起,包括你的家人。"

　　那个较胖的人说:"你知道的啦,我太太去年过世。我孤家寡人,没什么人可以说的。再说,我接这样的活计,也不是一件两件,你们应该听说过我的口碑。"听上去,那人也上了岁数,那兰离得远远的,也能听见他话语间粗重的喘息。

　　"还有,棺材翻出来,也可能根本没有尸骨……"

　　"这个也不是没发生过,以前我们办案中经常遇见。"

　　听上去,这个人好像有执法的经验,为什么卷在这个是非中?

　　"瞿老在公安做过多少年?"

　　"整整三十五年,樊老板没看过我的博客?我的网站?"瞿老似乎立刻就要把网址抄给樊渊。

　　那兰想到樊渊早些时说过的话:是该学学上网了。果然,樊渊说:"惭愧,没有,落伍落伍,也许是该学学上网了。不过,瞿老的赫赫声名,在民间已经如雷贯耳。据说,有几部公安题材的影视剧都是以瞿老为原型做的?"

　　"而且没付版税!"听不出瞿老是在打趣,还是认真。

　　"否则,瞿老也不会在澳门那么难堪。"樊渊笑笑,"下回去赌城前,千万和我打声招呼,我们可以帮你交涉债务的事,至少不会让他们把你的账户冻结。"

　　瞿老一定是位老刑侦,可是晚节不保,欠下巨资赌债,才会有今天的打夜工。

　　"那就拜托了……我也明白,这件事要是让邝景晖知道,我们的日子,会比拿不出赌资更尴尬难过得多。"瞿老话中有话,彼此是一条绳上的蚂蚱,互相帮助,实为上策。

　　那兰心头一凛:我是不是该悄悄走开?

然后回到江京，被继续跟踪、追杀？

樊渊干笑两声，将话题转开："见过很多不写日期的墓碑吗？"

"倒是不多。但这座墓，虽然墓碑上没标日期，但看得出来，立了不止一天两天了。"瞿老将手电打起，照在墓碑上。

樊渊"哦"了一声，看着瞿老，愿闻其详的期待一定写在脸上。

"近年来在墓碑上刻字或雕花浮像，绝大多数用的是电脑和激光石雕技术，省时省工省钱。不过，邝景晖不会满足于用这种所谓的'新技术'，真正有品位有地位的人，还是会雇用精工巧匠做人工雕刻。樊老板，你学识广博，一定可以认出墓碑上的字体吧？"

樊渊看都没看一眼那墓碑，脱口而出："虞体，虞世南体，的确不多见。"

"所以我说，有品位的人家……"

"邝老板的高雅，不算是秘密哦。"樊渊的语气里有些不耐。

"说的是。岭南一带，能同时写得、雕得一手传神虞体的石雕工匠，恰好只有一个——李子温。这墓碑上字体的气韵风采，和不落雕琢痕迹的一流雕功，要我说，百分之百是李子温的杰作。"

樊渊问："难道那个李子温埋下了什么日期的暗号？你说的这些到底和日期有什么……"

"李子温在两年前就死了。"

墓地又恢复了沉默，只有铁锹铲土之声。那位宽肩随从无疑是钢铁铸就，或者是外星战神，挖土过方，仍没有丝毫懈怠。

终于，樊渊开口："你是说，这墓，立了至少有两年？"

是疑问，更像是定论。

那兰更觉得不可思议。两年前，邝亦慧失踪了不过一年，深爱她的父母就急急立墓纪念？

樊渊说："瞿老，名不虚传，佩服佩服。"

瞿老想谦虚又谦虚不起来地说："雕虫小技，完全仰仗在这行混的年头。不过即便不看碑文，也大致可以从墓前的土质和植被看出来，只不过需要更多的时间分析。"

樊渊说:"需要分析的时间到了。"

两位老先生都向前跨了一步,那兰猜测,宽肩随从已经挖出了什么重要的物件。

樊渊又说:"打开吧。"难道是棺材?

一片沉默。

瞿老蹲身,探头,LED 手电,白惨惨的夺目亮光,照向墓穴。

樊渊呆立了片刻,不时搓搓太阳穴,终于说:"看来,我们猜得没错,邝亦慧果真死了,至少邝老很肯定,才会……才会立这……衣冠冢。总算可以理解这墓碑上'墓亲人远'的意思。"

瞿老说:"一只布娃娃、一卷三好学生奖状、一顶女式泳帽。"

看来墓下埋的是一些纪念物,说明这是一个衣冠冢,立冢的人,当然是邝景晖,他一定有足够理由相信,邝亦慧已死,才有这样的纪念。

樊渊自言自语说:"可是,邝小姐的尸体在哪里? 为什么单在这儿立一个衣冠冢?"

瞿老冷笑说:"很简单,这说明,邝老并不希望外人知道他女儿的确实死讯,所以才会用藏头墓志,立衣冠冢。"

樊渊忽然转过头,扬声说:"那小姐,你都听清楚了?"

那兰被林肯车送回酒店,路上一句话不说。

"那小姐,你好像没什么兴趣知道,我们为什么要出此下策,掘墓验尸……虽然只是证实了,这是个衣冠冢?"樊渊似乎在试图找话题,打破沉默。

那兰说:"本来就和我无关嘛。另外,我也大致知道原因。"

"哦?"

"你们希望证实邝亦慧的死亡,这样,你们的邓公子就可以彻底死心——你和邓老虽然没说,但我想,邓公子这两年在外漂流,多半还是在寻找邝亦慧。他得知邝亦慧的确凿死讯后,说不定能回心转意,摒弃杂念,回广东来继承父业。"

樊渊说:"那小姐,真是天人!"

那兰说:"太过奖了,我是一般人,甚至,傻女一个,否则,也不会陷在这么深的是非里。"

"是是非非,最可怕的,是不知道,哪个为是,哪个为非。"

"而且所有人都打着自己的算盘……包括我。"

"那小姐只是想摆脱莫名招来的危险,无可厚非……那小姐在哪里高就?"

那兰知道,一个下午的时间,樊渊有足够的时间将自己不算复杂隐秘的背景查个一清二楚,此刻多半是在装糊涂,索性奉陪,说:"我大学刚毕业,准备读研究生。"

"其实,如果你有兴趣南下,邓氏集团求贤若渴,一定有适合那小姐的职位,研究生嘛,有兴趣的话,以后还可以读。那小姐实在是不可多得的人才。说实话,我从来没有见过这么优秀的'面试'。"

留住了我,就是留住了所有的秘密。那兰笑笑说:"多谢您的看重,我还是别惹我的导师生气吧。但我保证,今天我听到的、看到的,都会立刻忘个干净。"

樊渊叹口气,叹出惋惜,同时递上一张名片:"可惜。不过,如果那小姐改了主意,可以随时和我联系。"

那兰言谢后,没有再多说什么,只是感觉,这次岭南一行,也许是个错误。

"那兰,作为你的朋友,你的老师,我再次劝你停止这个调查!"巴渝生接到那兰的电话,几乎是用恳求的语气在说。

"可是,我不查清楚,就会有人没完没了地跟踪我,甚至要我的小命!"

"我可以安排专人保护,你是发现宁雨欣尸体的当事人,有条件得到警方特殊保护。"

"可是,要这样下去多久?而且,即便有人保护,我们在明,别人在暗,说不定还会白白搭上警察的命。"那兰想起那晚在中学教学楼里的遭遇,追杀她的人其实很专业。

　　"但你这样下去,只会把自己放在更危险的境地。你也要给我们一些信任。"

　　那兰想说,看看报纸头条,就知道你们有多忙,扫黑硝烟未散、旅店连环劫杀、丧心徒持刀闯入小学……你们疲于应付接踵而至的突发事件和更多大案,你二十四小时不睡觉,也未必能分出多大精力在宁雨欣的案子上。你又有多少时间剩下来,寻找失踪十年的女友?

　　她说:"最近才发现,从一个非专业人士的角度,能有一些特殊的发现。"她提及邝亦慧的衣冠冢。

　　巴渝生沉默了一阵:"这是个不容忽略的线索,说明邝景晖或许知道了什么关于他女儿失踪的线索,而且,一定不是个好消息。可是,你把这件事告诉我,不怕邓麒昌他们嫌你多嘴?甚至邝景晖……"

　　"当然怕,我怕的还更多呢,在江京就开始害怕,从宁雨欣被杀前就开始害怕,所以我给自己毁了容,现在每照一次镜子,就要被雷倒一次。"

　　巴渝生叹气:"看来你……"

　　"不把宁雨欣的案子查清,我就永远不能'正常'地生活,永远没有真正的自由。"

　　"如果我强迫保护你?"

　　"你会后悔莫及。我开始有种感觉,这其中的错综复杂,超乎最复杂的大脑想象。我保持在地下,在暗处,反而更有优势。"

　　巴渝生又沉默了一阵:"我一直以为,自己是天下最固执的人。"算是彻底的妥协。

　　"我以为我才是呢,"那兰低下头,看着桌上的一张纸。"现在才知道,真是井底之蛙。"

　　纸上是一串名字,让她觉得自己是井底之蛙的名字:邝景晖、邓麒昌、邓潇、樊渊、宁雨欣、邝亦慧。

　　最后,隔了很远,是秦淮。

　　秦淮,"毁人不倦",当然也是一种固执。

15 若只如初见

从广州直达江京的动车傍晚六点半左右到站,夏日天长,所谓傍晚,太阳仍斜在半空窥视人世沧桑。那兰一下火车,就戴上墨镜,虽然她不认为有任何人会从梅县跟踪而至,即便有,也就是邓麒昌(或者樊渊)派来的人。他们在广东是地头蛇,要找她麻烦,先前有的是机会,也不用等到江京。

火车站南出站口外,和往常一样立着一堵人墙,都是来接人的,墙后是人潮人海。许多牌子高举着,有的写着人名,接人的;有的写着旅行社的名字,拉客的。在这样的人流中,那兰应该觉得最安全,但她还是低下了头,希望自己越不起眼越好。

验票出站后的一刹那,一个牌子从她眼前晃过,白纸红字,好像写着人的名字,三个字。她不需要人接,对所有的牌子都没留意,匆匆前行。

另一个人、又一个牌子从她眼前晃过,一模一样的白纸红字。

她还是没有在意,一边往前走,一边取出手机,准备给表哥成泉打个电话,她抬了一下眼,完全不同的一个人,执着完全一样的牌子,白纸红字,要接的人是"邝雨兰"。

那兰愣住了,一时间心中五味俱全,可笑、可恶、可悲。"邝雨兰"者,邝亦慧、宁雨欣和那兰的结合体。邝亦慧失踪三年,已成岭南一冢;宁雨欣被害五日,芳魂已过奈何桥;那兰会怎么样? 第一步,危楼凶宅的死尸;第二步,天南地北间奔命;第三步,月黑风高下掘墓;还有更多精彩剧情吗? 会不会也追随另两位女子将性命丢弃?

最后,所有情绪化为愤怒,那兰走向执牌的人,说:"是谁叫你接人的,他可以自己过来，或者，你们跟踪我坐的出租车，猫捉老鼠，看看是否很有趣。"

执牌的是个留着小胡子的年轻人，他耸耸肩，拿出手机说了几句，说："请你稍等。"至少还懂礼貌。

那兰的经验，"稍等"往往意味着要眼睁睁地看着生命被严重浪费；却没想到，这次的"稍等"竟然只是不到二十秒。一辆银灰色奥迪 Q7 不顾交通协管的大声抗议，停在了路边。举牌的小胡子说："上车吧。"

"我是说叫他自己过来，不是叫他的车过来。"那兰将车牌照号用短信发给了巴渝生。

"车来了，人也来了。"车门打开，一个青年男子走出来，老远就伸出胳膊，要和那兰握手。"查我的牌照可以验明正身，身正不怕影斜。"

那兰不由自主也伸出手，和他握了握。那男子有张极有棱角的脸，鼻梁高耸，双眼陷得很深，眉下成一片阴影，天然的抑郁。他黑发略凌乱，是美发师手下特意安排的凌乱，一袭白衫白裤，丰神秀骨。那兰此刻还没有从一步两步三步的凶险中走出，远没有"拈花惹草"的心思，但看到他，心还是一动。

直到那人再次开口，那兰心头大乱。

"我叫邓潇。"

"我们这是去哪里?"那兰问。她一个人坐在中排，身后还有两个青年人，大概是随从。她没有做任何挣扎，甚至没有任何纠结地坐上了车，大概是因为自己本来就没拿定主意要去哪里躲藏，和邓麒昌、樊渊的见面也使她对邓家出来的陌生人放松了些警惕。

车子已经缓缓开动，穿梭在人流车流大冲撞的火车站外围。

"去方便说话的地方。"邓潇从副驾座位上转过头，从侧面看去，棱角更分明，更难和邓麒昌描述的柔肠百转的小情种联系起来。

"那会是哪里?"

"车里。"邓潇盯着那兰的脸看了一会儿，他有着和邓麒昌一样的犀利眼神，能看穿你五脏六腑的犀利眼神。奇怪他当年怎么没看出邝亦慧的转变。

好在那兰已经被邓父的眼睛训练过,这时还不算太窘迫,淡淡一笑:"看来你对我的处境很了解。"

　　"谈不上,只是略知一二。"

　　"你父亲说联系不上你,不知道你的下落,看来不很确切。"那兰知道,邓潇之所以能"接"到她,一定有广东那边传来的信息。

　　邓潇脸色转阴,眉骨下更深更黑:"你在说我爸爸撒谎? 他虽然是个生意人,但不撒谎。"

　　那兰没有道歉:"这是你的理解,你也知道我的意思,我对事不对人。"

　　邓潇有些讶异地又盯了那兰一阵,仿佛"重新认识"了那兰一回。他说:"我爸爸的确联系不上我,因为我从不回应。但他还是可以给我的手机留言,甚至发短信。更确切地说,是他的秘书一直在和我联系。"

　　"樊渊?"

　　"你一定和他相处得很好。"邓潇的话里即便有讥嘲的意思,也不容易让人听出来。

　　"至少领教了他的学识和干练。"那兰也努力保持不露声色。

　　邓潇再次看向那兰,这次目光只一接触,旋即离开:"他们把你认成了宁雨欣,是我的错,没有告诉他们这里的变故。"

　　一个念头闪过,那兰问:"你也接触了宁雨欣……宁雨欣主动约见你的父亲,一定是因为你说了些什么。"

　　邓潇不置可否,只是说:"难怪秦淮找上了你……"

　　那兰冷冷地说:"没有什么人'找上我',给他打了两天工,完全是通过传统的应聘渠道。"

　　邓潇轻声冷笑:"先回答你刚才的问题,你猜得很准,我的确接触了宁雨欣,我只是告诉了她我是谁、我和亦慧的过去。至于她为什么要去梅县,我到现在都不理解。"

　　那兰几乎要说:你不觉得有些太巧? 你父亲他们,正好在那时发现了邝亦慧的坟墓? 突然想起邓潇很可能还不知道这诡异的发现,传递这个消息,似乎也不是她的工作。何况，樊渊和邓麒昌的话有多少可以相信？说是宁雨欣主动找到他们，如今已是真正的死无对证。

车子停在腾龙广场的地下停车库里。早在车库外，那兰就目睹了这个江京最大购物中心的人潮汹涌——放假的孩子、免费的空调，还正巧是个周末。那兰走出车门，双耳立刻充满了从四面八方涌来的各种声响。

"我记得，你说要找个方便说话的地方？"那兰几乎是在引吭高歌，才能听见自己的声音。

邓潇说："有没有听说过，大隐隐于市？"

那兰这才发现，邓潇的停车位是个专位，一下车就能进入一扇不起眼的小门。车子里下来的四个人走了进去，那兰耳中立刻恢复了清净。进门后一段空空的走廊，通往电梯。电梯前也空无一人。揿开电梯门，邓潇说："这是那些明星名人们躲避狗仔队常用的通道，需要 VIP 卡才能上下，现在很多地方'体恤民情'，都设了这样的秘密通道。当然，少数像我这样的小混混也有幸蹭到了这个特权。"这一次，他话语中的讥嘲和自嘲清晰可闻。

电梯停在第十七层。那兰在电梯里已经读到，这层有"龙峰茶室"。

至少这一点上子承父业，都喝茶。

茶室也有小门直接对着走廊，一行人不需要经过大堂，直接进了一间雅座。确切地说，只有邓潇和那兰进了那间雅座，两个随从等在外面。

斗室有窗，可以鸟瞰江京夜色。室内家具寥寥，只有居中一条茶几和门口一张小木台，邓潇和那兰在茶几两边的藤垫上席地而坐，抬头可见文徵明的《茶具十咏图》和陈洪绶的《停琴品茗图》。

这回轮到"小邓"来推心置腹。

"好像我父亲已经和你说了不少，我们如何青梅竹马，一起长大，一起到江京来上大学。"

那兰点头："都说了。"

"有一点他不会知道……我和亦慧……都说现在的孩子早恋，中学里就开始卿卿我我，其实哪里有我们早。我和亦慧，应该在幼儿园里就开始恋爱了。"

那兰说："我还是只能把这个定在'两小无猜'的范畴。"

"六岁的时候，我就说，非她不娶。"

"大多数人，六岁时还会偶尔尿床……我理解你的意思，自小播下的种子，呵护着开花结果，你们两个的情深意重，不是我们这些凡夫俗子可以想象。"

"谁敢说你是凡夫俗子？"邓潇看着那兰，喃喃说出两个字"真像"。

真像邝亦慧。百听不厌的终极评价。

那兰说："我多少可以体会你失去邝亦慧的苦楚。可是，我还是不明白，为什么不努力一下，让过去的事过去……"

"知道他们是怎么认识的吗？"

"他们？谁和谁？"

"亦慧和秦淮。"邓潇声调低沉得让那兰都觉得压抑。从见面以来，除了觉得他有点抑郁，那兰一直不认为这位俊朗青年真的曾到过疯癫的地步，但此刻她忽然觉得，他的抑郁症好像已入骨髓。

"你将这两个名字相提并论的时候，很痛苦。最近有没有做心理咨询？"

"难道我不是正在做吗？资历上，你初出茅庐；天分上，没人能比你强。"

那兰一愣，想起自己刚拿到心理咨询师三级的证书，算是大半个专业人士，说："过奖了，我一直是个认真学习的好孩子，但天分谈不上。请说吧，亦慧和秦淮，怎么遇见的？"

"那是大学最后一年，实习、毕业设计，跑东跑西比较多，倒没有什么学业压力。亦慧在中信和工商银行两家部门做了实习，不缺实践，当然也不缺零花钱。但鬼使神差，她看到了一个很不专业的招聘广告。她觉得好玩儿，应聘归来后，就成了秦淮的写作助理。"邓潇顿了顿，抬眼看那兰。

那兰心有所触，苦笑说："看来'邝雨兰'这个人，并非子虚乌有。"三代写作助理，已有两代遭遇不测，第三代在挣扎。她抱歉地笑笑："对不起，请继续。"

"结束了，这就是今天我想讲的，我和亦慧的旧事，所有的内容。"

那兰不解，柔声说："你不要误会我早些时候说的话，其实，你心里如果有纠结，说出来会好得多。我不介意多了解……"

"别的部分，我父亲应该已经说得很详尽了，我不需要再浪费你的时间。即便有些他没说的，你绝顶聪明，估计也猜到了，比如，这三年，我究竟在干什么。"

那兰说："寻找亦慧的下落？"

邓潇点头："主要是在江京附近，亦慧的失踪地，尤其是秦淮的身边。所以当我发现宁雨欣成为秦淮的新欢……"

"这么说不是很贴切，据我所知，宁雨欣的确是爱上了秦淮，但秦淮的态度模棱两可，两人间不像是缠绵到了那种地步。"

邓潇说："我对宁雨欣认真了解了一下，也是个挺了不起的女孩子。所以约见了她，想请她帮我一个忙。"

那兰逐渐明白："你一直怀疑秦淮，希望宁雨欣借着和秦淮亲密接触的机会，发掘秦淮的'黑幕'，查探他是不是邝亦慧失踪的罪魁祸首？"

"你一定听说过保险理赔的传言，这个我研究过，从情理和法律上说不通，但问题还是存在：秦淮为什么在亦慧失踪不久后就咸鱼翻身，一夜暴富？而且好像就在那段时间，他开始和司空晴交往。你听说过司空晴吧？"

那兰点头，岂止是听说。

"猜猜谁是帮秦淮在湖心岛买房的中介。"

"司空晴？"

邓潇叹一声："猫腻，猫腻，猫腻。"

她说："这些，警方一定也反复考虑过，但他们没有找到任何证据。"

"所以，宁雨欣是最好的人选，只有和秦淮朝夕相伴，才有可能发现一些蛛丝马迹，要知道，一个人伪装不难，难的是时时刻刻都在伪装。比如，秦淮湖心岛上的'豪宅'中，你有没有看到一件属于亦慧的旧物？有没有看见哪怕一张旧照片？一般人悼念死去的亲人，家中至少放张遗照，而亦慧……她不过是失踪而已，不过是短短三年，却像是从秦淮的世界里彻底抹去了一样！"邓潇的语调越来越高，说到最后，竟如咆哮，极有型的脸扭曲着，形成另一种棱角，狰狞的棱角，那兰不由心跳加速。

至少证明，邓潇的苦痛，不是伪装出来。

"看来，宁雨欣还是帮你留意了一些东西。"那兰尽量保持平静。

邓潇长叹一声，看来也在努力克制，让自己冷静下来："失态了，实在是对不起……晚了，我找到宁雨欣的时候，已经晚了，她已经深深爱上秦淮，一种着了魔、中了毒那样的爱，她甚至认为秦淮还惦记着亦慧，而秦淮在人前那种自命风流的样子，全是伪装……"

那兰忽然想到宁雨欣临死前给她打的那个电话，说："宁雨欣，就像你刚才说的，是个了不起的女孩，她临死前警告过我，秦淮很危险。"难道她发现了什么对秦淮不利的线索？难怪她约见邓麒昌，开始调查邝亦慧的失踪案。

"哦?"邓潇高耸的浓眉向上一挑，"说明她发现了什么线索，只可惜没来得及说出口。看来，秦淮的手上可能还沾了宁雨欣的血。"

16　邝、雨、兰

那兰说:"警方好像基本排除了他作案的可能。"

邓潇冷笑说:"这个年代,什么都专业化,包括杀人。秦淮有足够的钱买杀手。"

那兰忽然问:"我第一天去秦淮家上班,午饭在一个叫'螺居'的海鲜小馆,有人给秦淮打来了电话……"

"是我。"邓潇坦白得惊人。

"你在监视、跟踪秦淮,或者我?"

"我还没有无聊到那个地步。要找到秦淮在哪里吃饭比自己张嘴吃饭还容易——湖心岛上总共就那么几家饭店,谁都知道他更喜欢去哪家,我打电话一问老板,就知道他到了没有。"

"这么说,你是秦淮在明处的敌人?"

"但我从不做违法的事,相反,我在寻求正义,搜集证据,要让像秦淮这样的奸险无情之辈现出原形。"

"我不知道你这三年来搜集到多少证据,但是,会不会,你把精力过多地放在了秦淮身上,忽略了一些别的可能?"那兰听上去像是在为秦淮开脱。

邓潇点头:"当然有可能,你能举个例子吗?"

"比如司空晴,我可以证明,她也倾慕秦淮,敌视宁雨欣……"

"和你。"

"甚至邝亦慧。"那兰懒得多辩解,司空晴根本不需要把她树成情敌的靶子。但是,如果司空晴对秦淮的感觉能回溯三、四年,那么邝亦慧的失踪可能也和她有关。尤其，她有"不择手段"的标签。

邓潇又点点头，说："这倒是个新的角度。但是，因爱生妒杀人的事，好像太戏剧化。"

那兰心想：这一切，还不够戏剧化吗？

邓潇说："你听我慢慢告诉你，就知道，真正会让你疑惑万分的，是秦淮。"

那兰这时才注意到，邓潇的身边有个信封。他从信封中取出了一张照片，放在茶几上。那兰认得，泳装的美女，袅袅婷婷，是宁雨欣。照片边上是一小片剪报，从灰黄的颜色看，颇有些年头，标题是《春运会游泳赛事落下帷幕，宁雨欣少年组独摘三金》。标题边有少年宁雨欣的青涩照，泳镜架在额头泳帽外，绽放着笑容。

邓潇看一眼那兰的反应，那兰面如止水。

他又从信封里拿出一张照片，另一个泳装的美女，明丽之色映亮昏暗茶室。那兰发现邓潇放照片的手在颤抖，抬头看去，深深眼窝一片湿润，她问："邝亦慧？"

邓潇又拿出一片剪报，一样是陈旧报章，标题是《泳赛新星涌现》，副标题是《羊城激流杯游泳大赛高中组诞生"小五朵金花"》，一张合影，五位花季少女，标明"囊括高中组全部项目冠军的'五朵金花'，左起：荀美静、董洁、邝亦慧、李海琴、杨乐。"

邓潇的手再次伸进信封，但顿了顿，注视那兰。那兰摇摇头，说："免了吧，我不需要重温我过去'叱咤泳坛'的辉煌。"这类报章，关于她的，爸爸收集全了，他却再也看不见了。

"这些，对说服你，是否有帮助？"邓潇问，"另外你可以回忆一下，你找到写作助理这份工作的过程，比如招人的广告，是不是针对你的。"

"秦淮找的写作助理，都有着很强的游泳背景。"那兰想不出是为什么，除了记起第一次见面时，秦淮的确问她有没有带泳装，当时的感觉，那不过是千百条秦氏轻佻语录中的一句。"的确，招人的广告一直贴到我们宿舍门口，也送到我的邮箱里……"

"是不是很可疑？是不是个很严肃的问题？秦淮究竟在干什么？为什么这些水性很好的女孩，却沾上了不幸？"

"你想说服我，回到秦淮身边，做宁雨欣没有完成的事，让实是秦淮一手导演了邝亦慧的失踪案，甚至，宁雨欣被杀案。"

"在你还没有爱上他之前。"

那兰苦笑一下，又柔声说："看得出来，你是个内心很苦的人，但你有没有想过，为何要如此为难自己，能不能放一放，哪怕暂时放一放，回广东，回到爱你的父母姐姐身边，和爱你的人修好，感受亲人的温暖？"

邓潇说："如果你，突然失去最爱的人，失去了一个你从小就觉得永远不会从你生命中离开的人，你会轻易地放一放吗？"

这话邓潇平淡说来，却如千斤重锤，敲在那兰心上。

"你的作业做得很到位。"那兰看着邓潇，眼光中的热度急剧下降。爸爸的突然离世，改变了那兰的一生，她又想起了在父亲墓前许下的承诺，对照今日，龟缩在茶室，徜徉在别人的是非漩涡中，除了可悲，还是可悲。

邓潇说："这是为什么我说你有做心理咨询师的天分，你有苦痛的经历，你有同情，你有爱。"

那兰张张嘴，想劝邓潇专心做他的公子哥，不要往心理咨询师评估员方面发展，还是忍住了，他的话不无道理。

邓潇也没有停下来的意思："你和宁雨欣并无深交，却开始探究她的死因，说明了你对死者的同情，远远超越了一般人的一两声叹息。"

"多谢你的美言，但具体应该怎么做，我需要自己拿主意，好好想想。"那兰觉得邓潇是真正有天分的人，做销售和市场的天分，执着，有说服力，难怪邓麒昌念念不忘要让儿子继承家业，光大邓氏集团。

"你为什么突然剪短了头发？"邓潇的问话很突然，目光更是停在那兰脸侧那又大又圆的耳环上。

那兰沉吟，望向那个信封上，看来邓潇手头的所有照片里，自己都是长发素颜。想了一阵，她终于又开口："你大概可以猜到为什么……实话告诉你，有人在跟踪我。自从我开始为秦淮做助理,尤其我发现了宁雨欣的尸体后,我的每一步,似乎都有人关心。"

邓潇略略动容:"岂有此理……这样吧,我这两年混在江京,还算摸到了些门路,只要你愿意帮我的忙,事后我可以帮你隐蔽身份,甚至改变身份,你可以有张新的身份证、新的银行卡,一个可以随意进出不需要提心吊胆的居所,直到你……和我们,将一切查得水落石出。你至少会同意我的分析,亦慧的失踪、宁雨欣的死、甚至你被跟踪,都是紧密相连的。其实只有将这些关联理顺,除掉隐患,你才能回到原来的生活,才能得到真正的自由。

"我,也才能得到真正的自由。"

17　隐渡

"这两天,你好像人间蒸发了。"秦淮在手机那端听到那兰的声音,似乎并没有太多惊讶。

"你在找我吗? 好像我已经写信给海满天辞职了。也就是说,我们之间已经没有劳资关系了。"

"但还可以有朋友关系嘛。否则,你也不会打电话给我。"

那兰叹口气,秦淮一定能听得见:"我需要和你合作。"

"合作? 欢迎你回头是岸,写作助理还是你的。"

那兰再叹,秦淮的脸皮,比湖心岛的礁石更厚更硬:"相信你随时可以再问海满天要一个美女做助理,但我肯定是要退休了。我跟你合作的目的,是为了找出对宁雨欣之死负责的人。"

"我觉得你应该去和巴渝生合作,会更有成效。"

"这是你的真实想法?"

"不是。巴渝生是你的老师、好警察,但不会和你合作。因为责任太大。"

"你是宁雨欣生前最重要的人之一,你如果真想为死者尽一份心,我们可以好好谈谈。"

这回,是秦淮在叹气。他将目光放回那块新立起的墓碑,良久不语。此刻,他身处万国墓园,昨天是宁雨欣遗体火化入土的日子。墓下伊人,曾为他抛泪几许? 如今蜡炬成灰,是否泪干?

那兰等了一会儿,说:"你算是同意了,对不对? 你对她,还是有一份情,至少有几分愧疚。"

秦淮也沉默了片刻:"这样吧,给你改个职务,你来做我的心理医生。"

"不需要是心理医生,也能看出来。你如果真的薄情,不会在宁雨欣的墓前,一站就是两个小时。"

秦淮一惊,回头张望,却没有看见那兰的身影:"你在哪儿?"

"抱歉,我不能现身。单单从我所在的这个角度看,至少就有两个超远长焦镜头对着你,明天等着看娱乐版的头条,《秦淮探墓绯闻女友,旧情仍在》;如果我现身,就会变成《昔日绯闻女友墓前幽会新欢》,味道好像完全不一样了。依我看,还是给你保留个比较顺应民心的形象吧。"那兰并没有夸张,除娱乐记者外,她感觉还会有别的眼睛在注视着这位近日江京最具争议的男主角。

秦淮说:"怎么可以见面?"

"你怎么知道我想见面?"

"你对我,基本上是避之唯恐不及的态度,主动打电话来,一定有事。"

"我需要一个躲避的地方……我被跟踪了……我发现宁雨欣的尸体后,一直想知道她是怎么被害的,四处问,大概有人不希望我知道太多。"

"但是你不愿轻易放弃……瞧,还是我最了解你。"

"所以我希望能躲上湖心岛。"

秦淮的声音略带惊讶:"听说过'是非之地'这个词儿吗?我那小窝的别名。"

"最危险的地方就是最安全的地方。你愿不愿帮我这个忙?"

"我怎么可能对你说不?"

"我希望上岛的时候,不被别人看见,有没有办法?"

秦淮沉吟良久:"这个……有难度,但世上无难事,只怕有美人。我可以来接你,告诉我你在哪儿。"

"听说过腾龙广场吗?"

"连我这样的外来人员都知道。"秦淮套用着那兰上回说过的话。

"腾龙广场对面有家四星酒店……"

"高登酒店。"

"没错,腾龙广场和高登酒店的地下停车库相连。你先到腾龙广场,坐电梯上十八楼,旋转餐厅。你绕着旋转餐厅旋转半圈,会看到另一个藏在角落里的电梯,只能 VIP 用的,你去餐厅领班那里问,就说谭小姐留了张 VIP 卡给你。谭小姐是谁,你就不用多管了。拿到卡后,下电梯到地下车库,穿过车库到高登酒店,不要进门,绕着酒店右手边走三十米左右,会看到一个小门,刷卡可以开,就用那张 VIP 卡,一卡两用。从那个小门进去,又会看到一个电梯,同样用那张卡刷,我在十五楼,一五一零号房间。"

秦淮说:"你不是潜伏在我国的美女特工吧?"

那兰冷笑说:"就算是,我也不会这么轻易暴露的。"

"你是怎么来的?"见面后,那兰的第一句话,截住了秦淮上下打量她的目光。她自责没有向秦淮嘱咐清楚。

"当然是开我的车来。"果然,最坏的可能发生了。

那兰走到窗口,俯瞰,仿佛可以从穿梭人流中揪出跟踪的人。她懊恼地说:"不怪你,是我忘了告诉你,要尽量坐出租车来。出租车的模样千篇一律,这样跟踪的人会更费力些。"

"你间谍做得还不够专业。"秦淮似乎并不太介意。

"知道我为什么还得读研吧?"

秦淮说:"可是你忘了,我是老油条。"

那兰看着他脸上诡黠笑容,才知道上了当,说:"失敬失敬,原来你已经想到了。感觉会有人跟踪你吗?"

"这真的不知道了。我从轮渡口上的出租车,先到了希尔顿酒店,从它的边门又换了一辆,觉得应该不会有人跟上。即便有人一路跟来,估计也不会这么快就弄到一张贵宾卡。"秦淮环顾客房,普通的小单间,地上一个不大的旅行箱。

"我们走吧。"那兰拉起了旅行箱。

"走?去哪儿?"秦淮故作惊讶,"我以为我们是来……"

"说出来吧,你以为我们准备干什么?"那兰冷冷看着他。

"没见过像你这么辣的女孩。"

"还号称是老油条?"

秦淮再次上下打量经过改头换面的那兰:"我有点怀念长发,让你显得更柔情些。不过,这样也算耳目一新,如果你需要,我可以推荐一个形象设计师……"

"我真正的需要,是到湖心岛,但不被任何人看见。你真的有办法?"

"去湖心岛的公共交通工具只有一个:摆渡。要想不被人看见,只有戴上阿拉伯妇女的面纱。不过,我估计摆渡老板只需要瞅一眼你的身段,就知道你是谁。"

"那么,非公共的交通工具呢?"

"岛上的确有两家富豪拥有私家小艇,但我不是富豪。当然,湖边还有一处水上用品店,可以租划桨小船。可惜,如果有人跟踪你,慢慢悠悠的小木船是很容易观察的目标。"

"那真的没办法'隐身'上岛了吗?"

秦淮忽然打开了门,不回头地往外走。那兰一怔,随即跟了出去,掩上了门。

"你想调查我的秘密,为什么指望我会帮你?"秦淮压低了声音,但话语中锋芒毕露。

那兰沉默,知道自己低估了秦淮。

"你的一系列安排,这厢VIP,那厢VIP,旋转餐厅的领班都听使唤,这些都不是一个普普通通的学生可以做到的——连你表哥成泉,算是江京不大不小的一个人物,也做不到——能这样安排的,我能想到的人,屈指可数。"

那兰说:"你知道是谁。也知道那个人给我安排的房间里,有耳目。"

"录音器、摄像头,对他来说,易如反掌。"

"至少我们已经达成共识,这不是'传统意义'上的开房。"

"你同意为他做间谍?!"秦淮的愤怒完全可以理解。

"我并不是要调查你、挖你的隐私!我需要隐身,我需要躲开监视,我需要一个立足点。我不能信任认识了不到一天的邓潇,但至少对你有一定的了解。"

"你以为对我有一定的了解。"秦淮冷笑。"我凭什么要接纳你,明知道你要窥探我的秘密?"

"因为我相信你的无辜。"

"天字号的新闻。没有人……大概方文东除外……相信我的无辜。"

"我想要答案,我自己想要的答案。即便邓潇没有找到我,湖心岛也是我的下一个目标。我至今还不知道是谁潜入了我的宿舍,是谁麻醉了我的小仓鼠,是谁杀害了宁雨欣,是谁一直在跟踪我,是谁赐予我这个不敢见人的地下生活? 你知道吗? 上回,我被人追杀,险些就不能来给你添麻烦。"那兰把声音压得低低的,也没有压住愤怒。

"不是我。"

"但和你有关,一切都是从认识你开始的。不是吗?"

"你的逻辑有些强盗,"秦淮一叹。"好像我真的应该很内疚,好像收留你是我不可推卸的责任……当然,你知道,你能住过来,我求之不得。"

原形毕露,那兰心想。

"如果你坦荡荡,就不会怕我这个很业余的间谍;就算你满脑子邪念,"那兰冷笑说,"也正好,今天我自己送上门来。"

"你为什么会认为我有办法,'隐身'上岛?"秦淮很绅士地帮那兰拖着行李。

"你很在乎自己的隐私,偏偏又是个大众情人,要你爱的和要你命的人都有一大堆,这么久了,我想你总该有个'隐身'方案吧。"两个人坐电梯到了地下车库的那个 VIP 小门,一辆出租车开过来,是那兰订车时特意吩咐的,到车库里来接人。

司机是头一次到地下车库来接人,不免觉得奇怪,但一看那兰、秦淮两人的相貌,俊男靓女,就猜到了几分,一定是对偷情男女,刚开房完事后出来。尤其那男的,有几分面熟,可能是个还不够有名的名人。这时候最好的办法,闭嘴,记住,以后用做谈资。

奇怪的是,这对男女共同上车后,如同陌路,别说没有亲热,捏捏手摸摸腿什么的,甚至连话都没有一句,但又不像刚吵了架在生气,彼此都挺有礼貌,一举一动还有些默契。

两人就这样一路沉默下去,看来司机的谈资也在蒸发。

按照那男人的吩咐,司机将车开到昭阳湖边的"绿坞世家",一个高档别墅区。这个并不奇怪,那男的看上去有些钱。但奇怪的是,两个人在小区铁门口就下了车,没有让他把车往里面开,大概是怕他认了门。这时晚上十点已过,黑灯瞎火,难道他们就这样拖着行李走进去?

出租车开走后,那兰问:"原来你这里还有套房子。"

秦淮说:"我单身一人,为什么要那么多房子? 这里是我们上岛前的中转站。"

"我还是不明白。这里……倒是靠着湖边,但是,怎么个上岛法?"

秦淮带着那兰向小区深处走了一阵,一指前面,是个不大的停车场,他说:"我在这里没有房子,但有车。"

他解释说,他通过关系,在这里租了个车位,停放着一辆车,这样比较方便,下了摆渡后不用走多远,就可以有车代步。这是一辆广州本田奥德赛小面包车,秦淮遥控打开了车后厢。那兰摇头说:"你单身一人,为什么要这么大的车子?"

秦淮没有回答,抬起了车后盖,那兰"哦"了一声,终于明白。

第二排座位后的车顶上,悬着一套潜水衣。

"我们游泳过去?"

"除非你不会游泳。"

那兰恨秦淮装蒜,但不和他计较,又看一眼那套潜水衣,男式大号尺寸,应该符合秦淮的身材。她说:"可惜我没听你当初的吩咐,忘了带泳装。"又说:"最近天这么热,穿泳装游泳倒是正好,为什么要穿潜水衣游泳? 笨手笨脚的。"

秦淮说:"看来你还不大了解昭阳湖。要说偶尔在湖边的泳区玩水,确实用不上潜水衣，但是如果要经常往湖心岛游，来回至少五公里，这水难免会伤皮肤——过去几年里，水质一直在变糟。何况，这是只有两毫米厚的湿式潜水衣，不会太累赘。"他从车里的一个大纸袋里又拿出一套潜水衣，说，"这是你的。"顺手拽下了商标。

看得出来，这是今天刚买的。秦淮已经料到那兰要跟他回岛，而且是要隐身回岛。

"你知道我的尺寸?"

"潜水衣就那么几个尺寸，何况……我是'江京文坛陈冠希'，判断女生衣服尺寸这样的基本功还是有的。"

那兰又看一眼手中的皮箱。秦淮说："不用担心，明天我会坐轮渡来帮你取，况且，你需要的日常用品，岛上的小超市里都有。今晚的衣物，君君会帮你准备好。"

"君君?"

"哦，忘了告诉你，君君是方文东太太的名字。你觉得方文东这个人好，对不对? 君君比他还好。"

"看来你准备得很周全。"

"随时等着你大驾光临。"秦淮从衣架上取下了那套潜水服，说："你进车里换上潜水衣吧，我到外面换……不用担心我大泻春光，这里很偏僻，尤其是这么晚了，一般不会有人走动。"

那兰犹豫了一下，上车，关紧了车门。开始宽衣解带的时候，下意识地往黑黢黢的车外看了一眼。秦淮基本上可以算作柳下惠的反义词，她能放心吗?

好在，秦淮一直没有出现。

18　如昨

　　那兰开门下车，秦淮这时也换好了潜水衣，捧着早先穿的衣服，从不远处的树丛中走出来。他迎面看见裹在尼龙布中的那兰，忽然停住了脚步，身子微微颤动，好像那兰在地上划了一道魔线，他再难向前走一步。

　　他真正的下一步是什么？恭维？挑逗？你你你，你是出水芙蓉，你像一条美人鱼。还会有什么？那兰做好了一切准备。

　　但他什么都没说，只是好像重拾了勇气，默默地走过来，默默地将换下的衣服折好，放入那个旅行包，同时取出两双脚蹼，和两对划水掌、两副泳镜、两双防滑鞋，各拿一套给了那兰。

　　"你怎么了?"倒是那兰觉得有义务开口。

　　"没什么。"

　　"如果身体不适，游这么远……不妥当。"

　　秦淮冷冷地说："你真是有爱心的好孩子。但是放心，我真的很健康。"

　　那兰想起第一次上岛，来接船的方文东说过，秦淮并非媒体上渲染得那么不堪，只是相处久了，会觉得有点古怪。现在终于领教。她再看一眼秦淮，秦淮竟然低下头，低头的刹那，那兰不知道是否是自己看错了，她似乎看见了他眼角的湿。

　　她立刻想起秦淮在宁雨欣的墓前，入定般忘了时间空间的感伤。

　　他是不是看见了我的悲惨下场？

　　那兰忽然觉得自己一步走错，然后越走越错。

　　两人提着脚蹼，在沉默中钻入停车场后面的小树林，走出去不远，就到了湖边。这里的沙滩,此刻无潮的时候,也不过两米宽。那兰边穿脚蹼,边望向前方,湖心岛像只巨大的水龟,浮在湖面上,在无月的阴暗夜色下,竟显得有些狰狞,仿佛在幸灾乐祸地看着这两个要隐身上岛的男女。

风掠过湖面,那兰心里微颤,从此将正式"进驻"秦淮的世界,还会有多少更不愉快的发现?

离开他,越远越好。

他是个极度危险的人。

说这话的人已经逝去。宁雨欣的亲身经历,说是血的教训,毫不为过。我这是怎么了?为什么要如此壮烈地偏向虎山行?难道真的是被邓潇对邝亦慧的深情打动?还是对宁雨欣之死的愤懑?或是一种补偿的心态,要用对宁雨欣之死的探究,补偿自己对父亲之死的无能为力?

"你要跟紧我。到了湖心岛,从哪里上岸,很有讲究。"秦淮淡淡地说,将两人的防滑胶鞋和手机、钥匙等杂物一起,收在一个防水袋里,戴上了泳镜。

那兰点点头,舒展着腿脚的肌肉筋骨。这距离不能算太短,关键是中途没有歇脚之处,热身格外重要。

秦淮凫入湖水,胳膊抡起,划水掌撕破湖面的平静。那兰随后跟去,紧随着秦淮双脚打水冒出的气泡。

那兰从小到大游泳,没有跟随在人后的习惯,游出不远,就不由自主地加速,和秦淮并驾齐驱。秦淮见那兰赶上来,也开始加速。逐渐,两个人形成了完全相同的节律,像是海洋公园里并排翩跹嬉游的两只海豚。

远离声色的喧嚣炫目,泳者破浪,如同禅者入定,忘我,忘了这个世界。每个人的心中,都有一个世外桃源,但你我终日兜兜转转,刻意以求,偏偏找寻不到。此刻的那兰,却是那个幸运儿。那么多的纷扰,那么多失衡的情感、巧言令色,人心和人心的三岔口,都溶在了水中,都在脚蹼的摆动中化成那道逐渐消失的水痕。

水,生命之源,你我生命最初的九个月,每一刻都浸泡其中。母亲温暖的体内,天下最安全最舒适的空间。

那兰每次入水，即便在激烈竞赛之中，也都有这种安全舒适的感觉。这时候，能感觉自己的每次一划动，在身边都有相同的和音，天衣无缝，和谐无忧。知音少，却近在咫尺。

可她偏偏是这样的人，就在安全感和满足感让四肢百骸舒畅无比的时候，她忽然觉得这也是自己最薄弱的时刻。

就像一个人最志得意满的时候，前面迎接他的，往往是下坡路。

那兰的警觉不无道理，她发现，身边那协调的节律消失了，和她共鸣的那个知音暗哑了。

她放缓了速度，知道骤停可能会引起肌肉痉挛。她开始踩水，抬起泳镜，在灰黑的湖面上巡视。果然，秦淮没有再继续游，也在踩着水，在不远处沉浮着，望向自己。

"怎么了?"那兰看不清秦淮的脸色或眼色，只是觉得奇怪。

秦淮说："我刚才说过，请你跟着我。"

"我一直在跟着你……"那兰随即明白秦淮的意思，一个她无法置信的理解，"你是说，我只能跟在你后面，不能和你并排游?"

"你的理解力没问题嘛。"秦淮不再多解释，又开始划水。

错误，这一切都是错误。

那兰也不再多说，掉转头，背离了湖心岛，向湖边回游。

离开他，越远越好。

他以为他是谁?

那兰往回游了不过二十多米，身边一阵疯狂的水声，随即一个黑影挡在了她面前。秦淮。

那兰慢慢停下来，不得不再次踩水，摘镜："请不要挡我的路。"

"你怎么往回游?"

"法律规定我不能往回游?"

秦淮叹口气："我刚才的话说得不妥当……"

"你的理解力好像也没有问题嘛。"

"对不起,是我自己情绪上的问题……到家后我向你谢罪。"秦淮突然拉住那兰的手腕,他不知什么时候已经脱下了划水掌。"如果你执意返回,我只好跟你回去。"

那兰的心被这话熨软了,抬了抬手腕,说:"这就是你的诚意？动手动脚？"

秦淮忙松开手,笑笑说:"我只是怕丢了你。"那兰仔细看他的笑容,没看到她想象中那种邪邪的笑,而是发自内心的尴尬笑容。

"你这个人是不是精神有问题？"那兰嘀咕了一句,又高声说,"如果不想要我超过你,自己游得快一点。"

秦淮一怔,原本在脸上的笑容又僵住了。但他没再说什么,只是将凝固的笑容埋进水中,向湖心岛游去。

湖心岛近在眼前的时候,秦淮慢了下来,回转身说:"小心被脚底的礁石夹住脚踝。"他的声音很平静。

那兰跟着秦淮,在水中沿着岸边划动了大概十几米,秦淮说:"就是这里了,做个记号吧,水面上这块方方的石头,朝向是正东,我叫它'方文东'。这就是最佳上岸点。"他撑着石头跃上岸,没顾上脱脚踝,伸手去拉那兰。

因为很久没有一口气游这么远的距离,那兰觉得全身都酸软着想呼唤氧气。依她的性子,不会要秦淮拉她上岸,但此刻也没多想,将右手划水掌交给左手,就将右手伸了出去。

又是个错误的决定。

她不是没有和秦淮握过手,几天前她写作助理生涯的第一天,他们就握过。她还记得那礼貌一握的感觉,秦淮的手心粗糙,握手有力,并没有停留太久。

但此刻这一握,握得太久。

也许是离得近了,那兰竟能发现,就在握手的刹那,秦淮的脸上眼中,现出的是温柔和迷惑的交集。那兰爱过,也被爱过,所以她认识那脸色和眼神,不是多情的王孙公子在花街柳巷天上人间的那种温柔,而是肺腑中来、荡气回肠的那种温柔。

但那温柔的神色,却不是给她的。

相识数日的男女,哪怕缘定前生的一见钟情,彼此间也不会有这种神情。

陡然间,那兰理解了,这一路游来,秦淮为什么如此反复无常。

直到那兰被拉上了岸,两人的手仍握着。那兰将左手的划水掌也卸下来,扣在秦淮的手背上,轻轻说:"你想起了邝亦慧?"

秦淮仿佛被无情喊醒的梦游人,浑身一阵痉挛,飞快地将手抽开,那兰第一次在他脸上看到了惶惑和惊讶。

那兰说:"你从我换上潜水衣后,就进入了冰火两重天。我的身材和邝亦慧本来就很接近,又都是短发,尤其在夜色下、再裹上潜水衣,连一些细微的差别也被掩盖了。你仿佛看到了邝亦慧复生。你们当年是不是经常一起游泳?是不是经常并排戏水?所以当我开始和你并排游的时候,你仿佛回到了过去——也许是你最快乐的那段日子。但你随后发现,身边的人,不是邝亦慧,这不过是海市蜃楼一般的梦境,所以你硬生生从梦里走出来,很'酷'地让我跟在你后面。直到现在上岸……你们当初也经常从这里上岸,你也经常伸出一只手,拉她上来,对不对?所以这又是熟悉的一幕。你再次陷入虚实之间的迷惑。"

秦淮一句话没说,眼神有些散淡,仿佛仍没有从虚实迷惑中走出来。过了很久,终于用轻得连平静湖水声都能盖住的声音说:"如果不想要我超过你,自己游得快一点。"

那兰一惊:"她也说过这句话?"

秦淮闭上双眼默认,仿佛这样又能回到过去。

这一游,几乎颠覆了那兰对秦淮的所有印象:他越看越不像一个滥情的人,相反,他是个浓情的人。也许,媒体和外人面前的秦淮,中国版唐璜的光辉造型,只是一个假象,一个面具。可是,为什么?

为什么要糟践自己的声名和形象,为什么在家中将邝亦慧的痕迹如此彻底地抹去?为什么就不能让世人知道他依旧追忆着失踪的妻子?

也许这样做,正是为了消减那份思念和苦痛。

那兰定了定心绪，看了看周围环境。这里礁石较多，紧靠着一个陡坡，很难轻松随意地进出上下，视野里也看不到任何房舍，到了晚间，必然清静，这大概是秦淮说这里是"最佳上岸点"的原因。

　　两人穿上防滑胶鞋，秦淮领路，手足并用，爬向那个陡坡。爬到一半，终于脚下有了可以走的路。

　　上岸点虽荒僻，但离秦淮家并不远。两人从后院门进去，一路上没见一个人影。秦淮开了别墅的后门，警报铃轻轻叫起来，秦淮输入密码后，铃声停下。

　　后门连着车库。从车库里穿过，那兰留意到，墙上挂着两套潜水器材，潜水气瓶、面罩、浮力调整器，那兰在游泳队学过两次潜水，没有成为大师，但算是入了门。想不到秦淮有这个爱好。为什么有两套器械？邝亦慧？

　　车库侧面有两扇门，其中一扇是直接进入室内的侧门，另一扇门后大概是储藏室。进屋后，门边就有间浴室，秦淮说："你就在这里冲一下吧，君君应该已经给你准备好换洗衣物了。"

　　那兰点点头，进了浴室。

　　她出来的时候，身上是绵软的睡裙，脚上是轻软的麻布拖鞋，舒服得无以复加。她不知该怎么感谢那个尚未谋面的君君，暗自感叹秦淮不知前世修了什么德，会遇见方文东和君君这对为朋友尽心尽力的夫妻。

　　秦淮也换上了 T 恤和卡其裤。领着那兰到了楼上客房。客房比那兰的宿舍还要大一些——想到了宿舍，就想到了陶子，应该给陶子打个电话了；想到电话，她看了眼梳妆台上的手机，和床头柜上的电子钟，离午夜还有两分钟。这时候给陶子打电话，纯属骚扰——屋里除了梳妆台，还有张小电脑桌、衣橱、电视、矮床，中性的格调。

　　"欢迎光临，"秦淮说，"好好睡一觉吧，可惜没有'请勿打扰'的牌子给你挂，但是要防色狼，可以把门锁上。"

　　那兰笑笑，说："披着色狼皮的羊，没什么可怕。"

　　"放松警惕，后果自负哦。"秦淮不再多说，下了楼。

　　那兰呆立了片刻，还是关上了门。

19 地狱锁幽魂

大多数的时候，那兰睡眠高效，入睡快，梦不多。但在需要警觉的时候，她会立刻变成浅睡眠者。当她半夜醒来，并没有觉得有太多异常，这毕竟是她第一次在一个"半陌生人"家里过夜。更不用提，这位主人的"花名"。

何况，雨打纱窗，还有隐隐雷声。气象预报说今晚有雷阵雨，难得准确一回。

她随即意识到，唤醒自己的，不单单是雨声风声雷声，还有一阵阵轻微的叫声。仔细听，不但是叫声，还是尖叫声，歇斯底里的尖叫声！

她完全不相信这是真的叫声。万籁俱寂的夜，大概一丝丝声响都会被莫名其妙地放大。何况，秦淮并非幽居，左邻右舍都在，怎么会真的有这样凄厉的惨叫，而无人惊动？

可是，她必须相信自己的耳朵。

这是真真实实的叫声，凄惨的、受尽折磨、受尽惊吓后发出的叫声。她不是第一次听到这样的叫声。在江城坊监狱采访重刑犯的那段日子里，她去参观过一个特殊的分监区，那里关押的都是精神病重刑犯，有人发出过这样的叫声。

她在黑暗中又坐了一阵，叫声似乎停了，停了一会儿，又响起来，这次，不但有叫声，还有哭声，撕心裂肺的哭声，偶尔哭声又低下来，仿佛在哀求命运的怜悯。

那兰走下床，在窗前站了站，有种想立刻跳出窗逃生的冲动。

她这时才发现，窗上是铁栏，如囚笼。自己是只小小的囚鸟。

她心跳开始加快，走到卧室门前，转动把手。

门锁上了。

她忽然觉得早些时自己说的那句"送上门来"是多么可悲的贴切。为什么不听宁雨欣的金玉良言呢？那是用生命为代价得出的结论，"离开他，越远越好"，我为什么当作耳边风？

她定下神，再看那门把手，上面的反锁插销竖立着，她记起来，是自己睡前锁上的，怪不得别人。她拧动插销，横过来，门应声而开。原来是虚惊一场。

不，不是虚惊一场！楼下，传来清晰的叫声、哭声、女人的声音，虽然不响，但真切无比。

她又条件反射般掩上门，靠在门上深呼吸。

识时务者，这时就应该打电话报警；但她想先看个究竟。她到这里来的目的，不正是想看看秦淮到底是怎么个极度危险法？

何况，怎么报警呢？我目睹了什么样的罪行？什么都没有。

她再次推开门，立刻明白绝不会什么都没有。因为叫声又传上来。

她轻轻走下楼，朝着叫声传来的方向。

从底楼客厅传来的声音，越来越真切。有人在受折磨，有人面临着死亡。

她觉得腿有些发软，但还在一步步往前挪。她虽然朝客厅走去，双眼却在黑暗中找寻大门的方向，一旦看见了不该看见的景象，就立刻向门外飞跑。

声音越来越清晰，不但有惨叫，有哭泣，还有怒骂。

用英语在怒骂。

那兰转入客厅，终于明白，是电视机里传来的声音。

这显然是一个外国恐怖片。那兰看见了鲜血、死尸、找不到出口的密室。

一个DVD空盒躺在沙发前的茶几上，借着电视机里忽明忽暗的光，可以看见封面上《电锯惊魂Ⅱ》的字样和一张恶魔般的脸。

奇怪的是，电影在上演，却没有观众。

那兰在沙发前又站了一会儿，秦淮并没有出现。大概他看到一半就去睡觉了，但忘了关电视。肆意浪费。那兰在茶几上摸到了遥控器，借着光研究了一下,成功地关上了DVD播放机,又成功地关上了电视。

但她却没能成功地将嘶叫声关在耳外。

开始,她以为只是刚才电视机里传出的凄惨叫声仍在耳边萦绕,一种滞留效应。但她在客厅站了好一阵子,又移动了几步,那哭叫声仍隐隐约约、时断时续地传来,虽然轻,却很真切。

像是从地下飘来。如鬼泣。

那兰深呼吸,让再度开始急跳的心平静下来。她需要平静,才不会乱了方寸,才可以做出正确的决定。当呼吸平稳下来,当心跳恢复到每分钟70以下,那兰蹲了下来,双手撑着地板,耳朵贴向地面。

她没有听错,的确有隐隐的哭声从地下传来!

那兰觉得奇怪,莫非这下面有地室?她敲了敲地板,听不出是否有空洞的感觉,或者说,她没有足够的经验来判断。

她索性打开客厅和连接大门走廊里的大灯,在地上仔细观察。大门进来后的门厅地板,用的是大理石,再往里一点,通客厅的走廊,是鸡翅木的地板。整个客厅也是实木地板,每块木板纹理细腻清晰,板与板间的缝合也十分细致,做工精良,丝毫看不出有哪块木板的颜色和周遭的木板有些许不同,暗示它经常会被翻起。

哭声继续从地下冒出来,轻微,但清晰。

那兰忽然想,与其在这儿毫无目的地摸索,不如直面秦淮,让他给个坦白的回答:是谁? 在你家的地下哭泣?

可是,这样会不会将自己置于险境?

本来,我自告奋勇进驻"秦淮人家",还不是人为刀俎,我为鱼肉? 他要想害我,已经有千百个机会。不会单因为我这个理直气不壮的问题。

她又上了楼,到了秦淮的卧室前,只短暂迟疑了一下,敲了敲门。

无人应。那兰再敲,仍无回应。她推门而入。

秦淮的床上空无一人。

那兰索性叫了一声秦淮的名字。没有回答。原来这偌大的秦宅里,就只有她一个人,和地下的哭声。

这样的深夜,他去了哪儿?

地下,哭声的来源。

她只得又走下楼梯,继续在客厅里寻找通往地下的密口。她的目光落在客厅中央的长条沙发上。这是观察地板时遇到的难题,不但沙发下铺了一块土耳其地毯,即便掀开地毯,还有一大片地板被沙发的底座挡着。但这沙发看上去足有三百斤,要推动都难,不像是经常出入地面的必经之地。那兰试着推了一下,沙发比纹丝不动稍微强点儿,但基本上没有挪窝。

穷尽了探寻的思路,那兰只好坐在沙发上,盯着电视机液晶屏幕,又从那呆板的平面移开,移向客厅通往车库边门的走廊。

那兰忽然站了起来。她想起来,连接走廊和车库的边门外,好像还有一扇门,她原先顺理成章地认为是储藏室。

她走出侧门,进入车库,到了那另一扇小门前。她试图拉门,但门上有锁。那兰侧耳附在门上,哭声隐隐。

她忽然想起,厨房靠壁橱的墙上有一个小钥匙架,挂着几串钥匙。她走回屋,到了厨房门口,钥匙架的钩子上吊着三串钥匙,其中两串是车钥匙,宝马的和奥德赛的,另有一串,挂着大大小小七八枚钥匙。

那兰取下那串钥匙,回到车库。试到第三枚钥匙的时候,小侧门的锁开了。

门后是黑黢黢的空间,诱惑着探寻的目光。

悲戚的哭声,此时已清晰无比。

借着车库里的灯光,可以依稀看见门内向下的楼梯。

刚才因好奇探求而平静下来的心又狂跳起来,那兰站在通往地下室的门口,不知该拔腿飞逃出这座房子,还是走入黑暗,将秦淮神秘的面具一层层剥开。

事实上,她没来得及和自己辩论,双脚就带着她一步步走下了楼梯。

每往下一步,哭声就更真切一分。女人的哭泣。

我是在什么样的一个故事里？秦淮是谁？地下哭泣的女人是谁？

邝亦慧？

这个念头一起，那兰感觉像是有双无形的手，攫住了她的咽喉，让她呼吸困难。

赤足踏在木板楼梯上，压抑的"吱咿"声仿佛黑暗的呼吸，她觉得自己像是蓝胡子的新娘，将要亲眼发现一连串噩梦般的事实。

大脑深处，一个声音在悄悄提醒她：也许，最稳妥最安全的一步，是往回走。或者离开这个房子，或者回到楼上房间假装安睡，或者拿起床头柜上的手机，呼叫也许还在熬夜的巴渝生。

但"理智"的声音远没有好奇心强烈。那兰走下大约二十阶楼梯，到了底，左边是条走廊，走廊的尽头，是间紧闭的房间。

门紧闭，却关不住哭声，和痛苦的嘶喊。

脑中理智的声音更响了些，提醒她，离开！现在还不算太晚。

但她却转动了门把手。

一侧的墙上，贴着一盏昏暗的壁灯，比一般的起夜灯亮不到哪儿去，灯光罩在一个白色的身影上，那身影背对着那兰，坐在墙角的一个椅子上，仿佛没听见有人开门进屋，只是沉浸在自己的哀恸中，面向那兰的是一头如瀑长发。

她是谁？

"你好，请问，你需要帮忙吗？"那兰在门上敲了敲，表示她这个陌生人的存在。

哭喊骤止，那女子呆了一呆，缓缓转身。

灯光虽暗，那兰却看清了那女子的脸。她几乎要转身冲出小屋，逃出这幢房子。

她没有动，也许是震惊让她无法动身。

她觉得惊恐，并非是那女子有一张令人恐惧的脸，相反，那张脸虽然泪痕交错，却秀美无比。但那是一张似曾相识的脸。像，但她不敢确认。

在一张旧照片上。邓潇颤抖的手上。

那兰抬头，一眼看见墙上的另一张旧照片，她和他，都是泳装，他是秦淮，她是角落里哭泣的人。

邝亦慧！

"你是……你是邝亦慧？"

难怪秦淮家中，见不到"悼念亡妻"的任何迹象，因为无人可"悼"。失踪三年的邝亦慧、邝氏墓园里已占了一席之地的邝亦慧，原来被深锁在地下。

那女子没有回答，只是用迷惑的目光盯着那兰。

那兰忽然明白，那女子已经精神失常。

秦淮，你做了什么？

那兰向前走了两步，望着那女子凄楚的脸，曾经明艳不可方物的容颜，如今憔悴、冷淡、写满辛酸、记录着一次次夜不成寐的挣扎。

她已失去了所有活力，生命无情地枯萎，削瘦的脸颊和双肩，一件宽大的白色睡袍，她像一具骷髅，套在一副皮囊中，一双手，苍白，如白骨。

白骨忽然扬起，卡住了那兰的喉咙。

那兰毫无防备，陡然窒息，脑中立刻一片空白，竟难协调手脚。她努力镇静下来，伸手要拉开箍在颈项上的手，但那女子的手虽然枯瘦异常，却抓得极紧，那兰一时竟无法掰开。

"你要叫，我就掐死你！"像是魔鬼的低语。如果不是亲耳听到，那兰绝不会相信这句话会从一个几乎灯尽油枯的孱病女子嘴里发出。

那兰根本叫不出声，她只好挥拳盲目地打去，手上也没有什么力道。

但另一只手接住了她的拳头。紧掐着她咽喉的手也松开了。

不知什么时候，秦淮已站在了两个女子中间。

"你没事吧？受伤了吗？"他关切地看看那兰，确认她无大碍后，又关切地看着那个女子，握起那双刚才执意要掐死那兰的手，然后又将那女子拢在怀里，在她的耳边喃喃低语，仿佛在给她催眠。

终于，他转过身，说："让我和你解释。"

那兰抚着仍在作痛的咽部，点头说："你的确有很多需要解释。"

20 你还有多少秘密？

"她是我妹妹。"秦淮给那兰和自己各倒了杯冰水。那兰这时才发现秦淮的 T 恤衫有些湿，头发也有些湿。

"你的妹妹？"言外之意：难以置信。

"我知道，你从没听说过我有个妹妹。"

那兰摇头，说："昨天，邓潇让我看过邝亦慧的照片。"

秦淮的全身抖动了一下，片刻无语后，点头说："她们……的确有些相像。"

"不是一点点的像。"

"如果把你的照片，还有宁雨欣的照片，和她们的都放在一起，别人也会有这种感觉。"

那兰知道，他说的有道理。谷伊扬就说过，他虽然爱看美女，却永远分不清那些一线女星谁是谁，范冰冰、李冰冰、陈好、李小璐，在他眼里，就是一片花团锦簇和一排尖下巴颏。夸张，但有道理。

"为什么不让人知道你有个妹妹？"

"你是说我故意藏着她？"

"不然怎么解释地下室？"

"你的脖子好点儿了吗？"这话问的！她旋即明白，这话看似关心，其实是在回答，如果让那女子逍遥在外，会有多少人享受到窒息感？这解释基本过关。

"你当初来的时候，只是我的写作助理，不是生活顾问。其实，知道我有妹妹的人可多了，包括邓潇，"秦淮顿了顿，似乎在斟酌什么，终于还是说出口，

"还有巴渝生。"

"但为什么把她关在地下?"那兰还是希望秦淮给她更充足的理由。

"很少有人能体会,如果家人有精神问题……"

"我可以体会。"那兰冷冷打断。

"我知道……你妈妈,有严重的抑郁症,自从你父亲突然去世。"看来秦淮对那兰也做了研究。"你一直对她不放心,大学四年,你接她到江京来,在江大边租了房子,几乎每天去看她,同学们发现你每天神秘地消失,深夜返回,以至于有一段时间谣言纷起,说你去'锦座'坐台。"

"锦座",夜总会的魁首,江京版的"天上人间"。

那兰问:"你哪里听来的这些事?"但她知道,她的"坐台门",实在算不上个秘密,随便找个本系女生,请她到校门口星巴克,煮咖啡论美女,就能知道一堆"那兰的那些事",有些关于那兰的事,连那兰自己都不知道呢。

秦淮说:"你知道的,不难。"

"我没有把我妈妈深藏在地下室。"那兰发现话题似乎被有意转移。

"我刚才只是想说,用你母亲打比方,每个病人都有自己的需求,这一点,没有亲身经历过的人很难体会。比如我妹妹会觉得离开陌生人更安全,更愿意独处,会在风雨雷电之夜发作,痛哭,所以为了不让你起疑心,我放碟来压哭声,谁会想到你把电视关了。"

"你是说,她主动自闭? 她的病是什么诊断?"那兰知道,大多数的情况下,尤其是女性,会惧怕幽闭的状态,而不会主动选择幽闭。

"大夫们只是泛泛地定义了一个'精神分裂',还是暴力型的。其实远没有那么简单。"

"或许我可以帮助她。"

"谢谢你的好意,但这不是你上岛来的目的,也不是我请你来的目的。"秦淮大概自己也知道他的话如手中冰水般冷淡,试图弥补,在语气里稍稍加温,问道:"你妈妈,为什么又离开了江京?"

那兰正恼怒秦淮忽冷忽热的态度,本不想理会他,但看着他的眼睛,又心软了，说："她觉得自己已经好了许多，想试着自己生活——她虽然有抑郁症，却是个很坚强的人——老家还有很多亲戚和多年的朋友，她认为，对她来说未尝不是个好的改变。"

"听得出来，你并不同意，并不放心。"

那兰咬着嘴唇，良久才点头说："我只有她一个亲人了。"她抬眼看秦淮，他或许可以体会。

薄雾罩着秦淮双眼，他轻轻说："我可以体会，真的可以体会。"

"你究竟还有多少秘密？"那兰一小口一小口地咬着烤成金黄的面包片，面包上涂着据说是君君亲手制作的蜜桃果酱。

"很多。"秦淮不假思索地回答。

总算过了"安稳"的半夜，两个人虽然睡醒，眼睛下面却还带着一晚折腾的痕迹。

"昨晚你去哪儿了？我是说，你发现我去拜访你妹妹之前。"

"准备申请做我的私人秘书？知道有关的职业危害吗？肯定比写作助理更残酷。"

明摆着拒绝回答，那兰只好又问："有个话题，我知道你也不愿多谈，但我还是斗胆问一下。"那兰向秦淮发出警告。

"亦慧？"

"对，就是关于邝亦慧……"

"我以为巴渝生和邓潇都和你详细介绍过了。"

"但有些问题，只能由你来回答。"

"举个例子来……"

"为什么你家里，居然看不到任何纪念她的东西？"

秦淮霍然转过身，看得出他在努力抑制着某种情绪的爆发："如果这真是你想要知道的，那你可是来错了地方。"

"我需要你的帮助，了解宁雨欣为什么被杀，还有，跟踪我的人是谁。"

"所以你问错了问题。你的问题和你的调查无关。"

"既然我需要你的帮助，我就必须先了解。宁雨欣生前也做过你的写作助理，又有情感纠葛，即便我是天下最没有经验的侦探，也会第一个想到，她的死，会不会和你有关。"

秦淮冷笑说："你恰好正是天下最没有经验的侦探，如果我要害她，会在八卦小报沸沸扬扬炒我们'绯闻'的时候下手?"

"我已经告诉过你，我相信你的无辜。"真是如此吗？那兰不知多少次问自己。

"那就多专注在宁雨欣本身吧。"

那兰终于明白，从秦淮的嘴里，逼不出他真实的想法、他的千万个秘密。她只好说："既然这样，你总可以告诉我，宁雨欣在给你做写作助理的时候，做了哪些工作，有没有笔记、报告什么的?"她逐渐了解宁雨欣的为人，在那段时间，一定不会无所事事，整日和秦淮调情。

秦淮转身出了厨房，不久后返回，将一个大信封放在了那兰的小碟前："这是她为我做助理时写的所有记录，这是份复印件，原件已经给了公安局。你自己看吧。"

那兰抽出信封中的所有文件，有些是手写，有些是电脑打印，大多是关于民国初江京的历史事件和风土人情——走马灯似的军阀政权、名流、志士、风月场里的花魁。大概是看见那兰双眉微蹙，秦淮解释说："这是我另一个小说的背景研究，发生在清末民初。最近几个月我一直在打腹稿。"

"可是，你还欠着海满天《锁命湖》!"那兰不解。

秦淮说："我那时候还不知道《锁命湖》该怎么发展下去，谁也帮不了我。"他总算第一次承认新书进展的不顺。

宁雨欣没有在为《锁命湖》做助理，那么，是什么促使她对邝亦慧的失踪案产生了兴趣？难道仅仅是因为邓潇的造访？或者，邝亦慧的失踪案，是宁雨欣全心爱上秦淮的唯一障碍？

那兰问："记得你说过，《锁命湖》引子二里的那些事，都是真实发生过的。

莫非，里面那个白衣女子，掐住了护士脖子的那个，就是你妹妹？"

秦淮一叹，点头："难得你能憋一整夜，现在才问我。"

那兰说："不是一整夜，半夜而已。能憋得住，是因为我已经知道了答案。第一快嘴掌渡老板曾告诉过我，你们以前在昭阳湖岸边的一个破民房里居住；而引子二里的故事，就是发生在湖边的一个破民房里，女孩们聊天里也说起过，主人是个穷写书的，你说，还会是谁？"

秦淮说："我妹妹需要人照顾，那个时候，她暴力精神分裂的症状还不明显，所以当我晚上有事需要出门的时候，都会雇人来照看她。不过自从那次她伤了那名护士，我就再不敢轻易让外人和她接触，这方面，君君帮了我很大的忙。"

"这么说来，那小护士虽然被你妹妹掐住了脖子，但并没有死？"

"幸亏她还有个朋友陪着，否则就真的难说了。另外一个女孩拉开了我妹妹，护士姑娘只是受了些轻伤。"

"也就是说，从昭阳湖里浮出的女尸，'五尸案'的第一具尸体，并非那个叫沈溶溶的护士？"那兰微微有些吃惊。

秦淮看上去比她更吃惊："当然不是。怎么？巴渝生没告诉你吗？"

又听到巴渝生的大名，那兰有些沮丧："别提了，我白叫他声老师，真正和案情相关的信息，他都避而不谈。我想他作为警察，还是个头目，大概有些难言之隐；又怕把我卷到什么危险里，不好向党和人民交代。"

秦淮微笑："他是重案组的队长，可不是一般的头目。所以，要想得到最多的信息，直接通过这些头头脑脑，肯定不行。就好像，娱乐记者想扒到八卦，需要常打点奉承的，都是助理啊、摄影师啊、化妆师啊、司机啊什么的。"

那兰立刻明白，"这么说来，你有不少关于'五尸案'的信息……否则，你也不会写到小说里来。显然，《锁命湖》，就是关于'五尸案'的！"

"可惜，你不再是我的写作助理，所以'五尸案'的事，只好留给下一个美女助理来做。你的重点，那兰同学，我们再复习一下：是谁害了宁雨欣？"

还是有可能是你。那兰心想，宁雨欣在秦淮身边，有可能无意间发现了什么线索，和邝亦慧的失踪有关，就开始调查。这也是为什么她要警告自己秦淮的危险度。临死前她要告诉自己的，说不定正是她的发现，对秦淮不利的证据。这么说来，杀害宁雨欣的就是秦淮。虽然他那时还在岛上泳滩边秀肌肉，但可以雇佣杀手除掉宁雨欣，拿走那证据。

可是，如果真的是证据，宁雨欣为什么不给警方，反而要给我？

说明这"证据"，并不确凿，可能只是间接的一些信息。

她忽然觉得，自己那句"我相信你的无辜"是如此苍白，苍白得如同谎言。但扪心自问，当初为什么会说出这句话？

为什么要相信他的无辜？

"宁雨欣会不会也在调查'五尸案'？"那兰怕自己沉吟过久，被秦淮猜出心思，忙接过话题。

"她从来没提起过，我也从来没和她谈过。"

"但她看到过《锁命湖》的引子二，对不对？"

秦淮想了想，说："因为和她的工作无关，我没有主动给她看过，但不排除她偷看。"

"不要说得那么难听好不好？"不知为什么，那兰不愿听到任何亵渎宁雨欣的话。

"你也不要把每个人都想得那么简单好不好？"

那兰知道宁雨欣和"简单"二字相去甚远，但她不想和秦淮深入探讨，又问："宁雨欣被害前的那天夜里，这岛上有位姓谭的老太太看见有蓑衣人在湖面上垂钓，好像又验证了那个传说……"

"听说过'小说家言'吗？这是文绉绉的说法，按普通话说，就是'胡说八道'，谁要是相信我们编的故事，就是在相信怪力乱神、邪教迷信、传销老鼠会。何况，蓑衣人钓命是湖边这一带的老迷信了，很显然，老谭姨是心理暗示的受害者。"

"你刚才还说，引子二里的描写都是确有其事，难道那两个女生看到一条小船上五个人在垂钓，也是假的？"那兰抓住了秦淮的漏洞。

秦淮说:"算你厉害,那个,倒是真的。那个护士和她的朋友,真的看到了一条小船,上面五个蓑衣人。"

"能不能告诉我她们的名字?"

"小说里不是有吗?"秦淮有些不怀好意地笑着。

"你别把我的脑子想得那么简单好不好?你怎么可能在小说里用别人的真名?何况,在那么恐怖的场景里。"

21 恶梦重温

    诗黛芬妮婚纱摄影是江京数一数二的影楼,生意总是爆棚,只有非周末工作日,影楼里才不会让顾客觉得逼仄。岑姗姗特意调休到周二,希望整个拍摄过程可以轻松流畅,不会有上前线下火海的感觉。

    事与愿违,人还是那么多。休息室里,一眼望去,上完妆的新娘新郎,如白山黑水,或者,白天鹅和黑乌鸦。现代人结婚离婚,不讲质量,只讲数量,也正因此婚纱摄影的生意始终那么好。和岑姗姗一起上班的一位护士,三十刚出头,就已经拍过三次婚纱照了。

    想到这儿,岑姗姗下意识地睐向未婚夫,这位老兄的双眼正直勾勾地盯着休息室里的一台电视,一场世界杯比赛的重播。她好像能看见未来的生活:另一场足球赛的画面在电视上,老公的双眼还是那么直勾勾的,唯一不同之处,是屁股从影楼别扭的人造革靠椅上移到了自家的沙发上。她有些沮丧地结束了对准老公的赏析,开始看周围的新娘们。她们大概和自己差不多,为结婚的事鞠躬尽瘁,厚厚的粉妆也掩不住憔悴。当然,表面上看,化了妆、做了头发(或者戴了假发套后),新娘们个个趋近于美轮美奂,但她做护士的敏锐观察力,还是能看出姿色的差别。她比较满意,自己在这群伪天鹅里,至少是个中上等,粉妆和胭脂为她略平扁的脸庞增加了立体感,显得更优雅更明艳。

    她最羡慕的,还是那些天然素颜就优雅明艳的女孩,护校和医院里,总有那么几位卓尔不群的,不过今天的这间天鹅饲养场里好像还是缺乏明星,大概那些佼佼者都在做二奶……也不尽然,那里就有一位,看上去比大多数天鹅更年轻,短发、美腿,还没有上妆,却已经吸引了无数道准新郎们强抑不住的目光;那女孩明眸顾盼,好像在找什么人,又好像迷失在了茫茫无际的天鹅湖。即便脸上挂着那迷失的神色,她仍带着一种出尘的气质,倒把这一众全副武装到每一根头发的新娘衬得俗艳。

忽然,岑姗姗觉得这女孩有种似曾相识的感觉,虽然,她敢肯定自己从未见过她。

岑姗姗更想不到,那高挑的女孩和一位领座员交谈了两句后,径直走到自己面前。谢天谢地,准老公的目光还胶在电视里那只没头没脑的皮球上。

"请问,您是岑姗姗吗?"

似曾相识感更重了,不知为什么,岑姗姗有些警惕起来。"我是。你是哪位?"

那女孩环顾了四周,看上去比岑姗姗更警惕,她凑近了点,似乎想压低了声音说话,但休息室里三台电视同时在发威,其中还有一台在放陈奕迅的演唱会,所以她完全可以用正常的音量说话:"我叫那兰,我是个江大的学生……"

岑姗姗觉得平衡了些,青春无敌,劳累的自己和大学生斗艳,这比赛没开始,就该认输了。

"我有几个小小的问题,要麻烦问您一下,不会占用太多时间……轮到您拍照的时候,我一定不会打扰。"

岑姗姗刚拍完一组传统服装的,知道下一轮的白婚纱照至少要再等半小时,点头说:"什么问题?"她不是没有遇见过类似情况,在医院门口的超市、在医院附近的公园,也会有陌生人来和她打招呼,经常是病人家属,向她了解病情以及如何疏通主管的医生。

"大概三、四年前,您给一个叫秦淮的人做过家庭护理,临时照料一个有精神障碍的女孩子,还因此受了伤……"

"你是警察吗?"岑姗姗又警惕起来,画得细细的眉毛几乎要聚成一条长线。

"不是,我真的只是个学生。"

"那你为什么要问那件事情?"岑姗姗不安地在椅子上挪动了一下。

"我的一个朋友，一个女孩子，前不久去世了，我觉得，她的死……"

"宁雨欣？"

那兰哑然，默默点头，怔怔望着岑姗姗：她怎么知道我要问的是宁雨欣？

岑姗姗脸上露出一丝如释重负的神情："你觉得她的死，和那天晚上我们看到的情形有关？和那个出了好几具尸体的案子有关？"

"五具尸体。"

"对，五具尸体。"岑姗姗深吸口气，狠狠地眨了眨眼，仿佛要将眼前的幽灵驱赶走。"正巧，你来了，我心里正犯憷呢……大概两个星期……应该至少三个星期了，三个星期前，宁雨欣找到我，要问我几个问题。"

"什么问题？"那兰想，宁雨欣果然在调查"五尸案"。

"你要问我什么问题？"

那兰说："我想知道，你们那天晚上，究竟看到了什么，是不是真的看到了有五个人，在一条小船上钓鱼？"

"她问的是同样的问题！"岑姗姗更觉得惊讶，"我一五一十都告诉她了，但是过了没两个礼拜，我就在报纸上看到她出事了……在此之前，小报上还有一些关于她和秦淮的八卦，那个时候，我还指着两个人的照片告诉我的小姐妹们，这两个人我都认识！"

"所以您现在心里不安，觉得宁雨欣的死，和她找您问的事情有关？"

岑姗姗的身体又扭动了一下，也不知是被婚纱裙勒得不舒服，还是真的心里不安。她点点头，说："但我又想不出，这两者究竟会有什么关系，可能只是我胡思乱想。"

那兰说："所以我想请您再告诉我一遍，那天晚上的事，说不定，我可以找到些线索。"

"可是，会不会，我告诉你了以后，你也会遇到危险？"

很逻辑的推断。那兰摇摇头说："只是知道这些事，本身并没有危险，你们……您和您的那个朋友，几年来也还安全。"

岑姗姗点头说："那倒是……不过，我们还是挺受打击的，到现在，我还经常会做恶梦。一般人很难体会,在那样一个夜晚,被一双惨白的手抓住喉咙的感觉……很崩溃的。"

那兰心想,同是天涯崩溃人。但她没有多说什么,只是用期许的目光看着岑姗姗。岑姗姗说:"直接回答你的问题,我们真的看到了湖面上一条小船,小船上五个人。"

"穿着蓑衣?"

"至少是雨衣,那天晚上雷雨交加,我记得可清楚了。"

那兰想,那雷雨也一定常在恶梦中出现。又问:"可是,那天晚上雷雨交加,天又黑,你们怎么可能看清船上有几个人? 又怎么可能看清他们穿的什么衣服?"这是她在读《锁命湖》引子二的时候就有的问题。

岑姗姗诡秘地笑笑:"你好聪明。用肉眼,我们当然看不清。"

那兰说:"我不懂了。"看来我还不够聪明。

"我们用的是高倍望远镜,还有夜视望远镜。"岑姗姗看见那兰惊诧的表情,又解释说,"是秦淮屋里的。当时,他的那个家,里里外外都是破破烂烂的,好像只有那两个望远镜,是真正的宝贝。那个高倍望远镜好像是莱卡牌的,那个夜视望远镜,牌子记不得了,不过真的可以在黑暗里看见人影,只不过不是很清楚。当时,我拿着夜视镜,我的朋友张娜,用高倍望远镜,我的夜视镜里,可以看见五个人,绝对是五个人;张娜用的高倍望远镜,在闪电打起来的时候,她也看清了是五个人,都穿着雨衣。"

"他们在钓鱼?"

岑姗姗摇头:"看不清……船上还有比较大件的东西,因为我可以看见他们的动作,好像在拖拉什么东西。"

"这么说来,他们没有在钓鱼。"

"真的看不清,如果真的有鱼竿,离那么老远,夜视望远镜也不可能看清。"

那兰想想说:"后来陆续有五具尸体浮上来,您有没有认为和所谓的'锁命湖'有关?"

"当然会。那一阵子,我真是吓得要命。"岑姗姗呼吸有些急促,"每天晚上，我都要和张娜聊天聊到精疲力尽，因为哪怕我们有一点点精神，都会被恐怖的念头吓到。"

"你们有没有和警察说起过？"

"当然有……那一阵子，隔几天就有尸体浮出来，闹得江京满城风雨的时候，我主动给他们打的电话，他们也专门派了一个小警察来做记录。不过，我不知道他们会觉得这些东西有多少用处。"

"但是您肯定也和秦淮讲过？"

"当然。当天晚上，也就是在他妹妹掐得我快要休克之后，在他送我去医院的路上，我就告诉他了。我还说，怎么这么邪性儿，刚看了他写的那段什么凤中龙的故事、'锁命湖'的传说，就在湖面上看到了五个穿雨衣的人。"

"他怎么说？"那兰真的很好奇。

"他说，这明明是编出来的故事，怎么好当真。"

那兰心想，至少，现在的秦淮和三年前的他，口径一致。而且，这"引子一"看来几年前就写好了，秦淮的这"惊世新作"真可以算作史上最难产作品之一！

"秦淮的妹妹伤了您，但您好像并没有对他们有太大意见，真很大度。"

岑姗姗笑笑，"还好啦。毕竟没有被她伤到筋骨和器官，何况，那女孩子是个精神病人，我这个学护理的，这点涵养还是要有的。至于对秦淮嘛……你一定见过他的，很帅很男人味道的一个人，又很温柔体贴，你看他对妹妹有多好，要生他的气还真不容易。"她下意识地瞥了眼邻桌的准新郎，他的一腔温柔、全心体贴，尽在那台电视上。

"那您一定也见过他的太太？"

"邝亦慧吗，好像应该算前妻了吧，还是算亡妻？反正失踪这么多年，凶多吉少了。挺可惜的，他们两个人，真的是郎才女貌，叫郎貌女才也可以，好让人羡慕的一对。"

那兰忽然从岑姗姗眼中看出一丝欲言又止的迟疑，于是说："看来，他们真的很与众不同。"

"有些方面，真是有点古怪呢。"岑姗姗接受了那兰的循循善诱。

"哦?"

"比如,他们经常晚上一起出门,神神秘秘的,这是为什么我会被找去护理秦淮的妹妹。可他们每次回来,都像刚洗过澡一样,浑身湿淋淋的。"

那兰大概知道他们去干什么,脑中现出湖面上两条同时扬起的手臂,划两道平行的弧线,入水,脚蹼拍出两情相悦的水花……但她也无法想象他们为什么要在黑夜中游水,甚至专门找了人来护理秦淮的妹妹,就是为了并肩游泳?解释不通。

这时,影楼的一位接待员走过来招呼岑姗姗和新郎去拍下一组白婚纱的造型,那兰觉得岑姗姗已经贡献了很多,连声称谢,说不再打扰了。准新郎这才发现未婚妻一直在和一位超级美女聊天,疑惑地看了那兰几眼,跟着接待员走了。岑姗姗和那兰道别,快步跟上准新郎,忽然又像是想到了什么,转身对那兰说:"'锁命湖',秦淮小说里的故事,虽然是编出来的,但是,不可全信,也不可不信。"

那兰一惊:"为什么?"

"其实……我家好几代都住在昭阳湖边,所以我知道,这个传说,宝藏啊,钓鱼啊什么的,其实早就有。只不过他写得绘声绘色,我们当时看入了迷,才会有那么大的反应。秦淮家有本古书,文言文的,好像是什么明朝还是清朝的笔记小说,就有讲到'锁命湖'的事情。不知道是秦淮还是他太太,在有那个故事的页面夹了张书签。"

不知为什么,那兰感觉岑姗姗还没有走的意思,她问:"您好像还有重要的事要告诉我?"

"可能是你已经知道的一件事……那五具尸体出现后,不到一周,邝亦慧就失踪了。"

这一惊来得好猛,那兰无处闪躲。自己果然不是天生神探,居然没有问清邝亦慧失踪的时日。

显然,邝亦慧的失踪案,和"五尸案",有很大可能交错在一起。

那兰又谢过,岑姗姗回头走了几步,又转头说:"有句话我忍不住还是想告诉你。"

好，又有新的信息。

"你和她——邝亦慧，好像。"

那人看着那兰走出影楼，在心底又一叹。剪掉长发后，她是不是失了些妩媚呢？谈不上，其实看习惯以后，她显得更气质出众。她进去干什么？准备结婚吗？当然不是，那兰还在"逃亡"生涯中，连个像样的恋爱对象都没有呢。

也许，形势会有突变呢，会真的闪婚呢，谁知道呢。

可以肯定，她进影楼，一定是在找什么人，获取什么消息。看来，她仍保持着探求的欲望。用"好奇害死猫"这样的话来形容她有点过于亵渎，但喻义确切。她在做不该做的事，做着把自己推向死亡的事。

瞧，她现在最大的问题，就是在享受安全感的假象。经过乔装打扮、经过南下北上的折腾，她一定确信再没有人会跟踪她。

22 明朝的那件事

影楼对面就有一家避风塘的分店,那兰进去吃午饭,等饭的时候,从包里拿出手机,才发现错过了陶子打来的一个电话。

"你在哪里?"陶子劈头就问。

"在一家避风塘。"

"干什么?"

"还能干什么,当然是在避风。"

"避什么风?我昨晚到的江京,本来准备突然出现,吓唬你一下,结果发现宿舍里冷冷清清凄凄惨惨戚戚。我想就等等你吧,等你在外面玩疯了,一推宿舍门,我还是可以吓你一跳。谁知我等了一宿,你也没出现,我这才明白,原来我回家省亲这么几天,你就嫁入豪门了。"陶子说话,永远那么夸张。

那兰对着手机苦笑:"你不知道,我是有家难回。你知道吗,宁雨欣死了。"

陶子"哦"了一声,说:"不是都说她为情所困,自杀了吗?这和你嫁入豪门有关系吗。"

"是我发现了她的尸体。那天,她和我约好,到她家去。"

陶子一惊,好久才说:"我一直以为你们是情敌?"

"她本来是要和我促膝长谈的,大概是要劝我不要再给秦淮打工。我赶到她家的时候,发现她已经上吊身亡。巴渝生不肯多告诉我案情,但我感觉,他们已经排除了是自杀,肯定有人害死了她。随后呢,我就发现有人在跟踪我,甚至要除掉我。"那兰压低了声音。

"那你……"

"我只好躲到外面去住,有时候在我表哥那里,有时候在旅馆,有时候在秦淮那里。"

"我的老天,我可怕的预言不幸应验,你终究还是嫁入豪门了。"

"'豪门'?嚎啕大哭的'嚎'吗?"那兰觉得有些不安,她不愿陶子知道太多秘密,知道的秘密越多,越有危险。"你回来了就好,小仓鼠有人喂了。这几天,都是我那外甥女成媛媛到宿舍来给它喂吃的。"

陶子说:"我见到成媛媛了,她还算是有点责任心的小女孩。"

那兰说:"我可能没法和你多联系,怕给你也牵扯上麻烦。"

"什么麻烦?你太见外了。"陶子有些愠怒。

但那兰决定恪守原则:"真的,你相信我……下次,你见到我就知道了,我现在,真的很麻烦。"

那兰是昨晚夜深后从湖心岛游回湖岸的,上岸后,在秦淮的奥德赛里更换了衣服,住进了一家不起眼的酒店。现在离天黑还有十个小时,她吃完午饭后,直奔江京市图书馆。

她想立刻就看到岑姗姗提到的那本"笔记小说"。

虽然已经开始正式在秦家"卧底",但秦淮不是个大大咧咧的人,不会让自己在他的书房里肆意游弋。

图书馆服务台边上有两台供读者检索用的电脑,那兰键入"江京"、"笔记小说",只出来了一串以江京为背景的悬疑小说,作者有叫秦淮的,有叫方文东的。那兰看着秦淮的名字暗暗发恨,忽然灵机一动:无论是明朝还是清朝,关于江京的笔记小说,流传至今的,又整理成册的,一定屈指可数。关键是自己不知道书名,其实只要找到有关专家问问就可以。

这样的专家,难道不就应该在图书馆?

服务台前的图书馆员是位蓄着几撇稀疏小胡须的白脸男生,眼睛一直盯着电脑的方向,如入定一般,眼球却一直跟着那兰移动。那兰终于走到他面前,他故意将目光聚回电脑屏幕,显现出"视美女而不见"的定力。那兰微笑,轻声问:"你好,我想问一个笨笨的关于检索的问题。"

"和检索相关的问题都不笨笨,否则,我大学四年都在学笨笨吗?"图书馆员笑笑,露出有些参差的牙齿。"跟你开玩笑,只管问吧,知无不言。"

那兰说:"我在找一本书,不见得是完全关于江京的,但肯定和江京有关,大概是清朝人、或者明朝人写的,笔记小说类的……这样的书,可以在哪里找到?"

小胡须原本踌躇满志的神色消减了至少一半,抓了抓同样有些稀疏的头发,说:"你这个问题……不但不笨笨,还很专业嘛,所以,需要专业人士来解答,我正巧……"

那兰等着他说,"我正巧就是这样的专业人士",谁知他抓起桌上的电话,说:"我正巧抓瞎。"紧接着又对着电话说:"姚老师吗? 我是小郑,我给您接了个生意,对,大活人,这就带她来见您。"撂下电话,说:"跟我来吧。"

那兰皱眉,"接生意? 大活人? 你们不是要拿我做人肉包吧?"

"有幽默感的美女真是难得。"小胡须小郑走出服务台,带着那兰往地下室走,边走边说,"这位姚老师是我们古籍和地方志方面的专家,如果她再不知道,我们就得烧香请神了。"

姚老师自我介绍叫姚素云,虽然被称为"老师",其实一点也不老,三十出头,眉目姣好,出人意料地上着和图书馆员形象不太相符的烟熏妆。她的服务台前有块小牌子,题着"副研究馆员"的字样。她听完那兰的问题,想了想说:"这样的书,还真的不是铺天盖地般多,我给你取几本,你翻一下,看看是不是你要的。"

姚素云离开的当儿,小郑也向那兰告辞,说:"如果还有笨笨的问题,只管来找楼上笨笨的我。"那兰笑着谢了。

不到五分钟,姚素云就捧了三本书回来,她指着其中厚厚的一本说:"这本的嫌疑最大,是本明清笔记的合集,收集了十几位江京府文人的笔记,都是关于江京和周边地区的。"

那兰连声道谢,拿过那本书,上面是《昭阳纪事》四个字,的确有很大的嫌疑。她急切地翻开,一条条读着目录,寻找着"锁命湖"的字样。

没有。

她回想着《锁命湖》引子一里的人物和场景:昭阳湖、伯颜宝藏、风中龙、闻莺。她又浏览了一遍标题,果然发现了一篇《闻炳杂录》。闻炳就是秦淮大作里的那个闻太师,小姐闻莺的爸爸,权倾朝野的高官。

虽然不是直接描写"锁命湖"的故事,但说不定有关联。

那兰按照页码找到了那篇《闻炳杂录》。

闻炳,字弘锡,号沙翁。其先江京蓟缭人。父充,袭祖职隶锦衣千户。炳幼从父叔辈习武,长身隼目,勇健沉骘。稍长,积学工文,诗名隆起,尤著边塞意境,有"戟挑残月宵拔帐,旌卷狂风晓破关"之句。举嘉靖七年武会试,授锦衣副千户。九年文试,授翰林修撰。父卒,袭锦衣署指挥使,却职翰林。未几,擢都指挥同知,独掌锦衣事。

炳与严嵩诗酒欢,党朋朝野,以锦衣、豪吏为爪牙,异己或囹圄苦终,或见诛暴尸。炳每擒杀要员,爵禄必加。二十六年擢太子太保,次年,加太傅,三十年加太保,仍掌锦衣卫事,权盛无出其右。

炳腾达登贵,概因交好严嵩。妻严氏,嵩侄女也,仅育一女,名莺。莺甫及笄,容色盈盈,肌肤莹澈,因元宵京园灯市游,遇弱冠士子,面如冠玉,气宇轩额,遂互通眉目。士子实为盗,号凤中龙,有行梁飞椽之能事,水性尤佳。次日夜半,龙潜入闻府,与女欢洽缱绻,往来有日。翌年秋,龙入宫窃得宝图,图指元相伯颜贪金聚财之地,江京府昭阳湖岛下。龙旋踵入闻府,携小姐逸京。

至江京府,有跛足道人阻路,自命相士,曰:"公有血光之祸,只须避离昭湖,万事皆平。"龙嗤之。女曰:"何解?"道士曰:"欲见蓑衣人昭湖垂钓,必有人亡故。"龙若不闻,与女临湖结庐舍。是夜,暴雨至,女遽然醒,启窗,见蓑衣人扁舟垂钓,以为噩兆。

天明,龙欲赴岛探宝,女苦劝,龙执意行,欲得宝而息盗业。龙按图索骥,至藏宝地,入水。女切切盼之,一日无讯,夜不成寐。翌日,龙尸漂至,竟溺水亡。

　　炳自失女，发一夜白，驭锦衣卫使及东厂骠骑，遍寻天下。龙亡，女无所依，为府吏觅得，炳亲临江京迎女，自此重锁深闺。女经久为魇所困，每入夜，嚎哭凄冷，闻者动容。炳广聘良医，棒杀不得力者。女渐愈，结姻吏部侍郎许常述之子仲满。仲满文才卓绝，为帝所器。三十六年炳犯上遭诛满门，女独获免。

那兰读文言文不算艰难，几乎可以肯定这篇小小的传奇，就是秦淮《锁命湖》引子一的来源。她又细细读过，心里将每句话都翻译了一遍，很有趣的故事。

她这才去注意该文的作者：俞白连。看作者介绍，俞白连是清朝乾隆年间的一位书生，江京府的"原住民"，仕途不算得志，专以诗书为乐。这篇《闻炳杂录》和该书收录的俞白连的另一些作品，都是出自俞的文集《晚亭随识》。

那兰用借书证借下了这本《昭阳纪事》，上楼又找到了服务台里坐着的小郑。小郑故意保持着宠辱不惊的样子，淡淡笑："欢迎归来。"

"能不能帮我一个忙。"

"为读者服务是我的职责。"

那兰莞尔："想麻烦你帮我复印这本书里的几页，然后……不知道你们这里有没有扫描机，我想扫成个图像文件或者 PDF 文件，然后借用你的电脑一下。"

"这是三个忙。"

"最后这个忙，我也可以在网吧里解决。如果太麻烦就算了，复印和扫描，我都可以付费。"

小郑又笑了："我是在开玩笑，这三个小忙，举手之劳。"他觉得，今天是他图书馆员生涯的一个小小高潮。

那兰将扫描好的《闻炳杂录》PDF 文件以及另外几篇俞白连的作品传给了江大中文系古典文学专业的研究生龚晋。龚晋比那兰高两级，追过那兰。按照陶子的说法，龚晋追那兰，属于"裸追"，用"大胆"、"赤裸裸"这样的词来形容都不够强烈，简直就是"恬不知耻"。龚晋给那兰写过情书，用的是骈四骊六的华丽文采，他还手绘过一幅《倚兰仕女图》，贴在那兰她们宿舍的门口，画上仕女绘着那兰的面容，比陈逸飞画的那些女子十二乐坊更美更传神。如果不是当时那兰已经心属谷伊扬，说不定真的会动心。

谷伊扬追那兰，只说了一句话"我们去看电影吧"。

所以陶子批评那兰，就是当年让"小谷子"太容易上手，以至于他如此绝情，去了北京后，再无音信。但那兰和谷伊扬间，还有陶子不知道的隐情，那兰不愿提，只是承认，他们这些小朋友总有犯错的时候，知错就改，还是好孩子。

她出了图书馆，翻着手中的书，在馆后花园的台阶上坐了一会儿，呼吸都市里难觅的新鲜空气。她想再打电话给陶子，解释一下，她不是见外，是真的卷入了一个偌大的是非。她本应听宁雨欣的话，离得越远越好，但已经晚了。

那兰还在犹豫的时候，手机响了，是龚晋。

龚晋说："你想转专业了？要到中文系来？做我师妹吗？"龚晋这点特别好，对失败特别宽容。追那兰失败后，又立刻改追化学系的系花，再败；又改追国贸系的一位才女，几乎得手。他现在总算有了女友，一位大一女生。

那兰说："你不是已经有师妹了？你能不能直接告诉我，俞白连这个人可靠不可靠？伯颜宝藏、蓑衣人垂钓这种事，是不是真的？"

"我是老江京，所以俞白连是什么人我还是知道的，这位老兄是当年最大的才子之一，号称诗书画三绝，不过依我挑剔的眼光，他最能称得上出类拔萃的，倒是他的篆刻……"

那兰提醒他："老师兄，扯得太远了。"

龚晋说："ok，是这样的，明嘉靖朝根本没有这个位至三公而且又掌握锦衣卫的牛人名叫闻炳的。俞白连只是在编个故事，小说家言。至于伯颜宝藏和蓑衣人钓命的故事，我爸爸和我爷爷都是一脉相传的江京府老古董，平时，他们都尽量避免向我这个纯洁的孩子灌输流言蜚语，不过，几杯小酒下肚后，二老还是会讲起这些传说，有鼻子有眼的，很像 UFO，有人说见过，就是没有任何证据。同时，我还发现个有趣的事儿。"龚晋顿一顿，仿佛无形蓑衣人，在钓那兰胃口。

"我在听着呢。"那兰向自己翻翻白眼,只好故作"上钩"。

"我搜了搜,我家那两位老前辈一共收藏了三个版本的《晚亭随识》,其中只有民国初年的一个珍本里收录了《闻炳杂录》。这说明,不管是谁编辑整理的《昭阳纪事》,一定很专业,或者说,认真找到了《晚亭随识》的正确版本。"

那兰将《昭阳纪事》翻到内封,上面有主编的姓名和一串校注整理者的名字。

其中的一个,是"秦淮"。

那兰用轻得只能自己听见的声音说:"这位优秀古籍整理工作者……我知道是谁了。"

23　君君

巴渝生的繁忙,那兰在做毕业设计的时候就领教过,所以当她只等了半个小时后就接到回电,不禁觉得真是神速。

"你必须立刻离开秦淮家。"巴渝生说。

那兰一惊:"秦淮……他出什么事了吗?"

"那倒是没有,你知道我从来不赞同你去秦淮家,你现在打电话来,也一定是有了情况,你要有什么话,最好不要在他家里说。"

"隔墙有耳。"

"或者说墙上有耳……毕竟是他自己家,他会不会偷听,装窃听设备,都是他自己说了算。"

"好在我现在在江京……在一个网吧里。"

"太好了,别再回去了,我已经安排好,对你进行重点保护。"

"可是我不是文物,现在需要的不是重点保护,而是解除危险!"那兰感激巴渝生的好意,但她觉得巴渝生对自己的呵护很可能会掩盖住他的犀利。"你怀疑秦淮,我也怀疑秦淮。但是你们是警方,在明处,任何心里有阴暗的人都会对你们设防。可是我不是,我感觉,从心理上已经接近了秦淮,更有可能揭示他的秘密。"

"那你到江京,难道没有人看见你?"

那兰将秦淮发明的特殊交通方式告诉了巴渝生,巴渝生沉吟了片刻,说:"秦淮的确是个有趣的角色。"

"他曾经是你们的嫌疑人,对不对? 你对他一定做过研究。"

巴渝生说:"他背景都很干净,没有哪怕一次打架斗殴或者学校的处分。"

"他的妹妹……他有个精神失常的妹妹?"

巴渝生又沉吟了一下说:"没错,这个我也知道。"

"她的名字?"

"叫秦沫,相濡以沫的沫,难道秦淮没有告诉你?"

"他甚至没有告诉过我他有个妹妹。"

巴渝生似乎并不介意,"你们又不是相亲,他没必要给你背家谱。"

那兰觉得郁闷:这些男生怎么都这么含蓄!她问:"秦沫,她为什么会……她的精神问题,是天生的,还是因为什么缘故?"

"这个你得问秦淮。你们不是已经心理接近了?"巴渝生的打趣,关掉手机都能听出来。

"可是他根本不肯说!只好请教你了,你知不知道?"

巴渝生说:"我虽然知道,但也不能说,你知道的,有些事,我必须公事公办。"

那兰几乎要叫起来:我在这儿抛头颅洒热血,深入敌后,你连个小小的后门都不肯开!何况,这是和案件相关的呀!但她知道,"卧底"之举,完全是自己要做"黄盖"挨打。而且,自己并非公安人员,巴渝生如果告诉她和案件相关的信息,确有渎职嫌疑。她知道抱怨没用,就说了再见。

看来,今天的唯一收获就是:秦淮在没有发迹前,曾参与编辑整理了一部名叫《昭阳纪事》的明清笔记小说文集,在这个过程中,发现了《闻炳杂录》,发现了伯颜宝藏的传说,发现了"锁命湖"的故事。

秦淮按时在绿坞世家里的小停车场等着那兰,潜水衣已经穿在身上。他见到那兰走近,脸上现出终于放心的神情。"怎么样?一切顺利?"

顺利地发现了你有更多秘密吗?那兰点头说:"顺利找到了岑姗姗,她回顾了那天晚上的事,的确是看见了小船、五个穿雨衣的人。"

"她在医院?"

"婚纱摄影。她马上就要结婚了。"

秦淮若有所思地点点头,走下车,说:"回去问问君君,给她送份什么样的结婚礼物比较好。"

"其实你完全没必要来。我应该能找到上岸的点儿。不就是那块叫'方文东'的石头吗?"

"我不是怕你迷路……我不能再有任何疏忽了。"秦淮仿佛突然明白,"如果你担心我被人盯梢,大可不必,我虽然是坐摆渡过湖,但上岸后更换了好几个地点,如果有人能跟上,那才叫邪门。"

那兰没有再多说,关上车门,飞快换上了潜水衣。

两人一起游回湖心岛,一路上谁也没有说话,情绪如湖水般平静。至少,表面如此。

回到家梳洗后,那兰走出浴室来到客厅,发现房子里多了两个人。

方文东身边,是名短发女子,雪白肌肤,五官明晰有致,鼻梁边有些淡淡雀斑,但不掩秀色,给那兰的整体感觉是纯净而利落。她想必就是君君了。

那女子笑着迎上来,说:"你就是那兰吧,总算见面了,我是君君。"

那兰觉得有种自然的亲切,说:"真是感谢你,没有你,我现在肯定要无地自容了。"

君君一愣,随即明白,那兰指的是身上的睡衣。她笑道:"你说话的幽默劲儿,和她真像。"

"他?"那兰不解,又立刻明白,说的是"她"。

方文东忙解释道:"君君说的是亦慧,她们两个,是大学同学。"那兰发现秦淮并不在客厅里。

君君满眼含笑地看着方文东,说:"要不是亦慧,我们也不会认识。"随后神色又黯然下来,显然是想到杳无音信的失踪者。

那兰大致明白了其中关系,邝亦慧和秦淮相恋,两人的好朋友,君君和方文东,也平行地恋爱起来。

方文东伸臂拢住君君肩头,紧紧一靠,笑道:"我从此走运。"

君君推开他说:"秀够恩爱没有? 也不怕别人看得起腻。"又对那兰说:"你还有什么需要的东西,只管打电话告诉我,这岛上的小超市还算不上面面俱到。"

那兰说:"有一点肯定,小超市肯定没有你周到。"

"到哪儿都躲不开互相吹捧。"磁性中带着一丝欢快,是秦淮的声音。那兰还想不起来,自认识秦淮后,他什么时候有过快乐的心情。

君君说:"一直想见见那兰,听文东说的,我心痒痒。"

秦淮笑道:"想不到文东不但有生花妙笔,还有生花妙嘴。"

君君说:"今日一见,才知道文东嘴有多笨,那兰比他描述的还要妙上千倍。"

那兰难免不自然,说:"到头来我还是要无地自容一回。"

方文东和秦淮进了书房,不知去"密谋"什么。君君和那兰聊了会儿,方文东出来,秦淮有几件食物保鲜盒要还君君,君君便跟着他去了厨房。那兰轻声问方文东:"你知不知道,秦沫的事儿? 比如,她的病史。"

方文东一惊,随即点头:"我知道一些。"他目光低垂,仿佛望向地下——秦沫不见天日的生存空间。

"那好……"

"但不会告诉你。"这就是方文东,忠心似火,直率如刀。

虽然被硬生生地拒绝,那兰对方文东却更增了好感,她说:"我本就没期望你会说,但希望你理解,我不是出于好奇心,而是想帮她。"

"哪个他? 秦淮还是秦沫。"

"可以一举两得。你知道,我是学心理学的。"

方文东点头,说:"可是,秦沫需要的,好像是精神病学护理。"

那兰说:"精神病学治疗的很多方面,除去用药、手术之外,很多疗法都可以算在心理学的范畴。"

"我知道你说得有道理,但也希望你理解,秦淮特意不让别人知道秦沫的情况,我不可能多嘴。而且,我和秦沫的接触很少……我这个人白长了大个子,其实很没用,每次看到她那个生不如死的样子,我都躲得远远的,生怕看多了,让自己伤心。"

那兰知道,巴渝生也好,方文东也好,从这些"好男人"嘴里,大概是套不出秦沫的病情了。好在,她还没到绝望的地步。

24 "五尸案"？什么"五尸案"？

电话铃只响了一声，就被接听。

"终于等来你的消息。"邓潇的声音里殷切满溢。

此刻，那兰坐在同样的避风塘餐厅里。昨天她在秦家逗留了一整天，百无聊赖，唯一值得自豪的是，她走进地下室，和秦沫聊了几句——更确切说，是她在自说自话，秦沫在听。她甚至决心，和秦沫熟识一些后，要带她走出地下室，看看阳光，吹吹湖上来的风。

经过一天的一筹莫展，那兰趁夜游回江京。好在秦淮对她也算仁至义尽，给了她一副奥德赛的钥匙，上岸后有更衣室，她可以来去自如。

那兰说："难道我们有约定，每天都要向你汇报？到秦淮身边，是我自己的决定，不是你'派'我来的。"

"明白。那请告诉我，你的发现。"

"我发现了一个人，秦沫。"

邓潇"哦"了一声，说："有没有发现，秦淮从头到尾都是秘密？这个我倒是知道，秦淮有个精神失常的妹妹秦沫。"

"我还终于发现，为什么司空晴说，秦淮给了她第二次生命。"

"我洗耳恭听。"

"我用秦淮和司空晴的名字搜索，发现大约三年前，一位名叫秦淮的救生员，在昭阳湖边救了一位叫司空晴的女孩。"

邓潇又"哦"了一声，说："原来如此。秦淮在发迹前的确做过救生员……那件事发生在哪一天？"

"六月二十四日。"

"亦慧是在七月十五日失踪。"邓潇的声音喑哑。

"这么说来,不能完全排除司空晴的嫌疑。"那兰说。她忽然想到,其实,谁又能排除邓潇的嫌疑?

和邓潇"合作",会不会是在与虎谋皮?

她又说:"但秦淮至今一直没有投入司空晴的怀抱,说明他也不会因为司空晴而背叛邝亦慧。如果他想要荣华富贵,只要成为司空竹的女婿就可以了。可是整整三年,他和司空晴仍是隔湖相望而已。"

邓潇沉默了一阵,像是在咀嚼那兰的分析,然后他问:"但你想过没有,如果亦慧失踪后,秦淮立刻入赘司空家,岂不是摆明了让别人猜测他有嫌疑? 如果他那样做,我那厉害的邝伯伯又怎么会放过他?"

那兰不得不同意:"那倒是,估计你也不会放过他。"

邓潇无奈轻笑,又问:"你在哪里?"

"你放心,我不会在秦淮家里给你打电话。我在江京,上午去的图书馆,感谢江京图书馆的数据化工程,过去十年内的所有本地报纸都扫描进入数据库,查找很方便。我现在在吃午饭。"

"我还没有吃午饭,如果你不介意,可以一起吃。"

"等你赶来,估计我也吃完了,还是算了吧。"那兰知道如果和邓潇见面,他一定会对她的一些"发现"刨根问底。"不过,我还需要你帮个忙。"

"帮你就是帮我。"

"我想知道,秦沫的病史。"

邓潇沉吟了片刻,说:"精神病人的病史,好像……"

"绝不会轻易外露,这个我知道。最近几年,大家对隐私越来越看重,别说精神病人,就是寻常病人的病史,都被严加看管起来。但是,我有种感觉,更多地了解秦沫,是更深入了解秦淮的一个突破口。"

邓潇说:"好,我会尽力,但不敢保证有多少把握。不过在此之前,我可以把我知道的一些情况告诉你。秦沫比秦淮小四岁,十九岁之前都很正常……"

不但正常,还很出色,就读江大法律系,还弹得一手好钢琴。可是不知为什么,她在十九岁时突然精神失常,无奈退学。"

"这么说来,已经有好几年了。"

"至少五年。秦淮一直独立照料秦沫,就这点来看,有时候我也不得不佩服他。他拒绝了多次让秦沫住院的建议,过去是因为没有钱,后来他成功了,还是认为,再好的护士医生,都不可能像他那样悉心照料亲妹妹。"

"秦沫是秦淮唯一在世的亲人。"

"不错……我甚至一直怀疑,亦慧之所以如此着魔般爱上秦淮,有很大一部分原因,正是看到秦淮对妹妹的爱心。"

那兰想了想,说:"照你这么说,秦淮应该算得上'感动中国'的好青年,邝亦慧和宁雨欣出的事,又会有多大可能是他一手导演?"

"听没听说过,有些十恶不赦的人,往往是大孝子,或者是好爸爸。人性的复杂,你这个学心理学的应该比谁都懂吧。"

"我们这些学心理学的只是书呆子而已,千万别高估了我。"

"低估你的人才叫咎由自取。"

"那就拜托你了,我只需要知道秦沫是因为什么突然精神失常。"

这时,她抬眼看见一个戴墨镜的男子走进餐厅大门,忙说:"我先挂了,有人来了。"

"哦,是谁?"

那兰想说:"有必要告诉你吗?"但还是说,"是秦淮。"

秦淮语气里有明显的不悦,"昨晚,你不告而别。"他在那兰对面的位子上坐下来。

那兰说:"我走的时候,你不在家。"

"我也可以理解成,你专拣我不在家的时候离开。"

"你即便在家,又有多少权利阻止我离开?"

秦淮叹口气,说:"表扬一下你吧,至少告诉了我,你的方位。看你一脸萧瑟的,大概是进展不顺利?"

"我想更多地了解'五尸案'的情况,你既然来了,正好接受我的采访。我在图书馆里泡了半天,旧报纸读了很多,但收获不大。"

"巴渝生……"

"和你说过多少遍了,巴渝生对我守口如瓶。"那兰有些失去耐心。

"那我为什么要告诉你?"

"为了宁雨欣。"

"不懂。"

"宁雨欣生前在调查'五尸案',这一点我已经确认。"那兰顿了顿,秦淮在沉默,她犹豫着是否要提醒他,邝亦慧的失踪和"五尸案"在时间上的重合,但知道聪明如秦淮,一定早将二者联系起来,或许,这正是他将"五尸案"写入《锁命湖》里的初衷。她又说:"有时候我想,如果当初你开诚布公,和她探讨一下这个案子,她就用不着地下侦查,也许……也许很多事会有不同结果。"

秦淮的声音冰冷:"同样的话,你也可以告诉巴渝生。"

那兰说:"我不是认为你对宁雨欣的死有什么责任,只是觉得,如果我们合作,会更高效,更有可能尽快查出真相。我知道你有很多秘密,不想被外人知道,我也尊重这些秘密,不管你是怎么想的,我寄在你的篱下,不是想窥测你的隐私。"

"知道我秘密的,都没有好下场,从表面看,我一直在杀人灭口。"秦淮不经意地自嘲。餐厅里人声嘈杂,两个人都语气平静,看上去只是在随意聊天。

"还是那句话,我相信你的无辜。"

"你很有说服力。好吧,'五尸案'……幸亏你没有问巴渝生,否则,他一听'五尸案',一定会说,'什么五尸案?从来没听说过!'"

那兰一惊:"怎么会?"

"因为公安内部不这么称呼。事实上,并没有足够的证据,证明这五具尸体有任何关联。甚至,其中的三具尸体,没有足够证据表明是他杀——看上去只是普通的溺水身亡。游泳事故昭阳湖每年都有,尤其是那些擅自到危险区域游泳的人、没有很好防护措施的人、自认为水性不错的人,很容易出事。另外,五具尸体被发现的时间和地点也不尽相同,所以警方看来,这五具尸体的背后,很可能是几个全然不同的故事。"

那兰笑笑说:"我看只有你这个写小说的,看出来的才会是'故事'。"

"算你对吧。总之警方将这五起死亡事件当作五个不同的案子来处理,当然,因为警力的关系,办案人员会有重叠,案情分析会也经常一起开……"

"你怎么知道得这么具体?"

"你有朋友在警方,我也有。而且,我的'内线'还不像巴渝生那样被束缚手脚。这些基本的案件情况,毕竟不是国家机密。"

"你为什么对这个案子这么感兴趣?"

"你难道不觉得,这是个很好的悬疑小说素材吗?五具尸体神秘地浮出水面,第一具,几乎全裸的女尸……"秦淮还在掩饰。他对"五尸案"的兴趣,怎么会和邝亦慧的失踪无关?

"发生在哪一年,什么时候?"

"三年前的春夏之交,第一具尸体出现在六月底。"

那兰沉默了片刻,又问:"你认为是谋杀?"

"至少第一位死者,叫张馥娟的,一定是。她生前在一家小 K 厅坐台。法医鉴定,她死前遭受了严重的性侵。而且,她并非溺水身亡,而是死后坠入湖底——她的上半身有勒痕,可能是凶手在她身上绑了巨石,将她沉入水底。只不过,大多数情况下,受水流和鱼类的冲击,很少有尸体会长久沉在水底,所以她半腐烂的尸体最终还是浮上水面。奇怪的是,除了性侵外,尸体上并没有其他伤口提供导致她死亡的线索。

"五具尸体里唯一有直接关联的就是张馥娟和第二名死者钱宽。钱宽是明显被杀后坠湖,脖子上有道利器划开的口子。这家伙是位小有名气的厨师,年纪轻轻就有不错的口碑,只不过他为人有些问题,进过几次看守所。钱宽每周周末会到张馥娟所在的 K 厅做点心小吃,两人就是这样好上了,他的邻居也曾看到过他带着张馥娟回家。

"最初发现这个联系,警方很兴奋,认为这是很好的突破口,谁知后来的三具尸体，却毫不相干。当然，也不能说一点都没关系，这三具尸体分别属于三个民工，奇怪的是，他们并不在江京打工，生前一个在成都，一个在上海，一个在武汉，三个人的籍贯也各不相同，生前也互不相识。不过，他们的死法有一致性，死的时候都是光着脊梁，穿着短裤，肺里充满水，身上没有伤痕，没有挣扎的迹象，像是游泳事故的受害者。其中的两个死者血中有酒精。因为死后人体无法继续分解酒精，所以如果酒是被害前喝的，就会一直留在血中。

"我因为对这案子感兴趣，自己也去调查了一番，找到死者的亲友，问长问短，可是问了半天，只得到一堆杂乱无章的信息。想想也是，警方这么多破案高手都无能为力的无头案，我一介写书的，又有什么办法。"

那兰问："张馥娟死前遭到性侵，有没有痕迹留下？"

"可惜在水里浸泡漂流了那么多天，精液、毛发、DNA 都被冲刷干净了。"

那兰抽出笔，问："请你告诉我，除了张馥娟和钱宽以外，另外三位死者的姓名……还有，所有死者的亲友，你联系过的那些人。"

秦淮拿出手机，说："算你运气好，我用智能手机，所有的记录，都在这儿。"

25　从现在开始玩火

秦淮走后，那兰看着纸巾上的几个名字，不知道自己打去电话，会比警方或者秦淮多获得多少新线索。同时，她也知道自己的优势：女性，又不是警察。公安人员的威慑力和权威性毋庸置疑，但亲和力方面，还是她这样的平民更占优势。她沉思良久，首先决定暂时不去找钱宽的亲友。钱宽是土生土长的江京人，在江京亲朋众多，现在出发，跑上一圈，多少能采访到几位。但是她可以肯定，由于警方很快找到了他和张馥娟的关系，一个重大的突破口，也一定会对这对苦命鸳鸯（也许只是露水鸳鸯）的背景掘地三尺，不知讯问了多少和两人相关的亲友，自己单枪匹马，无论如何也难找到更大的突破。

倒是另外三个生前在外地打工的死者，警方虽然也会尽力调查，但肯定会有鞭长莫及的时候，还需要当地警方的协调，包括他们老家和打工所在地的警方，感觉不会一帆风顺。她再看一遍秦淮给她的联系人和电话，将重点放在一个叫田宛华的名字上。

据秦淮介绍，田宛华是"五尸案"死者之一靳军的女友，靳军生前，两个人同时在上海打工。靳军的尸体被发现后，秦淮特地等了两个月，才给田宛华打电话，怕的是她还没有从剧痛中缓过神——当然，失去爱人的悲痛，远非两个月能缓解。但他吃惊的是，田宛华的声音里除了深重的悲戚外，还有一种果决，一种愤怒——她认为靳军是被害的，不管凶手是谁，如果她见了，会毫不犹豫地复仇。

一些绝不会说给警察听的话。

那兰拨通了纸巾上的电话，电话属于一个家具厂，田宛华曾在那里打工。

接电话的男子愣了愣说:"没有这个人。"

"麻烦你问一下,她大概三四年前在这个厂里的。"

那男子不耐地说:"三四年前?人早就换得差不多了!你等一等。"他显然四下去问了,再接过电话的是个女子,她问:"你找田宛华干什么?"

那兰早就想好,说有笔欠款要汇给她,希望知道怎么能找到她。那女子给了那兰另一个电话号码,是田宛华好朋友刘菊的,说刘菊可能知道田宛华的下落。

刘菊果然知道:"她三年前就去了江京打工,现在好像是在一家饭店厨房里做事。"

田宛华到了江京!

那兰想起了秦淮提到的果决和愤怒。田宛华到江京,好像不是偶然。

刘菊把田宛华在江京的联系地址和手机都给了那兰。

那兰找到田宛华的时候,是下午三点半左右,厨房里还没有忙到不可开交的地步。田宛华看上去似乎已经适应了城市的生活,上着淡妆,短发的式样新潮;她颧骨略高,眼睛显得很深很圆,带着不信任的目光,看着那兰。

"我不认识你,你为什么跟刘菊说有什么汇款给我?"显然刘菊的警惕性也很高,通知了田宛华,而田宛华猜出了那兰就是那个向刘菊索要自己联络方式的女孩。

"对不起。"那兰柔声说,"我只是想尽快找到你。"她看了一眼门口的招牌"锦食绣口",又说,"这是张馥娟和钱宽以前做工的地方?"

田宛华大惊:"什么……你是什么意思?"

那兰说:"你三年前离开上海,到江京来打工,江京上千家餐馆 K 厅,你偏偏选在这里。我想,你是想知道,靳军的死,是不是和张、钱两个人的死有关,对不对?请你不要觉得奇怪,我不是想管你的私事,是我个人的事情,我想那个案子,可能和我一个朋友的被害有关。"

"宁雨欣。"田宛华的呼吸有些急促。

这回是那兰惊讶："怎么，她也来找过你？"

田宛华点头，说："我没有见过她的面，她是打电话过来的。过了不久，就看见小报上到处是她和那个作家的绯闻，然后是她死了……那个作家，以前也打电话问过靳军的事。"

再次确证，宁雨欣生前在调查"五尸案"，她的死，不和"五尸案"相关也难。

那兰下意识地向四下望望，说："也许宁雨欣已经问过你……警察肯定也问过你，但我只好再问一遍，靳军临走之前，有没有……"

"没有，他走之前，什么都没有说，就像被一阵大风吹跑了似的。你可能不知道，靳军从来不瞒我任何事情。我们在一起做事的时候，就有人开玩笑说，他连上厕所都要和我说一声的。但那次，他忽然就消失了，没有向队里请假，也没有跟我解释，就那么潇潇洒洒走掉了。开始，我以为他一定是和哪个女人好上了，一起逃出上海到别地打工，我很恼火，向公安局报了失踪，本来只是出出气，谁知不到一个月后，就有警察来找我，说找到他了……找到他的尸体了，说是淹死的。"

那兰让田宛华静了片刻，让她拭去泪水，又问："他……靳军……一定会游泳，所以你不相信他是被淹死的。"

田宛华说："他不是会游泳，而是游得非常棒！我们村就在淮河边上，他是我们那里方圆几十里有名的好水性。要说他是淹死的，给我换个脑子我也不相信。"

"好水性，怎么个好法？"

"从河的这头那头来回游对他来说真算不上什么，他最厉害的是沉水潜水，他可以憋一口气，潜到水底，网兜里装上一堆老鳖，再上来，好长时间，一点儿事情都没有。"

"所以你认定了他是被杀的。"

"是啊，他一声不吭就走，这就很可疑，又是死在水里，更可疑，不是被杀的才叫怪呢。可我就是想不通，别人图他啥呀？我们一起打了几年工，没多少钱，都存在一起，他走的时候一分钱都没拿，肯定不会是谋财害命。那还会是为了啥？我后来追着这个案子的新闻看，听说最先有具尸体是女的，就猜会不会他们好上了，被那女的丈夫捉住杀了；后来听说那女的，张馥娟，是个小姐，没有老公，连正经男朋友都没有，第二具尸体，那个叫钱宽的厨师，跟她有一腿，但自己也被杀了，所以就感觉更奇怪了。"

那兰说："所以你就特地找到这个K厅来打工？"

"我刚开始在附近另外一家餐馆里打杂，留心学了一些做菜、做点心的手艺，后来等到这家要雇人，就来报名。他们开始觉得我坐台更合适，我也是向他们展示了点厨艺，才被安排到厨房给大厨帮忙。"

"顺便打听张馥娟和钱宽的事。"

田宛华叹口气，说："其实，我一点不在乎他们之间乱七八糟的事，我只是想知道靳军和他们有没有什么关系，这两年我感觉我已经摸到了底，钱宽和张馥娟好像和靳军没有任何瓜葛，这里上上下下的人，也没有一个见过靳军。"

"那么钱宽和张馥娟……"

"说起来真让人害臊，这两个人，他们在一起倒没什么。要命的是，我听到谣言说，钱宽有时候会在家招待'客人'，让张馥娟'陪酒'……你知道是什么意思吧？"

那兰皱眉，点头说："夫妻老婆店，拉客赚钱？"

"那张馥娟好像长得还蛮好看的，钱宽本来就是个土生土长的小流氓，利用张馥娟，骗她说一起赚钱，赚够了钱就娶她，其实他自己在外面吃喝嫖赌什么都干。"

那兰又问："那你有没有听说，两个人失踪前，有没有接到什么'生意'。因为我觉得，这两个人几乎同时死掉，会不会和他们的'第二职业'有关？"

田宛华摇头说："说到他们俩的失踪，好像也神秘兮兮的，一点预兆都没有。先是和张馥娟同住的几个女孩子发现她连续几晚上没回来，以为她正式住到钱宽家了。同时这里K厅的人发现两个人连续好多天没有来，到钱宽做厨师的另一家餐馆问，也没见人，到他家里找，也找不到。钱宽的妈妈也好多天没见到儿子，所以报了警，等尸体被发现，就明白两个人原来一起出事了。"

听说张馥娟死前被强奸过,应该是跟他们做的生意有关,可是,他们是愿打愿挨的,为什么又强奸呢?"

那兰没有答案,但知道强奸和"正常"的性交往往只是量变到质变的过渡。

靳军和另外两位民工之死,和这对"黑道鸳鸯",又有什么关联?实在想不明白。

或者,真的只是巧合,靳军他们,真的只是游泳时溺水身亡?那是春夏之交,江京已经开始闷热,有足够的理由戏水。可是,听上去,靳军的水性之好,会不巧"失手"的可能性似乎微乎其微。

一个念头闪过,那兰说:"谢谢你,我们保持联系,我一有进展,一定会告诉你。"

"靳军、李远鑫、席彤,这三个人有什么共同点?"那兰抑制不住激动,握手机的手轻轻颤抖。

秦淮的声音却波澜不惊:"他们都是外地民工,尸体都在昭阳湖被发现。"

"他们都是水性一流的人物!根据那几个联系人所说,这三位死者的水性,都不是一般的好,都是当地方圆 N 里有名的水上漂!而且,他们不但游泳好,还都喜欢潜水,都是一个猛子扎下去,半个月不用上来透气——我当然说得夸张,但是只想说明,他们的死,绝不可能是游泳事故、简单的溺水。因为一个游泳高手可能会大意失荆州,但三个游泳高手同时在同一个昭阳湖发生重大失误,可能性微乎其微。"

秦淮"哦"了一声,还是没有任何反应。

那兰说:"你难道不觉得这是个有趣的现象?三名潜水功夫一流的人集合在昭阳湖,没有将行踪告诉任何亲人,就这么到了江京,然后尸体又几乎前脚后脚地出现在昭阳湖面上,不会是巧合吧?"

"你的理论?"

"伯颜宝藏。"

"你是说,他们来昭阳湖上寻宝?"秦淮的语气,除了不可思议的一点讥嘲,还是没有任何激动。"谁都知道,所谓伯颜宝藏,只是编出来的故事,传说。"

"尼斯湖怪和 UFO 都是传说,但寻找它们的人并不少。"

"你在哪里看到的伯颜宝藏的故事?"

"你的小说里。"那兰有意不提《闻炳杂录》。

"瞧,你已经回答了你自己的问题。除非你是那种把小说当真的人。"

那兰问:"那你为什么要编出那个故事?"

"有趣的问题。吴承恩为什么要编出个《西游记》的故事?莎士比亚为什么要编出个《李尔王》的故事?很简单,因为他们是编故事的人!"听得出秦淮的话音:你是个聪明人,怎么会问这么弱智的问题!他还是在回避、遮掩。

"那你有没有更好的解释,为什么这三个人、三个水性很厉害的人,会淹死在昭阳湖?"

"难道不是你在调查'五尸案'?"

"可是我有种感觉,你早就知道这层关联,你早就知道他们的水性很好。"那兰对秦淮遮遮掩掩的态度已经忍到了极限。

"别忘了,我一直反对你去调查什么'五尸案',我甚至觉得,你不应该一副担天下大任于肩的样子,去探究宁雨欣的死因。没错,是你发现了宁雨欣的尸体,但你从头至尾,都只是一个旁观者,都只是名观众,这里没有你的戏份,没有你的任何责任!你需要的是相信警方,让巴渝生庇护你,等着案件的水落石出。当初的确有人在跟踪你,但如果你没有那份好奇心,跟踪你的人早就会发现,原来你身上根本没有他们想要的东西,今天你还可以开开心心地和陶子在校园里散散步,在游泳池里玩玩水,喂喂你的那只小老鼠!"

"是仓鼠!"那兰冷冷地纠正他。"亏你是写悬疑小说的,一点逻辑都没有,你不知道谁在跟踪我,你不知道谁杀了宁雨欣,你却能替他们做主,预言他们会轻易放弃对我的跟踪?"

"但我至少可以预言,你对'五尸案'的每一步深入,就是走进更错综的雷区。"

"你又怎么知道?"

"我知道,因为我眼睁睁地看着她们离我而去。你知道她们和你的共同点吗?"

那兰不答。

"她们和你一样,都在'五尸案'的阴影下!"

那兰说:"还有一个,好像你一直忘了说。"

秦淮无语。

"邝亦慧、宁雨欣,和我,也都是水性很好的人。"

26 伤心的理由

　　和秦淮的交谈不欢而散,这并不在那兰的意料之外。有时候那兰觉得,秦淮似乎并不像看上去那么散漫,而是在酝酿什么新式迷魂汤。

　　秦淮有意回避"五尸案",以保护女性安全为名,莫非他心中有鬼?

　　那兰捏着发热的手机,气愤得良久做不了任何事、也想不了任何事。

　　直到手机再次响起来。

　　是陶子。

　　那兰觉得有种久旱逢甘霖的幸福感,陶子一定在替自己担心,这整个世界好像充满了魑魅魍魉间的尔虞我诈,只有陶子的友情纯如幽谷深泉,就像方文东夫妇对秦淮的友情。那兰叮嘱自己,一定要对陶子温温柔柔的。

　　陶子问:"还在做流浪的小猫?"

　　"是啊,好想回家。"那兰忽然觉得有些心酸。

　　"我总有感觉,你可能过于小心了,这两天我注意了楼上楼下,楼里楼外,连色狼都没见到一条,真的好太平。"陶子知道怎样能让那兰微笑。

　　"小仓鼠呢?"

　　"没有人再来给它喂毒药,只要你这只小猫回来不吃它,它应该能再活五百年。"

　　那兰说:"你一张嘴,就是恐怖小说。"

　　"不见得,我今天一张嘴,还是言情小说呢。"

　　那兰奇怪:"怎么个说法?"

　　陶子故作严肃,用刻板板的声音问:"先要和你再核实一遍,请问你的婚姻状况。"

"待字闺中。"那兰还想说,有闺难回。

陶子的语气却更严肃了:"看来你是一意孤行,不向党和人民实事求是地交代……"

"好了好了,你有什么鬼名堂,快说快说!不然,当心我把你也划入魑魅魍魉里。"

"什么魑魅魍魉?"陶子哪里知道刚才自己的电话铃声响起时那兰的百感交集。

"没有什么特殊含义,就是一个名单,黑色的,文件名是'不是好东西'。"

"我以为我早就在那个名单上了呢。"陶子在电话那头咻咻地笑,又问,"你吃过晚饭了吗?"

"我现在是嘴尖皮厚腹中空,刚才和某人打电话,倒是吃饱了气。你问这个干吗?要和我共进晚餐吗,可得小心点,当心有人盯梢。"

"你可能没这个好福分了,今晚有位江医的博士要请我吃晚饭。"

那兰终于明白"言情小说"的意思,说:"我这就开始攒钱给你庆婚。"

"我先得发掘一下,他有没有老婆孩子什么的,你知道的,现在的人……"

"还是要恭喜你,看来我早就该给你点空间。"

"彼此彼此。"

那兰一惊:"为什么?"

"你今晚也得陪人吃晚饭。"

"这好像'也得'是我说了算吧。"那兰更糊涂了。

"不对不对,你'必须'和这个人去吃饭,因为我见过他了,这是我的'批示',你非去不可。"

"是谁?"

"你什么时候结识的一位叫邓潇的公子?"

"哦他呀……"

"哦他呀?好像还挺不以为然嘛!"陶子似乎在替邓潇打抱不平。"这家伙一出现在我们楼下,险些引起围观,隔壁那个上海女孩儿说,邓潇符合所有旧上海对'小开'的定义,只不过更洒脱更不俗气……了一万倍!"

那兰说:"让我猜猜,他和你说话的时候,你的心一定怦怦乱跳。"

"心律失常吗?还不至于吧,这样的人在我们天津卫又不是没见过。"陶子说,"不开玩笑了,他嘛,一个比较有品味的富二代是肯定的,也许不值得太兴奋,不过,我还是觉得你终身有靠了。"

那兰说:"你全部搞错了,他找我,别有所图……不过,说来比较话长,和我现在的这个麻烦直接相关。"那兰心想,如果告诉你,我在梅县的经历,和邓家师爷的接触,你就不会有"终身有靠"的感觉了。

陶子说:"至少感觉比秦大作家要可靠。甚至更帅点。他还是江大校友呢。"

那兰笑说:"听出来了,要不,你去和他吃晚饭,我倒是可以帮助你挖挖那位博士大哥的老底——这几天我一直在做侦探呢。"

"邓公子很专情的,对别的女孩子目不斜视,只盯着我要我转告你,请你去和他吃饭。我问他,有没有你的手机?他说有。我说你这个人好像有些奇怪,为什么不自己打电话去请。你猜他怎么说?"

"不管他怎么说,你什么时候开始相信男同学说的话?"

陶子说:"那倒是,他的理由也比较不可思议,他说,他好多年没请女生吃过饭,已经忘了该怎么请;他还举例说明,说上回请你喝过一次茶,闹得像绑架似的。我又打量了他两眼,心想,你是在骗傻贝儿贝儿呢!你倒是说说,这都是真的吗?"

那兰想想说:"好像并不离谱。都是真的。"

"啊?那你还等什么?"

清安江边的风,比昭阳湖上的强劲,卷起那兰的裙摆,也刮乱那兰的心绪。看来邓潇真的有些神通,莫非不到半天,就查到了和秦沫病情有关的情况?她刚才手机里问邓潇,有什么话不能电话里说,邓潇执意说,有些东西要当面出示,并且告诉她在这个荒无人迹的江湾等候。

没有明显证据,但她有一种不甚愉悦的预感。当然这种预感也远非空穴来风,自从见到邓潇的第一面起,他的神态、他看她的眼神、他说话的语调,都带着一种情绪,一种眷恋的情绪。

希望今晚这顿晚饭,不是真正意义上的约会。

好在目前看来,就冲着这黑黢黢的江湾,她孤零零地守候,江涛拍岸,在她脚下翻出一片黑灰色的泡沫,怎么看都不像个浪漫之夜的序曲。

但当那艘小游艇幽灵般地出现,靠到岸边,那兰知道,她终究还是逃不脱自己的预感。

立在船头的人最初只是一个黑影,一个模糊的形象,但到了近前,是意态闲适的邓潇,或者说,是故作闲适的邓潇。他的目光,早早就穿破黑暗,紧紧盯在那兰脸上。邓潇和他父亲邓麒昌一样,有双极具穿透力的双眼。就那样不加掩饰、毫无顾忌地盯着,像是毫无心机的少年,盯着他青梅竹马两小无猜的恋人。

虽然那兰在心里大叫让自己冷静,那目光还是灼得她心动不已,几乎要融在里面。

她随即一惊,邓潇是真真切切在盯着他青梅竹马两小无猜的恋人!

他正看着邝亦慧。

那兰不由想到秦淮,尤其在两人第一次游泳回岛的途中,也曾有过这样的"错乱",将自己当成了邝亦慧。但那种感觉只是稍纵即逝,秦淮显然是个有极强克制力的人,他在极力回避那种感觉,抛弃那种感觉,甚至矫枉过正。

而邓潇,恰恰相反,他在拥抱这种感觉,纵容这种感觉。

邝亦慧,究竟是什么样的女子,竟在消失后多年,仍能让人为之疯狂。

船靠拢来,那兰这才明白为什么九里江湾,单单选在这处见面。这是一段平直的江岸,游艇几乎可以完全横过来靠岸,不用架板,那兰估摸了一下,可以轻松跳上船。邓潇伸出一只手,那兰犹豫了一下,还是让他握住了。在他的牵引下,根本用不上跳跃,抬脚便跨上了船头。

小艇正中就有一张圆桌,圆桌正中支着一把硕大阳伞,桌边两张小椅。桌面上六只圆盘，盛着葡萄、西瓜、樱桃、黄杏、糖藕片、紫李。那兰想，原来是水果宴。但她有些不安：虽然天光已暗，可是坐在游艇上招摇过市，难道不惹眼？她下意识往岸上看一眼，仿佛能看见黑暗中窥视的眼睛。

她随即发现自己的多虑。邓潇仍不松手，牵着她，走到船尾附近的一个楼梯旁。原来真正的晚餐设在底舱。

下楼梯的时候，那兰的手重获自由，但她心头一片茫然。

邓潇用情之深，如病入膏肓。但是，有几人能不为之感动？曾在一刹那，那兰想，就让他把我当作邝亦慧吧，只要他能拾回快乐的感觉。

叹，自己还是个无可救药的浪漫派。

底舱虽然远谈不上阔大，但别有情致，天蓝色四壁，居中一张小桌，桌上长烛荧荧，高腰酒杯，款款邀人醉；菜已上全，看上去清淡而精致。那兰只认出了一道鲈鱼，别的菜，如果没有介绍，她只有无知者无畏地吃下。

一名侍者离开后，底舱里再无第三人。邓潇替那兰拉开靠椅，请她落座，彬彬君子之风。耳边是肖邦的《降 E 大调夜曲》，这时只要一合眼，就可以全然忘却，自己不过是一只小小飞蛾，粘在一个密不透风的网中。

可惜，那兰没有合眼，记性也很好。

"谢谢你的盛情，"那兰与人交谈，喜欢直视对方双眼，是个为人称道的好习惯，但此刻她觉得这是个大大的缺点，因为邓潇深深幽幽的眼睛，更像两只黑洞，将一切目光无情地吸引过来，融在其中。"你的精心安排，一切都那么美好……可是我还是想先问问那个不美好的问题。"

"秦沫？"

那兰点头。

"的确很不美好，甚至惨不忍闻。要不我们先吃，以免影响食欲。"邓潇也盯着那兰，为她斟上半杯白葡萄酒。

"如果真那么惨，到影响食欲的地步，那么吃后再谈，会不会令人作呕？"

邓潇轻叹一声，用几不可闻的声音说："听你的……和你在一起，当然总是听你的。"

这话，一定是说给邝亦慧听的。这个可怜的家伙。

好在邓潇的思路不是一般地清晰，他起身到舱房角落的一只贴壁小几上取过一个信封，递给那兰，说："你自己看吧。"

信封里是一张放大后的照片，那兰一眼认出，照片上的女孩，明艳如花，青春逼人，正是秦沫。她的笑容，从心底眉尖溢出来，散播到身外，仿佛她的世界里，容不下哀愁，听不见哭泣。

想到那夜地下室的见闻，那兰几乎要掉下泪来。

"这是她刚入江大时的照片，那时候她开始做业余模特，在江京各高校间已经颇有名气。我听说，当年提起秦氏兄妹，不会说秦沫是秦淮不知名的妹妹，而会说秦淮是秦沫不知名的哥哥。"

那兰叹息：三十年河东，三十年河西。她仍端详着秦沫的脸，说："这照片……这秦沫，我好像在哪里见过……我当然亲眼见过她，我的意思是……"

"亦慧。"

那兰一惊，抬眼看着邓潇，随即明白他的意思："真的是，她的这张照片，和那天你给我看过的邝亦慧的照片，两人的笑容、神态，极相似。"

"还有……"

"还有？"

"如果你现在进洗手间，对着镜子照一照，会发现……"

那兰又叹："这样的说法，我听了好多遍了。"

"听厌了我就封口。"

"你继续说吧，她为什么……"

"强奸。"

那兰的心一沉："她是性侵受害者？"

"而且很严重，严重到她自此精神失常。"

那兰虽然粒米未进，却也有了作呕的感觉。人心里，为什么总藏着那么多的恶魔？有了那夜地下室里看到的印象，她不忍再看秦沫那曾经能化解冰雪的笑容，将照片收回信封，手撑着头，良久后说："一定是错过了治疗的最佳时段,许多性侵受害者……"

"秦淮显然尽了最大努力,报案后就一直在积极为秦沫治疗,但是性侵案受害者的愈合,你应该比我清楚,治疗之外,还取决于受害者本身……秦家,如果你仔细研究一下,本身就存在一些问题。"究竟是什么问题,邓潇没再说下去,显然,他并不是个爱好家长里短的人。但那兰立刻想起了宁雨欣曾告诉过她,抚养秦淮长大的姐姐,是坠楼自杀的,说不定也是有精神障碍。

那兰问:"凶手被抓了吗?"

邓潇摇头:"秦沫本人无法指证、甚至描述凶手的情况,这个案子,和很多强奸案一样,一直没破。具体案情,如果你有兴趣,我还要费点力气才能找到。"

那兰忽然觉得,自己好像真的在做全职警探,摇头说:"知道了她生病的原因,我或许能帮上她。"

"亦慧当初一定也有同样的想法。"邓潇长吁,"然后她就陷进去了。"

27　替身

　　那兰想问,陷进什么去了? 脑中立刻冒出"秦淮之水浊兮",于是她改问:
"你怕我也陷进去?"

　　"你刚才看到了秦沫的照片,看到了她和亦慧的相像。我想,秦淮追求亦
慧的原因之一,也是因为两人的相像。"

　　那兰皱眉:"你是说,秦淮有恋妹情结?"

　　邓潇说:"信封里,还有一张照片,只不过很小,沉在最底下,你刚才大概没
注意到。"

　　那兰狐疑地瞟一眼邓潇:"原来你也会卖关子。"果然,信封的最底下是张
黑白小证件照。

　　一个青年女子,朴素而秀美。

　　那兰有些明白了,说:"这是秦淮的姐姐?"

　　"秦湘,湘江之湘。看来你知道的还真不少! 秦淮的双亲死得早,是秦湘,
长女如母,拉扯大了秦淮和秦沫。"

　　"你是说,秦淮有恋姐情结,或者说,恋母情结?"那兰仿佛在读一本天方夜
谭的姊妹篇。

　　邓潇耸耸肩,举起酒杯,说:"向心理学致敬。"看那兰没反应,有些不好意思
地笑笑说:"只是瞎猜,在江京晃荡三年,我还不敢说自己已经变成了弗洛伊德。"

　　那兰真想提醒他,四年的心理学专业学习,弗洛伊德的理论,只是很小的
一部分。如果邓潇这"非专业"的推论成立,她忽然有些明白,秦淮碰巧"找到"
她和宁雨欣做助理的原因——一种对邝亦慧的替代。她打了个机灵,勉强笑

笑说:"谢谢你的这么多信息,其实是给了我一个有趣的课题——怎么帮助秦沫恢复。"

邓潇仿佛吓了一跳的样子,关切地看着那兰:"不要开玩笑……你难道还不明白,我刚才是一直在劝你,不用再去秦淮家了!"

这是什么样的跳跃性思维?那兰回想两人二十分钟内的对话,没有一处提到是否要再去秦淮家的问题,她问:"好像也就是几天前,你'劝我'去秦淮家'卧底'?"

"情况有了变化。"

"什么变化?这几天,我只是发现了秦淮的一些半公开的秘密——好像只有我一个人被蒙在鼓里的所谓秘密——好像没有遇见别的变故?"

"是我的变化。"邓潇又开始直视那兰,深深的眼睛,痴痴的目光,那兰心惊,心动,预感着一种万藤缠绕的心情。"几天前遇见你,你只是个陌生的女孩儿,我希望你成为我的线索,帮我找出秦淮不可告人的隐秘。但也就是那么一面后,分开的这几天,我觉得心里空落落的,这才发现……"

停!暂停!那兰在心里叫着,千万别告诉我你爱上了我,你在我心中的"光辉形象",完全在于你对邝亦慧的痴情……那兰忽然明白了,打断说:"你对邝亦慧的思念,到了一种病态的地步。"

邓潇一震,一脸茫然:"你说什么?"

"我和邝亦慧,神态举止,都有相像之处,你遇见我,好像遇见了邝亦慧,所以这几天我离开,你感觉在和邝亦慧分别。我到秦淮身边,你怕秦淮也有同感,看我像邝亦慧、像他的姐姐,因此追求我。结果,我也会像邝亦慧一样,对他倾心,于是你会失去我……其实你心中,失去的不是我,而是再一次失去邝亦慧。"

"所以我希望你不要去秦淮的小岛,而是留在我身边,这里也有个病人,你刚做的诊断,他在等着你的治疗。"他身体前倾,努力遏制着不去握那兰的手,柔声说:"你说得对,思念是一种病。"

桌上两支长烛,必然用的是上好蜂蜡,无泪,但在它们温软火光中,那兰却看见,对面那双深幽双眼中的水光。

就在那一刹,她觉得自己的心也要被那烛火化成一腔柔情。就在那一刹,她想说,好,我留下来陪你,直到你的病痛痊愈。如果不小心爱上了你,就算是我没有做好职业病防护。

但她随即想到了宁雨欣,想到了"五尸案",想到了秦淮。

想到了秦淮?想到了两条并排挥起又划下的手臂,默默的、转瞬即逝的灵犀。想到了他的笑容。

"我想帮你,"那兰说,"可惜,我不是真正的医生。"

"有我这样的病人,你一定能成为一名好医生。"邓潇还在努力,但那兰已起身,她害怕继续被那双眼睛融化。邓潇笑了,"你至少可以填饱肚子再走。"

饭罢,邓潇执意要送那兰到湖边,那兰却执意要自己搭公交车到绿坞世家。

六七名候车者之间,那兰长舒一口气,觉得安全了许多,舒适了许多。

"我也为你松了口气。"苍老而流畅的声音,最初是在古老梅县里听见的,似乎是《那兰漫游险境》的序曲。

她这才发现,站在身边的一位老人,是樊渊。

那兰苦笑着招呼:"樊老,我没明白您话里的玄机。"

"什么玄机,大实话而已。我虽然没有亲历现场,也能猜到一些你们谈话的内容……你没有答应小潇的……求情,成为一个替代品。明智的决定。说实话,如果你答应留在他身边,我百分之百相信他会待你如掌上明珠,但以后呢?这对你公平吗?永世做一个人的替身。"

那兰说:"您放心,即使为了邓先生本人着想,也不应该用任何永久的替身。他应该自己走出来。"

樊渊叹道:"这就是最麻烦的地方。像我们这样了解小潇的人都知道,他是个凡事做得很'钻'的孩子,所以他一旦钻进去,有时候很难钻出来。"

"我不是医生,完全是非专业的判断,他有心理疾病的苗头,比如强迫症。"

"不是苗头,而是重病。"

"对强迫症可以用替代疗法,但替代品不能是病源的相似物,而应该是相反的东西。比如说,要想替代掉邝亦慧,必须用毫不相干的人或事物,例如,培养一个新的爱好,强烈迷恋的爱好,或者,一个新的情人,没有任何邝亦慧影子的情人。"

樊渊点头说:"他的医生不是没有试过,但小潇这个孩子,意念特别强,他认准的事,外来的影响很难改变。"

"所以他一旦认定秦淮是导致一切悲剧的源头,就会尽力证明秦淮的罪孽。"

"既然说到秦淮,你怎么看他?"樊渊像是顺便提起。

"他的秘密,比国安部都多。"

"其实,你想想,每个人的秘密,都有那么多,秦淮只是个普通人。"

"那您的意思是,我不需要再……"

"你要为自己的安全和未来负责。"

那兰点头,为了自己的安全和未来,她必须低头前行。这意味着,她还要逆水而游,游到那个神秘的湖心岛,去接受更多的秘密。

"恭喜您,跟踪着我,找到了漂泊的邓潇。"那兰的话听上去是揶揄,但无太多抱怨的意思。

樊渊目光中有一层浓重的忧虑,他说:"我们在一生中,都多少会有遗憾,我的最大遗憾之一,就是忽略了小潇的情感问题……你瞧,我这个人讲究愚忠,也为此自豪,我为了报恩,向邓家贡献了能做的一切,希望自己的努力能有好结果。所以小潇现在这个样子,让我觉得自己很失败。"

那兰忽然领悟了"忠心耿耿"的定义,樊渊、方文东,世上真的还有这样的人物。樊渊居然会将邓潇的心病当做自己处理邓家"内政"的失败。看着他落拓颓丧的神色,那兰忽然冒出一个念头,问:"既然我们交了心,您不妨告诉我,上回宁雨欣找到您的目的……"

"你既然已经猜出了,何必要再逼我说……是的,她接触了小潇,想了解他的为人。"

那人看着那兰在江边等公交,感慨万千。让这样的女子,尤其在和富家帅哥华丽见面后,无奈地等着公交,简直是人间悲剧!

她身边多出了一位瘦瘦的老头。两人开始交谈。

啊,好像是他。樊渊。这个老滑头也到江京来了。

看来,这戏越来越好看了。可惜,自己还是只能暂时在幕后,躲开聚光灯。

当然,到最后,我才是最闪亮的那颗明星,我的刹那光华就是那致命一击。

那兰换上潜水衣,走出奥德赛,迎接她的是无尽黑暗。蛙虫的低鸣浅唱清晰可闻,但她忽然觉得很寂寞。寂寞像双眼,目不转睛地盯着她、温柔盯着她,是邓潇的眼。

她忽然能感觉到邓潇的落寞,发自内心的感受。她觉得此刻自己也是个无助的人——邓潇失去的是爱人,她失去的是方向;邓潇需要一个替代的爱,她需要一个哪怕是模糊的方向。

"需要带路吗?"

那兰一惊。一个和黑暗融为一体的黑影缓缓向她走过来,原来秦淮早已等在这儿。

"我和你说过很多遍了,我自己可以摸到你的蜗居。"那兰心头一舒,此刻,她丝毫不介意有人相伴渡湖。

秦淮说:"我也和你说过很多遍了,你一个人游这么远,我不放心。何况……"

那兰暗暗叫糟,他又要胡说什么了?她瞪了他一眼,黑暗中不知是否有效。秦淮显然没在意,只顿了顿,又说:"何况,能早看到你一会儿,也是好的。"

那兰心中最柔软之处被轻轻一拂,她让自己镇定一下,想说:"要在这黑树林里看到我,恐怕得带你的夜视镜来。"但想起这是秘密的一部分,改口说:"你不问我去了哪里?"

"为什么要问,你又不是我……"秦淮再顿,"我们是两条平行线……就像你上次问我去了哪儿,我也可以不回答。"

那兰脑子里晃出"自取其辱"四个送给自己的金字招牌,摇摇头,默不出声地往前走。秦淮在后面说:"但这并不代表我不关心你,事实上,我觉得,我大概是世界上最关心你的人之一了。"

　　"你也是我遇见过废话最多的人之一。"那兰更想说的是,好像我很在乎被你关心似的。但她没说,倒不是没勇气说,而是,觉得有些违心。

　　那兰,那兰,你怎么会走到这一步?

28　深不可测的怀念

虽然疲乏至骨,那兰还是失眠了。近日的奔波、不断强行涌入的那些她一辈子不想知道的"信息",彻底将她一贯平稳的睡眠打乱。前两晚,还只是睡得不安稳,今天,干脆彻底崩溃。

挣扎了不知多久,那兰终于决定替生物钟请降。她轻轻起身,正准备到洗手间掬水洗面,忽然听到楼下门声,虽轻,但真切入耳。

莫非秦淮也难以入眠?

那兰正好要到楼下厨房倒些水喝,便赤足下楼。两个失眠人,会怎么样?秉烛清谈?别忘了,这是个闪爱的年代。那兰犹豫了,往回走了几步,终究还是走下去。

楼下空空。

刚才听到门声,说不定秦淮真的到了门外,在花园里对着夜空唏嘘。她走到大门口,发现门紧闭着,但同时发现门边的安全系统被解除了。她清晰地记得,今夜两人同归后,秦淮将安全系统设好,小红灯间歇地闪动。但此刻,小绿灯长明,表明没有任何警备——秦淮似乎又解除了安全系统,大概真的出了门。估计只是短暂离开。

奇怪的是,再仔细看正门,从里面反锁着,显然没有人从这里出去。

那兰想起来,每晚游回湖心岛,两人走的都是边门,经过车库。

拧开通往车库的侧门,打开灯,车在,但车库里似乎少了什么。

她环视着车库,逐渐记起来,原先墙上一直挂着两套潜水器材,但这时,只剩下了一套。一个念头闪过,她回身走进边门口的小洗手间,她和秦淮的潜水衣早些时候都挂在里面。这时,只剩了自己的潜水衣还在。秦淮的那套,和车库里的一套潜水器材,一起消失。

看来只有一个可能,秦淮去潜水了。

夜半潜水?这是什么爱好?

那兰看了看门口安全系统表盘上 LCD 荧光显示的时间,12:41。她迟疑了一下,又看一眼挂在浴池上方孤零零的潜水衣。

秦淮,你还有多少秘密?

她摘下潜水衣,又走到车库,取下了剩下的那套潜水器材,快步走出了边门。

黑暗中,没有秦淮的影子,不知他往何处下水。那兰没多想,赶往平时走惯的那条路。潜水衣和器材,加在一起,数十斤重,她也不相信自己居然还能一路小跑。跑了一阵,前面出现一个熟悉的影子。

又走了一段,秦淮拐上一条那兰从未走过的路,走进一片树林。树林中也有几户人家,一灯未亮,只有斑斑月影,透过枝叶,照在两个夜行人的肩头。

到了湖边,秦淮开始更衣。那兰愣了一下,努力回忆至少两年前上的两节潜水课,怎么戴面罩、如何接管、如何用气瓶、调整阀门。她希望秦淮不要一沉百米,那样的话,自己一定会破天荒地望水兴叹。

她在不远处别别扭扭地将自己全副武装,秦淮却驾轻就熟,从容地换装下水。在秦淮没入水中的刹那,那兰提着脚蹼,快步走到水边,跟着入水,险些忘了穿脚蹼。

水中也是漆黑一片。

面罩顶端装着一盏小潜水灯,那兰略一犹豫,想想秦淮在前,这灯点亮后大概不会具有如此强烈的穿透力,引起他的警觉。

潜水灯果然只能起个辅助视觉的作用,仅能够让那兰看清前面不远处一个游动的黑影。那黑影下潜得很快,那兰暗自懊恼——她是潜水菜鸟,知道新手如果下潜太快,很容易出现各类潜水减压症状。秦淮显然是个老潜水员,能够游刃有余地控制下潜速度,快而安全。

安全第一,那兰缓缓下潜,前面的黑影也越来越朦胧,最后,干脆全然没了踪影。

那兰茫无目的地下沉了一阵，就着潜水灯看了一眼深度计，31 米。这昭阳湖还真够深的。她知道潜水新手不应该下得过深，深于 40 米就是技术潜水，上浮时需要运用减压技巧，否则必得减压症，可惜她对此只懂理论，却毫无实践经验。她硬着头皮继续下潜，还是不见秦淮的身影。她细细回顾，刚才紧跟的那一段路，似乎都靠着岛边，说明秦淮的目的地应该离湖心岛不远。

而此刻，她发现自己已经触到湖底。

确切说，那兰触到了湖底的一块礁石。那礁石和周遭一片类似的礁石一起，紧连着更大的礁石——其实就是湖心岛的岛体。几乎同时，她依稀看见了那个模糊而熟悉的身影。他为什么潜水到这里？

还能有什么？伯颜的宝藏？

她立刻对这个想法嗤之以鼻，凤中龙当年寻找的宝藏完全是一个神秘兮兮的传说，小说家言。

一个念头转过的瞬间，秦淮却再次消失了，模糊黑影像是化在了混沌水中。

好在那兰依稀记得秦淮消失的方向，游了过去。潜水灯光打在前面的石壁上，一道两人高的石缝吸引了她的目光。她贴向岛体石壁，那石缝的宽窄正好可容一人穿入。

于是，那兰穿入。

石缝逐渐变宽，成了石洞，但处处有嶙峋突兀的礁石，亏得有潜水灯照路，否则那兰必然四处碰壁。石洞里充满了水——这不足为奇，这里还在水下 30 米。那兰在石洞里慢慢上浮，知道这时如果太着急，会成为潜水减压症的受害者。好在石洞并非垂直向上，而是忽宽忽窄，使得上浮的过程充满周折。

不知多久，那兰浮出了水面，除了潜水灯光，四周还是一片漆黑。她想，看来升到了湖面的高度。这说明岛体内有段中空。她寻找着向上攀行的路径，抬头可见的却只有灰黑的石壁，顶在头上半米处——石洞到了顶，此路不通。

但秦淮去了哪里？

那兰再仔细看看头顶石壁，看出了异样，这头顶正中的石壁，和附近的岩石相比，平滑得透着人造气息，而且，中间隆起一道，像是把手，抓住这道隆起石条，说不定可以拉动、推动、或者转动那块石壁。

她伸出双臂，双手紧抓住那处隆起。推，没有动静；拉，没有动静；转动，应声而开。

原来这是道门，一个圆形的石板做的盖板。那兰咬牙将沉重的石板推到一边，爬进了洞口。

里面仍是漆黑，但显然有倾斜向上的路可行进。那兰不愿跌得鼻青脸肿，脱下脚蹼，暗恨自己离开得匆忙，没有带着适合在礁岩上行走的潜水鞋，连潜水袜都没穿一双，现在只有让脚底板又青又肿了。好在强烈的好奇心让她忘了双脚的叫苦连迭，推动着她一步步走向洞穴的更深处。

微光显现！

她第一时间关掉了潜水灯，可关不掉的是心口的剧跳。她几乎可以肯定，那微弱的灯光，是秦淮的又一个秘密。

有时候她觉得，秦淮的秘密，应该永远保存，不要见天日，不要让她知道。上回她有意无意撞见了那个秘密，就几乎被一双手掐死，就听了又一个凄惨的故事。这次呢？如果前面真的是秦淮，如果被他发现，会怎样？

明智的做法：无论前面是谁，在他察觉之前，悄悄地返回，等到另一个时间，再潜水下来窥探，看看这洞的尽头，到底有什么。

但有时候，关键的不是"有什么"，而是"做什么"。

秦淮在做什么？

秦淮是个谜。秦淮拥有很多个谜。最不可救药的是，谜一样的秦淮就那样冷冷地、默默地潜入那兰的心，她自己也知道几分，但无法抗拒。于是那兰最终还是决定走向亮光，走向未知。

逐渐走近，那兰开始颤抖。这一路摸来，她做了很多打算，预想着会看见何等惊心动魄的景象，但她怎么也想不到，自己无论做了什么样的心理准备，都远远不能适应眼前所见：

一盏孤灯将秦淮的影子推在岩石面上，如魅如魂，令人捉摸不定；但四壁上和一些突出的石块上摆放的物件却真切而直白。

邝亦慧。

邝亦慧的照片，邝亦慧的衣衫，邝亦慧的梳妆台，邝亦慧的书籍，邝亦慧的一切。

甚至还有一套邝亦慧的潜水衣。

那兰还不曾在哪里看到过，在这样一个封闭的空间里，有那么多对一个人的纪念。这里仅照片镜框就有上百个，邝亦慧青涩但明艳的少女照、和秦淮在水边相拥的泳装夏装照、影楼里柔光簇起美轮美奂的婚纱照……

秦淮呆呆地站在那些对邝亦慧的纪念里，站在对邝亦慧的思念里，忘我。

为什么要在这里？为什么不能在阳光可以照入、湖上微风可以吹入的别墅小楼里？

居中有张很大的照片，被秦淮挡着，那兰侧身，看清了照片上的两人——秦淮和邝亦慧，像是手执小数码相机的自拍照，两人身穿潜水衣，潜水镜架在头顶，背景似乎是在一个山洞里。

就是这个洞！

那兰突然有些明白，秦淮的家中为什么没有任何对邝亦慧的记忆，为什么不在乎外人对他的误解，因为这份爱，这份思念，是属于他自己的，极度私人的。秦淮的家，粉丝们、方文东们、海满天们、写作助理们，出入无常，只有这个连着湖底的洞，外人无从得知，无从进入，才是属于他的，他和她的。或许是他们共同的发现，装着他们的缠绵缱绻和山盟海誓，生要同眠、死要同穴的承诺。

那兰也明白了，宁雨欣为什么会说秦淮的风流口碑都是他在人前的做戏，宁雨欣为什么会爱上秦淮，为什么会"一见秦淮误终身"。

就在贻误终身之前，就在没有发展成窥隐私癖前，浪子回头。

那兰深深后悔今晚的发现，她宁可仍懵懵懂懂地继续把秦淮当作缺人性的唐璜，也不愿领略这伤心一幕。

她悄悄退出。虽然身体因为精神上剧烈的震撼，仍在微微发抖，但她相信自己做到了进出无声，因为秦淮沉静得如同身边的岩石。

退出，离开，离开他，越远越好。这时候那兰又想起宁雨欣，只觉得相见恨晚，或者如同一个久未见面的老友，诉不完的心曲。不知宁雨欣是否看到秦淮的这个秘密，即便没看到，她也聪明到能看透秦淮华丽而污浊的外衣包裹着怎样一个伤透心的灵魂。

她浑浑噩噩地从那个洞口钻出来，居然没忘了将石盖掩上。石盖边缘凸痕和凹槽相间，和周边岩石嵌合，她猜这需要一定水平的石匠才能做到，甚至可能需要专业的机械。秦淮自己能做出来吗？

这是秦淮纪念邝亦慧的圣地，石板告诉世人：闲人莫入。

那兰原路返回，再次从昏黑狭窄的水洞下潜，潜到湖底，再度慢慢上浮。她心里充斥着百感五味，有如梦游，加之来的时候一直在追随秦淮的身影，没顾上仔细记录方向，此刻，竟像是浮游在另一个全然不同的水世界，周遭的一切，都是那么陌生。

她在水底迷路了。

她并没有太担心，告诫自己要耐着性子向上浮，等浮到水面，辨清了湖心岛的方向，再游过去，这点力气还是有的。

可是她低估了迷路的代价。不知为什么，她觉得这黝黑水下，自己不是唯一的生命。她和无数条大小不等的鱼儿擦肩而过，但让她心跳加速的绝不是这些鱼——它们是自顾自的平和的生物，不是那种神秘的力量——那兰能感觉到黑暗之中窥视自己的一种力量，她没有看见它们的眼睛，但它们无处不在。

夜半、缺乏睡眠、上浮减压带来的脑中血流紊乱，也许是这些因素导致了她的迷惑和莫名恐慌。

那兰微闭双眼，甚至停止了咬嘴处的呼吸，觉得心神稳定下来，才开始缓缓摆动蛙鞋继续上浮，这时，她发现了自己恐惧的来源。

似乎有双永不言弃的手，紧紧抓住了她的脚踝和小腿。她试着挣脱，脚却似乎被箍得更紧，拖着她，拉向湖底。她打开头顶潜水灯向下看，没有人。也许这才是最让她不安的。没有人，只有她自己，和那种无形的力量抗衡。

那兰将初升的恐慌遏制,再次低头仔细看。偷袭她的并非无影无形,而是一片水草。显然,这里湖底地势略高,长着丰茂长草,一些小鱼虾游过,似乎冷冷地打量着这个陷入困境的庞然人物。

她再试了试,缠住自己脚的是一种藤状的水草,数根长茎交错,剪不断理还乱,像她的心情。

但此时,她唯一的心情,是求生。她需要的是一把小刀或者任何尖利的东西,可以割断那些水草。她摸索着潜水衣腿侧的口袋,里面一无所有。她无奈地只好继续抽动着脚,但还是一个结果,越缠越紧。

努力强迫自己定下心,她将气瓶抱过来,借着潜水灯看了一眼表盘,顿时一阵晕眩。想必气瓶最初就只有半满,到现在已用到接近全无。

难道,这就是自己的终点?"一见秦淮误终身"的再一个佐证?还是"好奇害死猫"的鲜活实例?她不愿接受,继续挣脱。

还是越缠越紧。

她闭上眼,泪湿了眼眶,索性不再挣扎,任凭自己灵魂出窍,漂浮在水中。

怎么?我漂浮了起来?

她睁开眼,低头,看见了那熟悉的身影。

秦淮手中拿着一把小潜水刀,显然是用它割断了那些缠绕的水草。他打手势让那兰稳住,缓慢上浮,又朝自己指了指,示意那兰跟上他。

那兰像是被当场捉住偷东西的少年,血往脸上涌,好在水很清凉,又在潜水镜的遮盖下,但她仍不知该怎么向秦淮开口。

秦淮领着她从下水之处上岸,摘下潜水镜和呼吸管后,那兰的第一句话就是:"对不起,我……"

"不用了,对不起的是我。我应该早将一切告诉你。"

29　君子"毁人不倦"

　　一切从秦沫出事开始。那晚,像所有二三流悬疑片里描述的那样,风雨交加。秦淮在一幢写字楼里帮一家广告公司写文案——他同时打的三份工之一。读大二的秦沫在秦淮租住的江边农舍里吃完晚饭后,因为恶劣的天气,决定不回宿舍了,在哥哥的屋里睡去。

　　一个错误的决定。

　　那个时候,秦淮的身边,还没有方文东,还没有君君,当然,也没有邝亦慧。

　　农舍的窗户,猛力一推即开。

　　他开始行凶的时候,秦沫还在熟睡。她身上无数的伤,足以证明暴力的肆虐和她反抗的惨烈。

　　凶手终于得逞后,为了更心满意足,还将破败小屋里所有的现金和秦沫仅有的几件小首饰拿走。

　　也许是反抗得太心力交瘁,也许是凶手太残暴,秦沫从此精神失常,也无法指认凶手,或者提供线索。线索的稀少,使这个案子很快冷却,再没有进展。秦沫退了学,秦淮一力承担着照顾秦沫的压力。短暂的精神病院住院治疗,耗尽了秦淮本就不多的积蓄。为了请良医、为了妹妹得到最好的照护,秦淮在人生中第一次有了强烈的认识:金钱也许可以被斥之为粪土,但在需要的时候,不可或缺。他需要钱,很多的钱。

　　"所以你想到了传说中的伯颜宝藏?"那兰盯紧了秦淮的双眼。

　　"应该说,我在无奈和绝望中,居然想到了传说中的伯颜宝藏。更准确地说,我想到了写一本旷世奇作,一个亲身探宝的经历,也算是劳动致富的想法。

实话告诉你吧,有我这样想法的人绝不是一个两个。"秦淮回视,嘴角微微抽动,似笑,似苦笑。"我甚至买了高倍望远镜,观察那些时不时来潜水探宝的人,看他们是否会有收获。"

那兰仍盯着他:"可是,就凭我对你一点儿也不深的了解,也知道你还没有无奈和绝望到茫无头绪地钻到足有上百平方公里的昭阳湖水里,一立方一立方地寻宝。"

"说得好。"秦淮转进书房,又立刻出来,手里拿着一张纸,说:"看看这个吧,你别说,我还真没有盲目到那个地步。"

看上去,这是一张古地图的复印件,有趣的是,图上没有一个汉字,却标着一些奇怪的文字。

"这难道是……昭阳湖的地图?"那兰可以依稀看出水域、小岛。

"好眼光。和我们现在交通图上昭阳湖的形状并不完全一样,但的确是昭阳湖。"

"这些字……"

"蒙古文字。"秦淮说,"那一阵我最窘迫的时候,会抓住任何文字工作,参与编写《昭阳纪事》就是其中之一。当时古籍出版社特地帮我们这些编者疏通关系,我们得以接触省市图书馆和博物馆的珍藏,这份地图,是在省博物馆的文物收集室里找到的。文物收集室里有个有趣的大柜子,里面是一堆专家们认为不重要或者没来历的东西。当然,这里面有时候藏着精华,只不过没有慧眼而已。我就是在那里看到了这张地图,真的是手绘、手刺在一块羊皮上。羊皮上附带有标签,是文物专家的鉴定,年代是元末,出处不详,作者不详,画的可能是昭阳湖的一部分。我觉得很有趣,就把地图复印了下来。后来我找到古蒙古文字的专家翻译,知道这些文字记录的是湖心岛的一些标志。

"不知从哪一天开始,我忽然把这张地图和传说已久的伯颜宝藏联系在了一起。很牵强、没有太多根据的联系,但我觉得还是值得一试。开始,我再仔细看,也不觉得这份地图能把我带到什么地方——那些标志,也就是湖心岛附近比较容易记认的一些礁石、浅滩,水上水下的都有。从这些标识开始,我逐渐深入下潜，但越往水深处，越茫然，每天只能研究一小片水域，于是我意识到，必须要帮手。"

"难怪。所以你开始找熟悉水性的人，做你的助理。"那兰终于明白，为什么出水芙蓉邝亦慧成为了秦淮的助理。

"那时候，我认识了文东，是他告诉我，江大有个叫邝亦慧的女孩，是游泳好手。所以，你完全可以说，是我害了亦慧，是我带她卷入了这个漩涡。"昏暗的灯光下，秦淮双眼迷离。

"我怎么没听出这里面的逻辑？"那兰说。

秦淮点头："你调查过那些'五尸案'的死者了，其中三个都是潜水高手，他们的死，会不会和传说的伯颜宝藏有关？"

"可能性很大……亦慧也是在五具尸体出现不久后失踪的，所以你认为'五尸案'和亦慧的失踪大有关联。"

秦淮愁苦地闭上眼，好久才睁开："你难道不觉得，从时间上看，'太巧'了些？巴渝生可能没告诉你，他们也曾把这两个案子放在一起研究，但不成功。于是我也开始积极调查'五尸案'，和你这几天一样，采访死者生前的亲朋，和公安局的大小警察打成一片。我还经常半夜出门，跟梢那些潜水探宝的人，想发现是否能从他们身上找到线索。但进展几乎为零，而且不久后，我就发现，有人在跟踪我，而且有一次我回到家，发现书桌被翻了个底朝天，电脑的整个硬盘都被卸掉了。当然，多谢那次电脑的悲剧，使得几篇很烂的短篇小说最终没有登出来，替我挽回了点面子。但我已经知道，'五尸案'是个有大背景、碰不得的案子。"

那兰轻声低呼："到我宿舍里，拿走优盘，作践小仓鼠的，也是同样的一伙混蛋。"

"我想是的。"秦淮说，"还有杀害宁雨欣的、让亦慧消失的，应该都是一伙。要不是因为我至今一筹莫展，这条命估计也早没了。"

那兰觉得身上阵阵发冷：原来秦淮一直活在死亡的阴影里。看来，秦淮那一副无情、色迷迷的嘴脸，果然是做给外人看的，做给在暗处"盯"着他的人看，为了自身的安全，为了能进一步调查邝亦慧失踪的真相。

"你搬到岛上来……"

"也有助于我进一步观察来寻宝的人。'五尸案'背后的黑手没找到宝藏，不会善罢甘休，一定会再来……"

"你怎么确定他们没找到宝藏？我倒是觉得，有可能是找到宝藏后，有人要独吞，才将参与寻宝的人都杀了。"

"你倒是说说，抓着一个传说的尾巴寻宝，找到的可能性大，还是落空的可能性大？"

"看来你也落空了？那你这个穷书生，怎么会一夜间就有了足够资金买这豪宅？"

秦淮凝视那兰，好一阵才说："你难道以为巴渝生这样做事详尽的人会不深挖这个疑点？答案很简单，你可以向巴渝生核查，其实是我和海满天签了约，基本上就是拿到了俗话说的第一桶金——在此之前我已经有三部长篇在手边，只等伯乐，结果每本都卖了超过三十万册，算是小小奇迹了。当然，买房的过程中，司空竹也给我了很多帮助，给我打了个大大的折扣。"

那兰心想：应该是司空晴给你打了个大大折扣吧。她还是相信了秦淮的话，相信他没有找到什么宝藏，她说："这么说来，无论是谁做的'五尸案'，一定很有实力，三年来都没有露马脚。"

"他们也一定很有把握，警方耗尽精力后，单凭我一个人的力量，'五尸案'破不了。即便我日后调查出了些眉目，对他们来说，要除掉我，也像捏死一只蚂蚁那么容易。说实话，我也有那么种挺绝望的感觉。你看巴渝生，很干练的人物，破过那么多起大案疑案，几乎可以算神探了，对'五尸案'好像也有些束手无策。不过，我被跟踪、被抄家，把这一切都推到'五尸案'的头上，也不见得公允。"

"还有谁？"那兰忽然隐隐觉得，自己可能知道答案。

"你的一位故人……更确切说，新知。"

"邓潇？"

秦淮扬起脸，盯着那兰，说："女孩子太聪明，会不会有些可怕。"

"如果你们接受不了，可以站得远远的。"

秦淮笑笑："我这个人傻，所以最怕遇不到聪明的女孩子。邓潇毕业后就一直没有离开江京，一直在纠缠亦慧。他这个人，看上去很潇洒，骨子里却有股狠劲，有股不撞南墙不回头的执拗。"

"你去洗手间的镜子里照照，刚才的话是不是也在描述自己？"

秦淮的脸色微变："哦？你看来很疼他。"

"或者说，更了解你。"要不是还有诸多问题，那兰真想结束这谈话。"你倒是回顾一下你熟悉的人，哪个人不是倔倔的？你从他的角度考虑一下，他和亦慧青梅竹马，你突然横刀夺爱……"

"我没有这么无聊！"秦淮打断道，"你大概扮演心理医生入了戏，只听到了一面之词。亦慧认识我的时候，已经想离开邓潇了！"他沮丧地挥挥手说："说这个于事无补，这么说吧，我一直有感觉，邓潇会做出很出格的事。而且，不光我有这种感觉，亦慧也有。"

那兰身躯微震，再次轻声惊呼："人寿保险！亦慧因此买了人寿保险！"

秦淮点头，说："我当时也不理解，亦慧好好的为什么要买人寿保险，而且还瞒着我，以至于她失踪后会有谣言说我靠着理赔金发迹，完全没有法律依据的谣言！后来我才想起来，亦慧有一次曾说过，'有些人对得不到的东西，宁可毁掉，也不让别人占有。'"

这话冷冷的如冰凌划过手掌，那兰想起樊渊不久前说的话，邓潇很严重的问题，"一旦钻进去，有时候很难钻出来。"

"你是说，亦慧的失踪，和邓潇有关。"

"只是可能，可能和邓潇有关，更可能和'五尸案'有关。"

"亦慧失踪的时候，你在哪里？"那兰几乎要说成，可能和你也有关。

秦淮如梦呓般说："我醉了，烂醉如泥。"和巴渝生说的一样。

"问题是，怎么会这么巧，那晚你会烂醉？"她觉得自己像是在审犯人，忘了所有说话的技巧。

"你在审问我？"

"我相信你的无辜。"

秦淮嘴角露出一丝苦笑，说："你这个问题，我也问了自己不知多少遍。我只记得，那天晚上，亦慧忽然说，要庆祝一下我和金牌出版人海满天签约，一起吃点小菜，喝点小酒。我也没想太多，就和她对饮，然后，我就什么都不知道了……亦慧知道，我这个人酒量几乎为零，一喝就倒。"

"这么说来，那晚，亦慧是有意要让你醉倒。"

"现在想起来，可不正是这样！所以我感觉，亦慧的失踪，好像也是她意料中的，她买人寿保险、她把我灌醉，是知道有什么事要发生。"

"也许，是她自己选择离开。"

秦淮身躯一震，像是听到了本年度最荒诞无稽的话："你倒是说说，那是为什么？你倒是说说，她现在在哪里？"

那兰叹口气，说："邓潇三年都没找到，我又怎么会知道？算我胡说八道吧。"

秦淮平静下来，喃喃说："她……她不会无缘无故地离开我。刚才你也看到了吧，水底的那个洞穴，是我和她潜水时一起发现的，是我们当初一无所有时的洞天福地。和她一起游泳、潜水，是我最欢乐最幸福的一段时光。她，是我真正的宝藏。那时候，我们会背着一堆吃的，游到那洞里，野炊。然后许愿，如果哪个人先去了，另一个人就带他到这里来；再以后，两人都葬在一起……"

30　人造建筑工

　　那兰跟着秦淮浮上水面,感觉比前几天好了很多,看来已经完全适应了上上下下的压力变化。秦淮是个耐心的教练,那兰是个有天分的学生。时间过得很快。秦淮说她只要再练些时日,就有资格跟他去海南岛的海边潜水,他每年必修的功课之一。

　　两人踏着极深的夜色走回秦淮的别墅,周遭的一切,纯粹而静谧。自从那晚挖出了秦淮的所有伤心事,她答应帮秦淮观察是否还会有人批量去水底寻宝。当然,第一步还是要先学会潜水。秦淮说,这两年,潜水寻宝的人已经稀少了很多。大概空手而归的人众口相传,相信伯颜宝藏之事的人越来越少。

　　不知为什么,在这样恬静的夜晚,那兰忽然不安起来:她发现她几乎要习惯了这样的生活,白天读书睡觉,带着秦沫在小楼里走动,和秦沫说话——秦沫始终保持沉默,是那兰一个人表演"兰派清口"——晚上游泳潜水。每天给妈妈打个电话,陪她聊天,做她的心理咨询。每天再给陶子打电话,听她叫苦连天,诉"独守空房"的苦。

　　"你说,想要找我麻烦的人,和想要找你麻烦的人,会不会在暗处盯着我们。"那兰轻声问秦淮。

　　"就算有,至少我没有看见——我的房子四周,布着夜视的摄像头,每次出门前,我都会观察一下。而且,我家附近的地形我最清楚,很难有人能逃过我的眼睛,即便有盯梢的,也是躲得远远的。"

　　但日历一页页飞快翻过,离开学也没有多少天了,那兰有些焦急。好在,一个计划已经在这些天酝酿好。

所以第二天两人坐在桌前吃早饭的时候,那兰说:"我觉得你可能要出去旅行一次。"

秦淮一愣:"你陪我去吗?"

那兰知道,他只是在打趣,绝非过去装出来的情种式挑逗。她笑笑,取出宁雨欣留在办公室里的那份火车时刻表。

"江京到重庆的直达特快,晚上六点四十三分开车,这样可以给你……"她抬头看微波炉上的时间显示,"……七个小时左右的时间收拾行李,过湖、打车、进站,这些时间我都帮你算上了。"

"不用说,你已经帮我订好了票?"

"下午四点到江大门口,有美女送票。"

"陶子?"

"带好签名笔,她虽然不是'情丝',但也会追星。"

"你到底在卖什么药?"

那兰又抽出一张纸,说:"记不记得'五尸案'的死者之一,有个叫李远鑫的?"秦淮点头。那兰说:"你的记录里,提到他生前在一个叫建力宝的建筑公司打工,在一起打工的多是同乡亲友。"秦淮又点点头。那兰继续说:"算我们运气,这个建力宝公司的经理,就是原来的包工头,也是他们同乡出来的。这位经理越做越出色,至今员工已经超过三百人。我对建筑这个行业了解不多,但估计下来,过去李远鑫的那些工友,应该还有人在建力宝上班。"

"他们在重庆?"

"参与一个大工程,两个小区,二十一幢高层。这些都是网络资料。"

"你要我去采访李远鑫生前亲友?"

"不是简单的采访。你过去电话里和他们聊过,有很多收获吗?"那兰觉得自己说话语气像是在上课。

秦淮似有所悟地点头说:"明白了,你要我当面和他们聊,促膝谈心那种。"

那兰笑着说:"你去照照镜子,你以为他们会和你促膝吗?"

秦淮摊开手说:"好了,你要弄我够了,老师你就直接把作业布置一下吧。"

那兰说:"这些天我一直在想,继续我们那天讨论的思路。宁雨欣和亦慧都出了事,而且她们都有同样特点,和'五尸案'有关,对不对? 再想宁雨欣临死前,曾经约我见面,要和我谈心。和什么有关? 如果是和亦慧的失踪有关,她一定会告诉你,没必要兜圈子告诉我;所以想来想去,只有是和'五尸案'有关。因为你一直反对她介入'五尸案',所以她不想直接告诉你,而是要给我一个重要的线索,希望我这个不招你厌的无敌傻女来继续'五尸案'的调查。可惜,我们现在已无从知晓宁雨欣要给我的线索到底是什么,只有自己重新发掘线索。"

"为什么从李远鑫身边的人入手?"

"实话说吧,他的亲友,以前一起打工的那些人,是我唯一有把握让你找到并进一步接触的。其他两个潜水高手,靳军和席彤,靳军以前的女友我见过了,她也在追查,但没什么进展;席彤呢,你这里本来的记录就很少,好像他并不怎么合群,你采访过的他的两个朋友也不见了,所以唯一的突破口,就是李远鑫,至于怎么突破,就要靠你这位悬疑大师尽心尽力了。"

秦淮微笑,杀女孩子不用刀的微笑:"但我怎么感觉,我究竟要怎么突破,你好像已经替我想好了。"

"说出来,你不准笑。"

"好,我会强忍着。"

"我要你到建力宝这个工程队去找活干,和李远鑫过去的朋友们打成一片。要知道,你这个陌生人,煞有介事地打电话去采访,采访与生死相关的敏感话题,有很多话,被采访的人怕惹出更多是非,根本不会告诉你,也不会告诉警方。我想来想去,只有和他们朝夕相处,有了深交,有些不轻易吐露的真情才会自然流淌出来。"

"你要我做一回地下党员?"

秦淮想了一阵,似乎欲言又止,还是那兰说:"你放心,我会照顾好秦沫,君君已经告诉过我一些窍门。我也会用些专业知识,帮助她。"

"这都不是我想说的。"秦淮的双眼,曾经如此忧郁的双眼,看着那兰。

那兰轻声说:"我保证,会照顾好自己。"

秦淮比大多数男人有耐心,但还是被漫长的火车行程折磨得不行,心里不停地抱怨为什么江京到重庆没有动车。走之前,他问那兰为什么不能坐飞机走。那兰说虽然坐火车的确慢了些,但正好有足够的时间把秦淮的"脂粉气"消磨一下。秦淮低头看看自己因长期日晒、浸泡在水中和攀爬礁石而变得粗糙的手,知道那兰"脂粉气"之说,只是玩笑。

相处越久,秦淮觉得对那兰的了解越不够。初识时那个半"冰"的美少女,深交后原来是个充满幽默灵气的俏皮女孩。就像亦慧。

他心底一叹。

那晚被她窥破所有秘密后,秦淮倒觉得浑身轻松了许多——秘密这东西,无形无影,却重如泰山。邝亦慧失踪后,秦淮誓言要锁心门、闭情关,只在小说里百转柔肠,在人前只作轻佻放荡之秀,为的就是将口碑糟蹋到没有女孩敢靠近。当然,这样做的副作用也很惊人,曾经就有"情丝"踏湖而来,只为一夜疯狂,结果险些在门外吃了一夜狂风。

最怕是碰到心思细腻的女生。先是宁雨欣,然后是那兰,不知今昔何年,竟接踵而至。宁雨欣虽然没有发现他纪念邝亦慧的密穴,但还是用了几个月的时间,就看出他心头的悲痛和人前的假面。她爱上了他,但他的心里还没有敞开足够的空间,能再容纳另一段感情。于是宁雨欣走了,一走就走得太远。

现在呢,那兰会怎么样?我对那兰会怎么样?他忽然发现,很久以来,心没有如此乱过。

秦淮找到建力宝施工队的工地时,才下午两点多,但工地上一个人都没有。他并不觉得很奇怪,因为今天重庆的高温笑傲 40 度,这会儿施工,无疑是预防中暑的反面教材。他背着那兰为他特意装点过的一只"落拓箱包",在工地附近转了一圈,终于找到了一位老人,坐在一个草棚下乘凉。秦淮记得以前在农田里见过类似的草棚,简陋、垫高,但在四周空旷时,可以招风,当然也能蔽日。

秦淮见老人双目微阖,似乎在小睡之中,犹豫着是不是该叫醒他。

"找人?"老人仍半闭着双眼。

秦淮说:"不好意思,吵到您了吧? 我叫秦强,想来找份工作。"

老人睁开眼,上下打量着秦淮,向来自信的秦淮也略有不安:难道他老人家眼毒,看出了我的"脂粉气"?

"去下面找人力资源吧。"

秦淮一愣,没听懂。"下面?"

老人笑笑,指着不远处半露在地上的一扇小门,说:"天热,所有人都躲到下面凉快去了,我怕地下阴气太重,一个人守在外面。"

秦淮看了看那扇小门,觉得有趣:"利用地下避暑,倒是很聪明的办法。而且充分利用山城的有利地理条件。"

老人忽然皱眉:"你是真来找活的?"

"诚心诚意。"秦淮知道自己没管住嘴,有些露馅。

"伸出你的手让我看看,告诉我你会做什么。"

秦淮伸出手让老人看,充满自信地说:"我以前在江边打鱼、撑船什么的比较多,建筑工没怎么做过,但身子骨好,学东西也快……"

他很快就发现,只要自己对工资要求不高,很容易就能被录用。

另一个发现,那老头就是建力宝建筑公司的经理。

建力宝在这个工地上的工人一共有百余人,主要负责最基础的施工,清理、挖掘、地基浇筑、设脚手架,秦淮豪饮了几杯苦丁茶、几碗绿豆汤,当天下午就开始跟着一位师傅卖力干活。

这位秦淮口口声声叫师傅的人大名李勇华,也不过三十出头,精瘦精瘦,但力大无穷,连秦淮这个常年健身的人也不得不佩服他傲人的体格。秦淮由衷地说:"师傅你做了很多年了吧,怎么做什么都看上去那么轻松!"

李勇华"哼"一声说:"是做了有几年了,有些小窍门。不过这行真不是好做的,我刚开始的时候,每天到了晚上,就跟要死了一样,现在是习惯了,但只是习惯而已,落下了不知多少小毛小病。"

秦淮听出他和刚才那老头是一样的口音,又问:"师傅哪里人?"

"湖北人,鄂州……梁子湖听说过吗?"

秦淮暗暗叫好,那兰的作业做得好,这个劳务队里果然很多李远鑫的老乡。他说:"听说过,听说过。"

"我们都是沼山人,你可能没听说过……我们老板就是沼山人,这个工程队里原来都是沼山人,现在已经少了。我们出来晚了些,最初跟他出来的有些都做了队长。"

秦淮觉得是好机会,问:"少了?他们去哪儿了?"

"有些翅膀硬了,自己也开始做包工;有些干不动了,转行了,做房屋装修、饭店什么的;还有些……"他顿了顿,似乎欲言又止,"干工程的,基本上还是留下来了。我们老板还算念乡情的,对我们不错,外面有些老板黑着呢。"

秦淮几乎就要开口问李远鑫的事,但他知道这样做极度"不专业",而且会严重影响到今后的探听工作。

顶峰高温的日子,工地上是早六点干到十一点,然后是下午四点半干到晚上八点。完工后,在工地上吃饭,饭后秦淮还是拉上李勇华,和李勇华的另外三个同乡哥们,去附近的小饭店喝酒吃夜宵。

秦淮注意到,李勇华拉上的另外三个民工,也都姓李。

"是不是整个工地上,只有我一个不姓李啊?"秦淮笑着问道。

李勇华说:"哪里会……"

另一位"李家军"的民工笑着说:"当然不是,除了你,还有两个人不姓李,另外两个,一个姓木,一个姓子。"

桌上的人都心领神会地笑起来,李勇华说了实话:"现在姓李的反倒是少数了,不像刚开始,七成的都姓李。李在我们老家附近是大姓。"

另外一个人说:"废话,在全中国也是大姓。"

"抬杠!"李勇华瞪了他一眼,"在我们那里情形不一样,这家和那家,都能扯上点亲戚关系,姓李的占绝对优势。"

秦淮给每个人都倒上了酒，他知道，自然而然地提及李远鑫，不过是早晚的问题。

　　这第一晚吃喝后的收获，是知道李远鑫仍有几位至交在这个施工队，其中两个他以前也打电话采访过，没能给他太多信息。这次要再试一试。

31　归去来兮

　　这样的天气，工地附近的临时房里，西瓜永远不会嫌多。歇工后，秦淮在工地外拦下一辆电瓶小车拉的西瓜，尽数买下，条件是让司机谎称是自己的亲戚，而且要帮他将西瓜一一送到各间宿舍。

　　其中的一间宿舍里，六个姓李的汉子赤膊裤衩，在看电视。秦淮笑着抱了两个西瓜进来，瓜农也抱了两个进来。看电视的汉子们本来就被乏味的电视剧催得昏昏欲睡，见天上掉下西瓜来，一拥而上。

　　瓜全分完，秦淮捧着最后一只瓜，走到刚才的李姓宿舍，因为里面有他要采访的对象。他进门就说："这里还有一只，你们要加油吃，这么热的天，瓜也放不住。"其中一个问："你是新来的吧？"

　　秦淮说是，又问："听说你们几个是兄弟？"

　　六个人笑起来，一个说："是谁胡说八道，都是远房的，而且，这里有我一个侄子，也是远房的。"

　　秦淮说："听他们乱讲起来的，还说本来还有一个李什么新的，后来不在了。"

　　屋里的气氛顿时和屋外的天气一样闷起来，秦淮则开始密切观察，他发现几个人神色都有些黯淡，这倒是在情理之中，但其中一个，低迷之余，有些忐忑，甚至有些气愤。终于，那个人叫道："什么人嘴那么贱，聊啥不好聊这个，都好几年了，还把个破事当新闻谈。"

　　另一个劝道："李坤，他不就是觉得好奇嘛。你也是，都过去好几年了，怎么还那么在意。"

那个叫李坤的不再说话，把瓜皮往垃圾袋里一甩，自顾自睡觉去了。

"你再说一遍，你和那个叫李坤的喝酒？"那兰不知秦淮是不是又在故弄玄虚。

"没错，稻花香酒，李坤的最爱，六七四十二度而已。"

"只够把你醉倒四十二回而已。"

秦淮在手机里嘿嘿笑起来，说："你大概不知道，有多少种办法，可以让别人以为你一饮而尽，但实际上你却滴酒不沾。"

"敬仰你，酒桌上的魔法师。不过，你上次说他好像很不愿谈李远鑫的事，你又是怎么让他回头的？"

"那兰同学，你好像没仔细听讲，我刚说过，六七四十二度的问题。当然，我们还有别的共同语言，比如游泳、潜水。那天晚上，我们两个在嘉陵江边……"

"要不要感谢我帮你设计的浪漫之旅？"那兰揶揄。

"没错。"秦淮想说和那兰月下潜水的感受，但心头莫名一阵惆怅，没有说下去，只是接着刚才的话题，"所以我们现在是好哥们儿，经常一起喝酒，一起到江边玩水。今晚，是我们连续第八次在大排档喝酒，终于，从潜水自然地谈到了李远鑫。"

那时的李坤已经有了几分酒意，他是那种爱喝酒、但酒量平平的人。远谈不上明亮的灯光下，他的眼圈有些红，也不知是酒精的刺激，还是伤心的刺激，他说："远鑫是我的远房姑表兄弟，从小一起光屁股长大的，是真正的光屁股长大——我们三四岁的时候，正经裤子都没一条的时候，就一起光着屁股在梁子湖边游泳。"

秦淮说："你的水性这么好，他的也一定不差。"

"不是不差，而是……这么说吧，我的水性，跟他差了十万八千里。"

"那他怎么会被淹死……"

李坤将红红的眼睛凑到秦淮面前，压低了声音，恶狠狠地说："他不是淹死的，他绝对不是淹死的，他是被人杀的，我……我要是找到那个小子……"

"你知道他是被谁杀的？"秦淮不用装，他是真的惊讶。

李坤看看四周，见大排档上的人各吃各的，又凑上前，轻声说："我不知道是谁杀的远鑫，但我知道，肯定和那个人有关。"

秦淮又给他倒满酒，李坤饮下半杯，说："那时候，我们在武汉做，很奇怪的是，李远鑫莫名其妙地走掉了一个星期，又莫名其妙地回来了。这家伙在我们队里很会做事的，算是主力，他这么一走一回，把老板气得要命，我记得很清楚，老板当着我们几个李家兄弟的面，把他训得好惨。我还帮腔，说老板算了，他不是回来了嘛，工钱扣掉就是了嘛，他李远鑫会做事，就让他继续做嘛，和原来一样，就当那个星期他放了假，什么都没发生就是了嘛。

"后来我才发现，这一个星期里，一定发生了什么事，李远鑫已经再也不是原来的李远鑫了。首先，他这个人原来很开朗，很爱开玩笑，爱开带颜色的玩笑，跟我们，尤其同村出来的几个人，没什么话不说的。但回来以后，他不理人了，整天一个人呆着，死沉着脸，和他讲两句话，不理不睬的，而且眼珠子左转右转，好像刚偷了老板钱包似的。我们继续开带色的玩笑，他却是一听就急，好像突然变成了假正经。

"终于有一天，我忍不住了，我把他拉到一个没人的地方，问他这段时间到底去哪里了，为什么回来以后这副鸟样子。他说不要我管。我说我们两个亲兄弟一样，出门在外，彼此父母都叮嘱过，要互相照应，如果他有什么话不能和我说，那真是没人能帮得了他了。你猜他怎么说？他说，本来就没人能帮得了他，他完了，他遇到了大麻烦。

"我追问他遇到了什么麻烦，他死活不肯说，反而告诉我，他不说正是因为对我负责，不想让我也卷入麻烦。他还说，不管将来发生了什么事，不管我猜到了什么，看到了什么，都必须装做什么都不知道，不要告诉任何人。"

李坤用朦胧的红眼睛看了一眼秦淮，显然觉得自己说得太多了。秦淮会意，摇手说："那你别再说下去了，反正这也是和我没关系的事情。"

"去他妈的，都过去这么多年了，还有什么大不了的。远鑫说这神神秘秘的话后第二天，就有一个人来找他。那个人小个子，下巴颏尖尖的，乍一看像个老鼠，我一见就没好感。远鑫那几天脸色难看，一见那个人，脸色更难看了，像是要哭出来。当时两个人就回了宿舍,半天没出来。我不放心,暂时撂下手里活,刚到宿舍外,就听里面两个人大吵大闹,不知道在争什么东西,感觉随时都要打起来。

"我立刻跑去叫来工地上那几个兼职负责治安的,一起闯进宿舍把那个家伙拽了出来。拉拉扯扯的时候,他的手机掉下来,我捡起来,看见手机背后贴了个号码,我留了个心眼,记下来了,估计就是那个手机的号码,那人怕忘了,写在背后。"

说明这不是个常用的手机号。秦淮心想。

李坤伸手到裤兜里摸出钱包,从里面抽出一张揉得皱皱的纸条,递给秦淮看,秦淮假装灯暗看不清,有意多看了几眼,记住了号码。

李坤又说:"又过了两天,李远鑫又走了,还是不辞而别。当时我们就有种感觉,他这一走,再也不会回来了。"红红的双眼落下泪来。

"那你为什么不把这事,还有那手机号,告诉警察?"秦淮问。

"你不知道,我多少次都想告诉警察,可是那个家伙走了以后,远鑫特地告诉我,几乎是用求我的语气告诉我,如果我想要我的命,千万不要把那个手机号告诉别人,任何人,包括警察。我当时没太在意,但远鑫出事后,我一想到他的话,就浑身冒冷汗,哪里敢冒这个险!"

"可你还是告诉了我!有没有告诉过别人?"秦淮关切地问。

李坤打了个机灵,盯着秦淮良久,摇摇头说:"没有,真的没有,憋了三年,真是他妈的难受,所以今天一下吐出来了。你……你小子不会出卖我吧?"

秦淮隔桌伸手,拍拍李坤肩膀,温声说:"我出卖你给谁啊?"

那兰将秦淮短信发来的手机号转发给了巴渝生,知道要耐心等一阵。身后传来脚步声,是秦沫。

和秦淮的看法不同,那兰坚持认为要让秦沫走出阴影,不是与世隔绝,而是尽量生活在一个正常的氛围里。虽然会有恶性发作的可能,但对秦沫本人来说,利大于弊。这是她第三次带秦沫走出地下室,出乎她意料,进展十分顺利。秦沫没有歇斯底里地发作,也没有说任何不着边际的话,只是四处走走,或者静静地看着窗外的一面湖水。这时,她径直走向钢琴。

那兰不知道,现在就让秦沫重拾钢琴,是否会太匆忙。但她知道,钢琴曾是秦沫的生命,如果她能和钢琴重聚,意义深远。

秦沫只是默默地低头注视着钢琴,那兰柔声说:"听你哥哥说,不久前刚调过音,你要试一试吗?"她仔细观察着秦沫,翻起了琴盖。秦沫眼中的是什么?她似乎看见一簇光,闪动。

那兰又说:"可惜,对钢琴,我只会纸上谈兵。你真的不要试一试?"

秦沫显然听懂了,踌躇了一下,小心翼翼地伸出手,当的一声,落在高音 G 键上。随即是一声惊叫。秦沫捂住了耳朵,浑身筛糠般颤抖,忽然跪倒在地上,泪水满腮。那兰忙蹲身搀扶,不料秦沫忽然伸出手,紧紧抓住了她的头发。头皮如被撕裂般的剧痛,那兰本能地想挣脱,但立刻告诫自己,对待秦沫,光凭本能反应是不行的,要思考。

琴声响起的时候,震荡了秦沫失调的心弦。

她已经有太久没有弹琴。弹琴曾是她生命中美好的部分,她的内心在抵御,她仍活在噩梦中。

那兰先让自己镇定下来,说:"秦沫,不要怕,是我,我们是朋友。"

停止挣扎、没有剧烈的动作,反而让秦沫有些迷惑,她似乎在期待更猛烈的挣扎,这时她犹豫了,手却没有松开。

那兰继续轻声说:"好了,一切都好了。"她想伸手抚慰秦沫,但想起秦沫受侵害时有肌肤接触,还是不要冒失。

而就在这时,手机响起。铃声是《古怪美人》。

秦沫一震,脸上逐渐趋于平和,那兰知道自己这一小小的"花招"果然还算灵验。前些日子,她观察到秦沫对秦淮手机铃声很熟悉,每次听到,会舒展眉梢,所以她也将手机铃声换成了《古怪美人》。

再次说明,引起秦沫心神震荡的,并非钢琴曲,而是钢琴本身。她生活在噩梦里,离开这个噩梦,需要重新弹起钢琴。

可是她来不及多想，打开手机接听，巴渝生的声音，比想象中来得快。"这个手机号我见过。"

"有没有搞错？"虽然那兰知道巴渝生很少搞错。

"宁雨欣死后，她的手机成为我们破案的线索和物证之一，这个号码出现在她的手机通话记录里，他们通过两次电话，一次是她死前三天，一次是她死前一天。"巴渝生的声音很镇静，显然这并非是什么"突破性进展"。"能告诉我你是怎么得到这个号码的吗？"

那兰将秦淮"潜伏"的事迹讲述了一遍，又问："这么看来，你们没能查出这个手机号的主人？"

"这个手机是四年前用现金开通的——你知道，那个时候还没有实名制的问题。令人费解的是，这手机开通后，只打过三个电话，第一个是在四年前，打给另一个早已报废的手机号，同样是用现金开的户；另外两个电话就是四年后、不久前，打给宁雨欣的。"

那兰想了想，说："你们检查过宁雨欣的遗物，难道没有发现任何和这个手机号有关的线索？"

巴渝生说："也许很难做到面面俱到，但我们基本上是竭尽全力了，没有太多进展。"

挂断电话，那兰呆坐了片刻，想着巴渝生刚才说的话。那神秘的手机主人，毫无疑问，和"五尸案"有关，甚至和宁雨欣之死有关。宁雨欣死前连续和他通了两次电话，然后找到我，说要有重要的东西告诉我，紧接着就被害。

这样看来，手机主人很可能是一切真相的关键。

而找到手机主人的关键呢？宁雨欣。

宁雨欣和他两次通话，难免会留下音信，虽然警方没找到。

当初不也是自己，有意无意，知道了宁雨欣仍在学校的办公桌，因此找到了宁雨欣南下的火车票。

她终于知道自己下一步的计划，又打开手机："君君，今晚可能要麻烦你照顾一下秦沫……"

32 和死神接头

那人跟着那兰走进江大附中的后门,跟着她到了办公楼下,在阴暗中看着那兰爬进了一楼的一扇窗户。

这小妮子飞檐走壁的技术已经驾轻就熟,生活对人的改变何等巨大!

虽然一直在暗处,那人还是注意到那兰的头发长了一些,妩媚又增了些。

她进去干什么?

不管是干什么,那兰绝非是无头苍蝇类的缺心眼儿美女,她一定在寻找什么,想获取什么。问题是她是否会得手。她找到的是否"致命"。

要耐心。那人告诫着自己。

有一点至少让那人很满足:可怜的那兰还以为自己"玩失踪"瞒过了天下人的眼睛呢。

和上回步步惊心的感受不同,此刻在黑暗中,那兰觉得坦然。大概是"玩失踪"使她稍稍多了一层安全感,或者只是欣慰自己在为宁雨欣的被害努力做着些什么,离真相似乎也近了些——这个还有待商榷,至少她迄今为止窥得的众家私密是更多了些。

大概是因为开学在即,语文教研室里有了些许变化,最明显的,是原来属于宁雨欣的那张写字台已经被挪到门口,桌上的照片和原有的一小摞备课本也被收了起来,那兰很快就在抽屉里看见了它们。幸亏今晚来了,感觉这桌子随时都会被清空,甚至搬走。

那兰逐一翻看抽屉里的物品,所有的本子、纸张,一字一句都不漏过。

不过宁雨欣在书桌里存留的字迹不多,不到一个小时,那兰就有山穷水尽的感觉。

她随手拉开了最后一个抽屉。她已经知道,那里是几件衣服。女生在办公室备一套换洗衣服本来就是明智之举,宁雨欣多半是因为要去广东,为了避人眼目,想在学校改装出行。

她取出那顶太阳帽,然后是长袖 T 恤,抖一抖,什么都没有;压在最下面的是牛仔裤,标准的四个兜。

在一个臀兜中,那兰摸出了一张名片,宁雨欣自己的名片——职业作家、自由撰稿人、《魅影情迷》杂志主编、江京市作协会员等等。

那兰叹口气,正准备放回,心头一动,将名片翻转。

两行手写的小字,其中一行是个 163 的电子邮箱,另一行是个手机号。

宁雨欣临死前通过话的手机号。李坤在李远鑫失踪前看到的手机号!

"我叫那兰。我是宁雨欣的朋友。希望和你联系。我的手机13564523763。"

这是那兰发出的邮件的所有内容。她不愿写太多,太急于表白介绍自己反让人生疑;也不能遮遮掩掩,那会更让对方生疑。点击了"发送"后,她立刻打电话给秦淮。

秦淮沉默了一会儿,问:"你觉得这样合适吗?是不是应该先和巴渝生通个气?"

那兰说:"我犹豫过,但别忘了,巴渝生本来就有那个人的电话,也给他打过电话,但他不予理睬。很明显,他因为某些原因,不愿和警方接触。"

"比如有前科。"

"很有可能。甚至,他在'五尸案'里也有不光彩的角色。"

秦淮说:"那你私自和他接触,就会有更大风险!"

那兰这才发现,秦淮是真的在为自己担忧,心里一暖,柔声说:"我不是躲在岛上嘛,还算安全的吧,而且,不过是给了他一个手机号而已,他未必有那个本事,可以顺着手机号找到我。"

秦淮又想了想说："假如跟他联系上，不管有多么十万火急，千万不要自己和他见面，等我回来，这个你一定要答应我，否则……"

"否则怎样？"那兰故意逗他。

"否则，我就要食言，不带你去海南潜水了。"

那兰笑了："就这一招？好吧，我答应你……唔，你等等。"

电子信箱里多了一封信，那个神秘人物的回信。

"我知道你。你在哪里？"

就八个字，没有签名，没有更多问长问短。

那兰说："他回信了。"

"说什么？"

"他说他知道我，还问我在哪里？"

听得出手机那端秦淮吸了口气："会不会，他就是杀害宁雨欣的凶手，他急于想知道你的下落，目的也正是要除掉你。"

"可是，为什么？如果他真是凶手，真要杀我，那天为什么不在宁雨欣家里等着我、偷袭我，还要费这个周折？"

"也许那时他认为你比较无辜，但现在不同，你已经知道太多。"

那兰叹气："我怎么感觉，除了知道了一大堆八卦，没有真正对案情……对'五尸案'的案情、对亦慧、宁雨欣的案情，有更多的了解？"

"这跟你真正知道多少没什么太大关系，关键是别人认为你知道了多少。别忘了那天晚上你潜入宁雨欣以前的教研室，就吸引了几位魑魅魍魉。"

"害得我只好在地下做鬼。"

"那你准备怎么回复？"

"还能怎么样？当然是和他约会。"

"我是那兰。"回信后不到三分钟，手机铃声就响了起来。一个完全陌生的手机号。

"我知道你。"男声，很重的南方口音，声音压得很低，像是在承认犯错。

那兰想问：你怎么知道我？但想想这并非当务之急。那人立刻又说："宁雨欣向我提到过你。"

"她临死前？"

"是，她临死前。"低沉的声音里带着颤音，是伤心，还是恐惧？

"你认识宁雨欣？"

"不认识，只是有联系，她说她犯了比较严重的错误，所以不能再待在秦淮身边，你会接替她。她还说，她会和你好好谈谈，会警告你。我说这些，可以让你放心了吧？"

宁雨欣犯了什么错误？"五尸案"的调查？还是爱上了秦淮？

"可是，她怎么找到你的？"

"不是她找到我，是我找到她！我知道她去找了田宛华……我早发现田宛华到了江京，和她保持着联系，是她告诉我宁雨欣找过她。只不过，田宛华不知道我是谁，只知道我认识靳军……我的确认识靳军，也认识李远鑫。"

"看来，你真是知情者！其实，你早就可以和公安联系……"

"不行！"压低的声音突然抬高了不知多少个八度。"一和公安接触，我就完了，知道吗？我……我这个人有很多问题，所以一直在躲，不但要躲警察，也要躲'他们'。"

那兰觉得真正的问题在于他的逻辑，似乎说不通，但不知道真相之前，她又有什么资格判断？

"他们是谁？"

"以后你就会知道，我和你一起把事情查清楚，然后我就走了，你去和警察打交道。我要是遇到警察，下半辈子就完了。"粗重的呼吸从电话那头传来，仿佛警察已经向那人逼近，"有时候，我真觉得是报应，我是说，那几个被杀的人，还有我，我整整三年像孤魂野鬼一样流浪，都是因为那天晚上，多喝了几杯……可是，'他们'也太过分了！'他们'更罪有应得，'他们'手上的血更多！可是日子却过得很舒服！"

那兰听得一头雾水，脑中闪过浮上水面的五具尸体。报应？多喝了几杯？

“你信得过我？”

“我谁都信不过，所以我不可能在电话里什么都告诉你。宁雨欣一出事，我就被震住了……他妈的，‘他们’真够狠的……我跟了你两天，见你又去了宁雨欣家，和那个小孩子聊天。然后你就彻底失踪了，我以为你也被‘他们’干掉了。我一直关注江京凶杀案的报道，你好像只是消失了而已。所以我想你可能躲了起来，就知道，至少你很聪明。”

“我们怎么见面？”

“先答应我一件事。只准你一个人来。”

江京的地铁系统，近年来以三年一条线的速度增加着，迄今已有三个环线和四条交叉线，但最繁忙的还是八十年代中期就建成的市区“环一线”。环一线上最火爆的一站则是有“四线枢纽”之称的“人民大道站”。时值上班高峰，人潮随着车次的到站而一浪接一浪地涌出。

“不得不说，冯吉这个人很聪明。”秦淮望着眼前经过的芸芸众生，感叹。他没有一大早挤地铁上班的经历，所以没有想象到在这样普通的一天，居然可以同时见到这么多江京市民。

冯吉就是那兰今天要见的人，曾经神秘地出现在将遭厄运的李远鑫身边，也曾神秘地记录在将遭厄运的宁雨欣的生活中。

眼看他就要出现在潜伏中的那兰身边，莫非也暗示着第三位“写作助理”的厄运？

那兰说：“想起一位有志青年的话，大隐隐于市。”

秦淮看一眼那兰，有些疑惑，旋即释然：“邓潇？”

那兰岔开话题：“和冯吉定接头地点的时候，我本来推荐江边啊、湖边啊这样的荒凉地带，但他坚持要在人最多的地方，说人多的地方其实最安全。如果被‘他们’看见了，他就往地铁的人堆里一钻，从这个出口进去，从那个出口出来，逃跑方便。对我来说其实也更安全。”

秦淮说：“真希望他把‘他们’是谁告诉你，省得这些麻烦。至少听上去，

'他们'好像无处不在、无孔不入。"

"问题是,他也不见得知道'他们'究竟是谁,可能也只是有线索而已。"

"但我还是觉得有些不踏实……我跟着来都不觉得踏实,更不用说让你一个人来赴约。"

其实那兰并不想食言——她答应了冯吉,打算一个人来。无奈秦淮说什么也不同意,让建筑工的生涯戛然而止,当天就从重庆飞回护驾,住在旅馆。那兰昨晚从岛上游上岸,秦淮已在车边等候,并说已经替那兰订好了一个房间。今天一大早出发,两个人提前至少半个小时到了地铁人民大道站的四号口附近,开始观察路人。电话里说好,冯吉会穿白色 Kappa T 恤,灰绿色短裤,戴耳机。那兰会穿嫩黄色短衫,牛仔短裤。这时她在短衫外罩了白色披肩,躲在一个卖书报点心的亭子后观望。

冯吉提前十分钟到了。不但穿戴和电话里约定的一模一样,他的长相也和李坤的描述丝毫不差,三十五岁到四十岁之间,脸如刀削,尖下颌,一双大眼微凸,极为警觉地四顾。他脸上的神色,说是紧张都有点不够,简直是箭在弦上般地紧张,虽然戴着耳机,但显然里面的音乐不够优美舒缓。

那兰和秦淮耐心地观察了几分钟,见冯吉只是焦急地看表,似乎也没有和别的什么人眉来眼去,看样子是单枪匹马来的。那兰轻声对秦淮说:"好啦,你掩护吧。"将披肩脱下,塞在秦淮手里,走向冯吉。

冯吉的双眼一直在梭巡,很快看见了那兰,先是怔了一怔。那兰想起他说过,宁雨欣出事后他曾跟过自己的梢,那时候她还留着长发,现在"整容"后,又带着墨镜,他难免会觉得有些面生。果然,冯吉很快确认了那兰,原本紧绷的脸稍稍缓和。

那人双眼一眨不眨,看着那兰在人流中穿梭,同时自己也加快了步伐。

两个目标,鱼和熊掌。

但有一点可以确定,那兰在走向死亡。

一群上班族从两人之间匆匆掠过,暂时隔绝了那兰的视线,当那兰再次看见冯吉的时候,天为之旋!

冯吉捂着胸口,摇摇欲坠,雪白汗衫上一片血迹正在迅速蔓延,刀柄露在体外!

那兰选修过解剖学,但不用太多专业知识,也能看出,冯吉受伤的地方,是心脏正中。

救人要紧!

刺耳尖叫纷起,那兰对着秦淮大叫:"快打110!"冲到冯吉面前,扶住了他。

身后很快围上万千人,嘈嘈切切。

怎么会这样?是谁走漏了风声?又是"他们"下的手?

脑中和地铁入口一样乱成一团,那兰努力说服自己冷静,看着冯吉微凸的眼逐渐散去光彩。她问:"是谁?"

冯吉努力开口,徒然,却咳出几口血沫,那兰揣测,凶器刺穿了心脏,冯吉的命已去了九成。

他继续努力想说什么,最后却只剩摇头。那兰见他的嘴仍在嚅动,凑上前,但听不清。"能不能再说一遍?"

冯吉的声音低不可闻,更被围观群众的声音掩盖。

那兰索性将耳朵贴到冯吉嘴边,像是苦难恋人在诀别:"我听不清!"冯吉显然尽了最大努力,但那兰只听见了"邮箱"两个字。

"邮箱",冯吉生前说的最后两个字。

33　此邮箱，彼邮箱

巴渝生的目光说明了一切。

他很少火山喷发。但聪明的人、熟悉他的人，通过他镜片后露出的目光，能大致猜出他情绪的变化。那兰和他交往不算很频繁，但此刻能看出他眼中的责问。急救员来到现场，就立刻宣布冯吉死亡，目击者众，但没有一个人能说清是谁将利刃插入冯吉胸膛。有的说看到个大个子，有的说看到个瘦子，有的说凶手跑到了人民大道的人流中，有的说凶手汇入了进地铁站的人流中，甚至有些后来围观的以为是那兰下的手。

大隐隐于市，这反成了凶手的利好条件，仿佛冯吉特意选定了自己的坟墓。

他临死前没有机会告诉那兰，他的真名是冯喆。那兰还是从巴渝生口中得知，他钱包里的身份证上写得明白。

他真的不相信任何人。

"他同意见面的条件，是不让警方卷入……"那兰索性不等巴渝生发问，主动解释。

巴渝生显然在努力抑制着失望，打断道："但你应该相信你的直觉，至少告诉我……"

"我的直觉，也是先听他有什么要说的，给他所有的信任。"那兰说，"我刚和他联系的时候，就劝他找你们，但他的反应非常强烈。所以我生怕和你联系后，他索性断了和我合作的念头。"

但是他现在死了，你们是不是合作很愉快？

好在，那兰知道巴渝生不是说这种废话的人。

果然，巴渝生只是淡淡地问："他临死的时候，说了些什么？"

"当时周围很嘈杂，主要是他也快不行了，我听得不清楚，好像是'邮箱'。"

在公安局做完正式口供，那兰木然地走到楼门口，望着门外艳阳，有种恍如隔世的感觉。那样灿烂的阳光下，发生着那样的罪恶。

死亡似乎如影随形，先是宁雨欣，然后是冯喆，都死在她身边。她忽然觉得，自己至今仍"逍遥在世"，如果不是奇迹，就是"他们"想利用她，得到什么。也许，当她解开所有迷局的那一瞬间，也就是死神献上深情一吻的时刻。

她这才发现原来自己并不那么坚强，她忽然觉得像是走在一片瘴气弥漫的泥沼中，脚下软软的，头一阵猛烈晕眩。她扶着墙站稳，深呼吸。

不知什么时候，巴渝生在她身边静静地站着，关切地问："你怎么了？"

"现在左右没人了，你可以尽情骂我了。"那兰苦笑，证明自己一切均好。

巴渝生也努力笑笑："没有什么可骂的……但你状态好像不大好，早点回去休息吧。我已经安排好，从现在开始对你和秦淮进行保护，尤其你，行踪已经暴露了。"

"我倒觉得你不必在我们身上浪费资源。我想，暂时不会有人威胁到我们。"

"哦？怎么讲？"

"这几个小时来，我把早上在地铁站口发生的一幕反反复复在脑中重放，得出一个结论。来杀冯喆的人，对他和对我的行踪了如指掌，他们能不露痕迹地杀了冯喆，也可以顺便杀了我。"那兰真实体会到，我为鱼肉的感觉。就是这种感觉，让在解剖室里都镇定自若的那兰有了呕吐的欲望。

巴渝生半晌不语，开口却是："你不是在开玩笑吧？"

"今天还真的没这个心情。不过有一点肯定，只有解开所有的疑问，我才能获得真正的自由。"那兰忽然又觉得，这话好熟悉。

邓潇第一次找到她时打动她的一句话。

手机里有错过的邓潇的两个电话,和一条问候的短信。他已经听说了。他要自己尽快和他联系。他要保护那兰,和那兰"大隐隐于市"。

　　巴渝生说:"要不要保护,也不完全是你说了算,也不完全是我说了算……"

　　"我不希望看到更多无辜的人遇险。"那兰用恳求的目光看着巴渝生。

　　"至少让人送你……你们……"巴渝生不知该怎么说。

　　那兰心领神会,说:"我想,还是和秦淮一起回岛。我最近试着和秦沫交流,感觉有些进展。"她心里知道,这只是原因之一。"如果你们解开了'邮箱'的谜,或者了解了更多冯喆的情况,一定要告诉我。"

　　"我们的技术人员打开冯喆的邮箱好一阵了。他的邮箱,和他的手机一样'清白',什么都没有。我们正在和网易联系,看是否能恢复那些永久删除的邮件。如果有进展,一定会告诉你……我还是希望你,要……要和我们保持联系。"

　　那兰点头,和巴渝生告别,脚下也终于有了踩在实地的感觉,一路走出公安局大门,秦淮的奥德赛不知从哪里冒了出来,停在她身边。那兰登车回眸的一瞬间,看到巴渝生凝神望过来,离得远,更看不清他镜片后的目光。

　　"他可能会安排人跟着我们。"秦淮开车走了一阵,两人谁都没说话,最终还是那兰打破沉默。

　　秦淮说:"这总不是什么坏事。今天冯喆遇害后,我看着他的尸体,就想,这完全可能是我们两个!"

　　"我看到冯喆的尸体,又想到宁雨欣的尸体,你这样的想法,我产生了两次。但我觉得,越是如此,越不能却步,你敢不敢帮我?"

　　从侧面看去,秦淮的嘴角露出淡而坚定的微笑:"我还想问你这句话呢!这些年来,我一直在等奇迹的出现,亦慧会突然出现在我身边,所以我只是默默地调查,不声张,甚至用风流的假象来欺骗自己、蒙蔽世人,但今天才发现,我们想要碰的人,已不能用'心狠手辣'来形容,简直就是杀人嗜血的恶魔……"他话锋忽然一转,问道:"可是,你为什么会相信我?难道你不觉得奇怪,难道巴渝生没有问过这个问题:和冯喆约定的事,只有你我和冯喆知道,杀手从何而来？"

巴渝生的确问过这个问题。

那兰说："我相信你的无辜。至于杀手从何而来……你是写悬疑小说的，可以想出多少种解释？"

秦淮皱眉："我们对冯喆口口声声说的'他们'一无所知，所以'他们'可能早就锁定了冯喆的下落，发现冯喆要和我们联络，在我们面前杀冯喆，一箭双雕，既灭了口，又杀鸡儆猴；还有种可能，'他们'一直在找冯喆，而我们自以为掩盖得很好，其实早被盯上，是我们带'他们'找到了冯喆。"

那兰琢磨着秦淮的分析，和自己不谋而合。她说："现在情况又有了变化，'他们'并不知道冯喆临死时告诉我们那两个字。所以，我们的重点要放在'邮箱'上。刚才巴渝生告诉我，他们已经进入冯喆的那个电子邮箱，里面什么都没有。"

"我想，冯喆应该不会指望别人去黑他的邮箱，所以'邮箱'可能不见得是指他的邮箱……"

那兰拿出宁雨欣的那张名片，盯着冯喆的电子邮箱看了一阵，62793571@163.com，自言自语说："我以前没注意，他的邮箱登录名，只是一串数字。"

"几位数字？有些人喜欢把自己的手机号作为邮箱登录名。"秦淮尽量专注开车，把沉思的任务交给那兰。

"可是这不像手机号，不是一三几或一八几开头，而且只有……有八位数……我傻了，八位数不就是电话号码嘛！"

"座机号。你念给我听听。"

那兰念了，秦淮想想说："别说，还真有点耳熟。"

"是不是哪位'情丝'的？"

"哈哈哈，"秦淮假笑，"这就是您老的幽默感？不废话了，好像是有点耳熟。"

那兰忽然心头一动，从包包里摸出了一张纸巾，纸巾上有一串人名和电话号码，是那天秦淮告诉她的采访对象，她用这个名单找到了死者之一靳军的女友田宛华。

纸巾上，赫然写着 62793571，相应的采访对象写着"钱奶奶"。

钱宽的奶奶。

不知道钱宽究竟是不是个孝子，至少他在生前经常会去他奶奶家看顾一下。据说他的父母搬到环线外的新小区居住，离得远，倒是他的房子和钱奶奶家仍在一个小区，所以问寒问暖的任务就落在他头上。这些情况警方已经掌握，秦淮得来也毫不费工夫。那兰得到钱奶奶的电话后，当时决定不多纠缠，因为想着钱宽既为江京本地人士，警方一定深挖透彻，所以暂时将重心放在那三个民工身上。

"冯喆的邮箱，为什么以钱奶奶的电话号码做名字？"那兰自问。

"谁又能说，这肯定是冯喆的邮箱？"秦淮忽然将车掉头。那兰知道，他们将更改路线，不回湖心岛，而是直奔钱奶奶家。

钱奶奶家住在"康定小区"，是一批九十年代中期建的小高层。地址在秦淮随身带的笔记本电脑里，两个人不费力就找到了八号楼。车子停在楼下，已经不再是那个笨头笨脑的奥德赛，而是辆小型的奇瑞跑车——为了确保无人跟梢，秦淮故伎重演，和一位作家朋友约好了，开到一个地下停车库里换了车。

在车上，那兰已经往钱奶奶的那个号码拨了三次电话，但都没人接。两人商量了一下，一位年过八旬的老人还能跑多远？于是准备到门口将老太太"等"到。

两人走到钱奶奶住的三楼，揿门铃，还是无人应。秦淮开始用力拍门，如雷贯耳，还是没有人来开，倒是将对门的另一位老太太拍了出来。

"钱奶奶？早不在了！"老太太大声说，显然有些耳背。

"不在？您是说那个'不在'的意思？"那兰生怕抓不住这刚看见的一根稻草。

"不在这儿住了！"老太太说，"他孙子死了以后，没人照管她了，她儿子媳妇接她走了，跟他们一起住。"

"那这个房子……"

"租出去了,小两口,还没下班呢。"

"您知道钱奶奶的儿子住哪儿吗?"

老太太说不知道。

那兰问秦淮:"钱宽父母的电话,你应该有?"

秦淮点头,谢过老太太,快快下楼。

经过楼道时,那兰突然说:"等一等,看这个!"那兰所指的,是墙上的邮箱,一座楼 12 户,上下三排。

秦淮不解:"怎么了?"

"邮箱。我只是说,我们不要排除任何可能。"

"问题是,邮箱上着锁。"秦淮向墙边走近,显然同意那兰的建议。

"亏你还是写悬疑小说的……"

秦淮一笑,"我只是假装纯情一下。"从口袋里掏出了一把迷你型的瑞士军刀。

钱家的邮箱在中间一层,位置基本上和秦淮的胸口齐平。秦淮将薄薄小刀插入邮箱门缝,挑了几下,邮箱洞开。秦淮自言自语说:"感谢老式民房的老式锁。现在很多新小区用刷卡或者其他电子锁,我就傻眼了。"

邮箱深深,但里面空空如也。

秦淮说:"排除一下也好。"正准备关上门,那兰忽然说:"等一下,我还没死心呢。"

手伸进邮箱,那兰仔细摸了一阵,脸上逐渐露出微笑。

由于上下左右都有边框,邮箱门其实只占整个邮箱三分之二的面积。在邮箱内部最顶上,任何人都看不见的地方,那兰摸到了一个圆圆的长条状物体,像是一支笔,用好几层胶带紧紧贴着。

撕下胶带,取在手中,真的是一支笔。

录音笔。

34　撞击

"坐,你坐,喝茶?"

"不用。谢谢。"

"不要紧张,你真的不用那么紧张,我又不是什么黑社会老大,我也是名员工,规规矩矩的生意人。"

"不紧张,我只是奇怪,为什么会找到我。"

"不是跟你说了,听说你潜水很好。"

"还好,还好,我还是奇怪,要说水性好的,你们江京又不是没有。你们这里又有江、又有湖,肯定有高手的。"

"有有有,多着呢。不过,这件事,找本地人做不好,抬头不见低头见的,弄不好关系搞僵就不好了。找你,就像做生意一样,明算账,公事公办。"

"这么说,你要找的人,最好都是外地的。"

"甚至流动性人口,民工什么的,都可以,只要水性好、人老实,那种油头滑脑的,一定不能要。"

"要几个人?"

"不用多,你算一个,再找三四个就可以了。我们老板比较低调,不希望太声张。"

"噢,你还有老板。"

"没告诉你我只是普通员工吗?"

"如果找到那些人,怎么跟人家谈呢? 金钱美女什么的?"

"哈哈哈。这样吧,你就跟他们这么说,说只要项目成功,他们下半辈子就不用到处跑着去打工了。具体怎么花言巧语，你肯定会。"

"他们肯定会问，是什么样的项目。"

"实话实说呗，说你不清楚。不过呢，傻瓜也能猜个几分，对不对？找潜水好的，干吗呀？当然是去打捞啊。捞什么呀？这么跟你说吧，以前中国有本奇书，叫《天工开物》，知道不知道？"

"好像没怎么听说过。"

"是关于中国古代科学发展的，里面有讲到潜水的，猜猜那些潜水员是去干什么？"

"不知道。"

"采珠，采贝壳里的珍珠。"

"哦……"

"明白了吧。"

"这个项目，和采珠的性质是一样的。"

一人一只耳机，空调开到最大，那兰和秦淮坐在车里听完了录音笔里的对话。其中一个是冯喆，就是主要问问题的那个。很明显，冯喆受人之托，去全国各地雇三四个潜水高手，加上他，一个潜水队，去"采珠"。

当然，采珠只是喻指。那兰摘下耳机，说："看来，我们猜得不错，'五尸案'好像真的和伯颜宝藏有关。"

不知为什么，车里空调虽然开得足，秦淮的额头上还是冒出豆大汗珠，他哑声说："而且，也一定和亦慧的失踪有关。"

"为什么？"

秦淮却不回答，默默地换挡倒车。

夜色黑透后，也是秦淮和那兰的上路之时。两人和秦淮的那位作家朋友一起吃了晚饭，换回车，开往绿坞世家小区在湖边的那个小停车场。

一路无话。

奥德赛开起来本身噪音就小,于是空落落的车子里更显得沉默难捱。这时候,如果有谁打开窗子,听听呼呼的风声,也会更自然些。

"对不起。"快下高速的时候,秦淮忽然开口。

"你又做什么坏事了?"那兰明知故问。

"多了去了……"秦淮哽了一下,似乎不知该从何说起,"比如说,沉默、把你晾在这儿、不说话……"

"你知道,方文东第一次见我的时候,就跟我说,秦淮这个人,就是有时候有些古怪脾气,本性还是好的。"那兰笑笑说,"你这个人也是,这种事也要道歉,换作别人,有了今天这样的遭遇,可能已经崩溃了。"

秦淮说:"可是我一直觉得自己挺坚强。"

那兰说:"巧了,我对自己也一直有这种错觉。"

说话间,车已行驶在两年前扩建的隆青路上。隆青路一路向前,再右拐就是绿坞路,直通绿坞世家的大铁门。时过晚十点,路上车流渐稀,更是一路绿灯,奥德赛可以畅快开到时速 60 公里。

快到绿坞路口时,那兰忽然惊呼:对面一辆中型载货卡车,似乎落入酒醉司机之手,猛然越过中线,向奥德赛急驶而来!秦淮应变奇快,忙将方向盘右转,开向路边,随时准备刹车。也就在这时,两人意识到今夜此劫,已远非高明的驾驶可避免——右侧一条小路上,一辆深色的大型 SUV 似乎从地狱里突然升起,向奥德赛拦腰撞来。

秦淮唯一能做的,只有猛踩油门,希望能从左右夹击中疾冲而出。

但已经太晚,两声剧烈但沉闷的钝响后,那兰的心头和身体,同时觉得猛烈一震。

然后她什么都看不见了。

那兰惊奇地发现,虽然整个人如在云雾中,晕眩不已,头脸部更是疼痛难忍,但她的意识完全清醒,一定是求生的本能。她此刻不能视物,是因为整个头埋在弹出的气囊中,但她耳朵还听得清,是秦淮在大叫:"快出去!快逃!危险!"同时觉得秦淮在使劲推着自己。

那兰立刻明白秦淮的意思,刚才两辆车是存心来撞袭,不管是谁,目的是要置她和秦淮于死地,所以不会只一击就罢手。

她茫然伸手,解开安全带,然后摸到车门把手,用力推开。虽然眼前还是昏黑一片,但双脚已经开始飞奔。

同样飞奔的脚步声在脑后响起,有人在叫,"站住!""往那儿跑了!"那兰知道,此时最不能做的,就是"站住",继续奋力狂奔。

她的双眼逐渐能将前方看清,误打误撞,跑的正是绿坞世家的方向。追赶的脚步声还在身后,但那兰知道自己还是领先了一程,更具优势的,是她这些天来对附近环境的熟识。

绿坞世家正门是铁栏大门,外面有一圈高高的围墙——围墙其实只有大半圈,因为整个小区的一面正对昭阳湖。从绿坞路还分出去几条小径,绿化颇佳,傍晚时绿坞世家的业主常会出大门,在这些小径上散步,或者去超市。

更重要的是,这些小径也可以直通昭阳湖边。

更确切说,小径只是通到湖边的一小片树林边,穿过树林,就是白沙湖滩。小径本身就有点像简化的迷宫八阵图,那兰也是有几次早到后天没有全黑,在此徜徉,才摸熟了路径。此刻她本能地从绿坞路跑入了小径,希望小径的兜兜转转足以迷惑追兵。

"那兰,你不要跑,跑不掉的,我们不会害你,只是想谈谈!"有人在叫,完全陌生的声音。这说明,追赶者有些心虚,试图挽回空手而归的结局;或者,是在麻痹她,让她以为追赶者束手无策,掉以轻心。

她顾不上回答,顾不上深究谁是追兵,求生第一。她的手机还在包里,包还在车上,她赤手空拳,她唯一的希望就在前方。

那一片湖水。

她知道那湖水,看似平静,看似清澈,但吞噬过无数个生命,吞噬过不敬它的冒险者、离奇被害的冤魂。但今晚,它是她的归宿,是她的保护神。

双脚仍在飞奔,身后的捷足仍在紧跟,至少有两三个人,手电光柱纵横,探寻着那兰的身影。他们根本不心虚,他们有足够的自信,凭借男性强壮的体魄和速度,在不远的脚程中追上那兰。

但他们没想到,那兰并没有在曲径上通幽,而是跑了几步后,直直地越过草丛、灌木,径直没入树林。这就是那兰的优势,通常人,即便在追逐时,也不会轻易"出轨",总是习惯性地沿着铺好的路行进,只有熟悉环境的人,才会有把握别出心裁。

所以等追赶者终于明白那兰已不在小径上时,她已经跑到树林中央。等追赶者跟着追出树林,那兰已经彻底消失在他们的视野。

追赶者犯的另一个错误,仍然是本能的反应,将找寻的重点放在附近的沙滩和林边,徒劳了一阵后,才想起另一个可能,那兰会不会跳进了水里。

"我们就在这儿等着,如果她真在水里,看她能憋多久,总是要游回来。"其中一个人并不以为然。

"你知道什么!她不会游回来,而是会游过去。走吧!"另一个人恨恨地踢起脚下的砂石。

35　亡命江湖

追赶者猜得不错，那兰的确在向湖心岛游去。虽然无法换上潜水衣，但经过一天曝晒的湖水仍留余温，逃生的紧迫感更让她无暇顾及湖水的冷热。

她只觉得孤单，孤单得无法消受。

虽然是独女，但理智父母的熏陶和自己的成熟，都防止她成为一个极度有依赖性的女孩子。高中时父亲的身亡更是让她过早领会坚强的内涵。性格使然也好，有意适应也好，无论什么样的新环境，那兰都会立刻交上朋友，甚至成为知交。

也许是和陶子太多时日不曾见面，也许是和母亲太久没有围炉促膝，也许是近日一次次险情对心理的冲击，她忽然觉得孤单，偌大的一个湖面，只有她踽踽独游。

也许是因为秦淮不在身边。

也许是已经习惯了和秦淮同游，即便有时一个人往返，她至少知道，秦淮会在岛上，或者岸边，等她。

他怎么样了？会不会落入那些人的手里，会不会已遭不测？

那些人，绝非只是来和他们"谈谈"，他们是要制造一个车祸，肇事逃跑的假象。

想到刚才在车中，可能是和秦淮的最后一次见面，那兰让眼泪溶在湖水中，浑浑噩噩了片刻，直到脚尖一阵剧烈的疼痛将她唤醒。

她这才发现，右侧从脚趾到小腿，突然变得疼痛而僵硬，膝盖佝偻着，全然无法维持身体在水中的平衡——她遇见了游泳者的梦魇，突发的抽筋。这显然要归罪于刚才高度紧张剧烈的奔跑。

好在她知道应付的办法,立刻让心情平静下来,迅速转过身浮在了水面,高高仰着头,保持身体的平直,然后伸出左手勾住右膝,缓缓将膝盖放直,又来回屈伸数下,疼痛感终于渐渐消去。

这个时候,生存,是唯一的真理。那兰翻过身,专注地吸了口气,闭上眼,让全身肌肉放松,修长手臂划破阴暗笼罩的水面,继续前行。

但远处似乎传来了什么声音,在这样的深夜里不应有的声音。那兰隐隐觉得不安,加快了游泳的速度。

就在湖心岛在夜幕下的面目逐渐清晰的时候,那声音已由远及近,听得更真切。引擎声!

一支小艇正朝湖心岛驶来!

诚然,不是没有过人在湖上踏月放舟。但因为刚才的经历,那兰绝不认为这小艇的出现是任何的偶然。甚至,她认为就是刚才那几个追兵,执意要上岛"收拾"自己。如果真是那样,为了除掉她和秦淮,对方动用了两辆大型汽车、一艘游艇,可谓"实力雄厚",难怪冯喆几年来一直对"他们"畏惧有加。

当小艇上射下超强光束的时候,那兰对自己的猜测更有把握。

她顾不上寻找绝望的感受,深吸口气,沉入水中,开始潜泳。她知道,只要自己最大程度地浸没在水中,并且不断改换方向,追者找到她的可能就很小。

感谢多年的游泳训练,她的肺活量可以让她一口气撑很久,只不过因为没有潜水器械,她还是必须到水面上来换气。

小艇开始在她的身边巡弋,大概不久前自己的行动、激起的浪花,已经落入某些人尖利的眼中。最后,小艇索性息了引擎,在一片寂静中寻找那兰的举动。

那兰在水下可以看清水面上光圈的移动,一定是小艇上的灯在搜索着水面。她根据灯光游走的规律,在黑暗区露出水面换气,然后继续潜游向前。

终于,小艇上的人大概猜到了那兰的战术,又发动了引擎,缓慢向前开,至少有两盏大灯在水面上纵横。此时那兰离湖心岛已不到百米远,按照这个速度，尤其在没有发现她踪迹的情况下，小艇不可能对她造成太大威胁。

但她随即发现自己的乐观来得太早，耳中似乎传来了叫声，身后小艇上两束强烈的灯光，竟同时对准了自己头顶的水面！

这怎么可能？

一个念头闪过，她在水下回头，果然，两道强光，在水下也对准了自己，原来有人从艇上下水——当然是游泳的好手，在水下搜寻自己。一定是水中的追兵看见了自己的身影，将方位报给小艇上的人知道，于是自己完全暴露。

小艇开始加速，那兰知道再想也没有太大意义，开始露出头，以最快的速度游向岛边。

身后小艇逼近的声音和水浪拍打的声音并起，显然水下的追者也在加速，试图在水中将她生擒、或者击倒。好在离岛岸越来越近，而且那兰知道，自己要上岸的那一角，礁石突兀，是停船者的噩梦。

上岸后呢？只能再次靠环境优势。

身后两人果然也是游泳好手，但不如那兰"专业"。那兰上岸的时候，他们和小艇一样离岛边仍有十余米左右。那兰飞身跳上岸，赤足飞奔。

这处岛岸，是那兰刚才水下潜泳时在脑中"精选"的上岸点，不但是因为可以为难小艇靠岸，而且由于礁石多，便于藏身。她上岸后迅速向坡上跑，脚下很快被不平的乱石磨得如万刺穿心般痛。到了坡顶的刹那，一道强光再次照在自己身上，回头看去，三个人影正向坡上跑来。

上坡后不久就能上小路直通秦淮的别墅，但这已不重要，这样跑下去，三个身强力壮的汉子迟早会赶上。

追上坡来的人也有同感，他们抬头借着手电光看见那兰，虽然已在坡顶，但距离不过二三十米，只要他们方向追得正确，那兰死路一条。他们更希望那兰呼救，这样可以更精确地知道她的方位，等真有见义勇为的人出现——这年头更大的可能是没有人会出现——他们早已完成他们该做的事。

可是当他们跑上那兰经过的坡顶，附近却看不见那兰的影子。前面就是条小路,小路上没有人影。四下里,一些怪石,一些乱草,电筒仔细扫一遍,也没有她藏身的痕迹。三个人沿着小路追了一阵,终于,其中一个叫道:"看见了!就在前面。"

奇怪的是,"那兰"加快了脚步,却并没有奔跑。

"站住吧,你跑不掉了!"

"那兰"站定了,开始尖叫,挥舞着手里的手机。同时,她身边传来一阵疯狂的犬吠!

"妈的,错了!"

前面的女子虽然也是短发短裤,但绝非他们照片上见过的那兰。那女子上身是白衫,也不是那兰穿的嫩黄衫。她身边,是条德国牧羊犬,张嘴咆哮,露出利齿参差,随时准备亡命一搏。

这只是一个晚上出来遛狗的业主。

那兰呢?

仿佛在回答他们的疑问,远处湖边传来了引擎启动的突突声。

那兰到了坡顶后其实并没有继续往前飞奔,而是向前走了几步后拐到另一条根本不成路的乱石堆中,小心向下爬,努力忍住脚底的剧痛,她不久后又回到了湖边。

如她所料,小艇上空空如也,牵出的绳子放得长长的,拴在一块突出的石头上。她将绳子解开,又没入水中,游到了小艇边,爬上小艇。

不久前方文东曾租过一条可载五人的小艇,带着君君、秦淮和那兰在傍晚夜色下兜了一圈,那兰依稀记得他是怎么操作的,好像不比开车难。十分如愿的是,追兵急于游水上岸,虽然熄了火,钥匙仍插着,那兰仔细看了一下小艇上的表盘,回想着当初方文东如何加速减速。

一阵吼叫声传来,接着是个女子的尖叫。

一定是他们认错了人,随即发现上了当。

那兰打起引擎,掉转船头,扬长而去。身后落下无数咒骂声。

36 敲警钟的老人

　　机车的轰鸣声和倒车的警告喇叭扫荡走了如潮水般涌来的睡意，那兰睁开眼，定睛，看见一辆卡车正缓缓倒车，一个汉子在招手指挥着司机。快到水泥斜坡匝道底端时，那汉子示意停止，然后打开卡车的后挡板，摆平，拽下一个四轮拖车。被那兰"抛弃"的小艇懒懒地晃荡在岸边，司机也下了车，和指挥倒车的汉子一起用长钩将小艇拉到水泥斜坡边，然后拉上拖车，用绳索将小艇固定在拖车上，又将拖车连在卡车下部的一个拖车接口上。

　　两人确定一切就绪，双双上车。

　　那兰盗船，开回江京的湖岸后，有意将小艇搁浅在公众容易接触的开阔处。她躲在暗处，想看看究竟是谁来取船。

　　开小艇的时候，她倒是发现了一个无线电传呼机，但她不敢打开，唯恐露了马脚。她猜测无论谁拥有的这个小艇，一定已经接到了那三个被撂在湖心岛上的笨蛋打去的手机，也一定会在湖边密切注意。好在昭阳湖远非弹丸小湖，湖岸连绵数十公里，那兰倒不用担心一下船就被截获。

　　她倒是没想到，这么快就有人来拖船。唯一的解释，是小艇上的卫星定位系统向主人呼救的。

　　卡车一起动，那兰就从隐身的树后走出，向前跑了几步，弯腰去看卡车尾巴上的牌照，看得真切，"江J4280"，这是最直接的线索。凌晨时间，又是荒郊野外，她不确定自己是否能打到一辆车，一路跟上那卡车。但有了这牌照号，等会儿就可以设法找到电话，通知巴渝生。

　　又跟着卡车小跑了一阵，卡车转上平直沥青路，开始加速。那兰望着卡车逐渐远去的影子,焦急地左右巡视,看是否有好运气,碰上位勤恳熬夜的出租司机。

大概是对她一夜逃亡艰辛的补偿,一辆头顶"出租"灯牌的白色小面包车在她身边停下,似乎并不介意这位"蓬头垢面"的美女。那兰不加思索,拉开门上车,对司机说:"前面那个拖船的卡车,快看不见的那个,麻烦您跟上它!"

司机二话不说,开始飞驰。

"不用担心,那兰小姐。"

那兰觉得自己陡然坠入冰河。

那声音来自车子的最后一排。她回过头,看见两个黑影,这才知道不该去相信所谓的好运。

"你们是谁?要带我去哪里?"那兰努力保持镇静。至少,她知道,这些人不会立刻伤害她,否则,用不着等这么久。

后面的人说:"不要紧张,那兰小姐。你瞧,别人用游艇去请你,你不给面子。我们这辆一点儿也不光鲜的小面包车,你却毫不犹豫地钻了进来,让我们的工作很好做,老人家会很高兴的。再说,我们要伤害你,还用得着和你打招呼吗?我们甚至没有把你绑起来,眼睛上蒙黑布,你还有什么可担心的嘛!"

这么说来,这伙人,和前面开卡车、游艇追逐自己的人,并非来自一个阵营。

我何德何能,引来这样的"重视"?"老人家"又是谁?那兰已经彻底晕眩。

但车中人的意思已经很明白,再问也是无用,不如闭嘴。

可惜那兰不是轻易退避三舍的人:"难道,你们不想知道,用游艇追我的是谁?"

"我们为什么需要知道你的私人恩怨?"听得出身后那人在冷笑,"我知道你的意思,我们其实也是真的对那些追你的人、撞你们的人很好奇。我们在查,不过没有太大把握能查出什么。比如说,前面的卡车,车牌号十有八九是假的,那艘小船,索性连牌照都没有。那辆卡车会去哪儿呢?我除非活腻歪了才会去跟梢——原因很简单,如果这些人够专业,不会只来一辆车,一定有暗中保护的。"那人敲了敲车窗,那兰侧过头,虽过半夜,黑漆漆的路上仍时不时有汽车往复,"你看这外面,任何一辆车,都可能是那辆卡车的护翼。"

"那真要敬仰你们一下,他们一晚上都没有'请'到我,你们是黄雀在后。"

"每个人的思路不一样。你要是熟悉我们老先生就知道,他老人家从来不会很冲动地做事,而是后发制人。一般人都会以为,你仓皇弃船,会逃得越快越好。是老人家告诉我们,以你的性格,非但不会飞快逃开,反而会试图查明凶手,而在附近等候船主人的出现,所以我们才会有此收获。"车后排的那人不无得意。

那兰纳闷,自己还不知道,在江京有位神秘老知音。

大概是因为天黑,车子所经之处,那兰觉得陌生,不由感慨江京之大,自己在这儿生活了四年,仍只走过小小的一个部分。不过她有感觉,一路来好像离昭阳湖都不算太远。车子逐渐放缓的时候,那兰再次望向窗外,证实了自己的猜测。

小面包车先是过了一个铁栏门,门口有间小保安室,没开灯,但黑暗中笔挺站着一个人,和司机打了声招呼,铁栏门渐渐开启。面包车继续前行,左侧一片无尽的开阔水域,一定是昭阳湖。

车子在一幢别墅前停下。虽然在黑暗中,那兰仍能看出,这别墅绝非近几年新建的那些仿欧式样,而是一看就上了岁数的老式洋房,在江京市中心的原租界区仍能看到的样式。她不由多看了两眼,刚才车中的那个声音已在车外:"这房子还算入眼吧,三十年代初一位英国外交官的周末度假住宅,老人家还是托司空竹先生做的媒,才从一位香港人手里买下来的。"

下车的时候,地上已经摆放了一双拖鞋,算是让那兰淡化了一点原始部落女子的形象。

楼外有盏锈迹斑驳的八角壁灯,灯光幽幽,那兰这才看清和自己说话者的样子,四十开外,头发齐刷刷地向后梳,露出了写满谢顶迹象的脑门。他穿戴休闲,举止优雅,加上刚才有致的谈吐,让那兰想到了樊渊。

等那兰见到那位"老人家",才明白为什么会有这种感觉。

老人家看来等了那兰很久。那兰见到他时,他正坐在客厅里喝茶,读一本线装书。他显然很怕冷,闷热的夏夜里也只是让头顶的吊扇悠悠地转,身上裹着质地厚重的真丝睡袍。可惜华丽睡袍也难掩他枯萎的身躯,更掩不住凋零的神采。毫无疑问,这是老人家"卸妆"后的样子,因为他比照片上、电视新闻里的样子苍老了不止十岁。

"那兰?坐,喝点茶?"老人家摘下了老花镜,注视着那兰,眼光随着她,挪两步,在一张雕花木椅上坐下。

轻轻一叹。

"细阿妹小的时候,好像是初中,有一次为了游泳比赛,自作主张到发廊把头发剪短了……很像。后来,她一直留长发,直到大学快毕业的那年,又开始整天在水里泡,又剪短了头发……很像,真的很像。"大概是为了掩盖陡然泛起的悲伤,老人家呷了一口茶,握着小小茶盅的手在颤抖。

此刻的邝景晖,不像是叱咤风云的"岭南第一人"。

"邝老先生,我理解您难过的心情……"

"我知道,你也遭遇过不幸。"邝景晖又呷了口茶,仿佛那兰的到来突然让他觉得口渴,"但是,借用一句《安娜·卡列尼娜》里的陈词滥调:不幸的人各有各的不幸,我们对失去亲人的感受,会有天差地别。"

那兰不得不承认,邝景晖的话没有以偏概全,他失去了女儿,如多米诺骨牌效应,又失去了发妻,失去了整个家庭。

"我想说的是,亦慧的失踪并没有定论,很多人都没有放弃找到她的希望……"

邝景晖不置可否,冷笑说:"但据说有人已经抹去了对她的所有记忆,混迹在美女花丛之中!"难得他提到臭名昭著的秦淮仍旧保持着镇定,老人家给人的感觉像是永远不会发怒。"岭南第一人"显然不是靠一把火烧出来的名头。

那兰知道邝景晖话音里的余韵:你却和那个忘恩负义的家伙混在一起。她索性直问:"您这么关心我,专门请人半夜找我来,一定也知道,我其实一直想查清,亦慧失踪的真相……"

"这是你跑到我老家去的原因?"

原来他已经知道。那兰一凛,如果他还知道樊渊掘了邝亦慧的衣冠冢,他还会这么心平气和吗?

"是的,还有一部分原因是因为宁雨欣……"

"那个和秦淮不清不楚的女子。"

"她的死,很离奇。"

邝景晖放下茶杯,身子微微前倾:"你难道没有觉得很巧,亦慧失踪、宁雨欣身亡,秦淮身边的人好像都没有特别好的运气……还有他妹妹,他姐姐……"

"我最初主动接近秦淮,其实正是这个原因。"

"我觉得你话里还有个'后来……'"

"后来,我相信他的无辜。他对亦慧的思念,深到我无法形容……"

"够了!"邝景晖陡然站了起来,大家风范顿时烟消云散。他也会动怒。当听到为秦淮的辩解。"你纵然聪明绝顶,也还是个小女孩,你大概不知道,世人大半的时间都在演戏!寒暄、问候、关心、慈善,我这一生里看得多了,都是在演戏!"

那兰被邝景晖的暴怒震得心头大跳,但还是说:"您是说,您不相信真情?"

邝景晖扶住了椅子,目光转为悲天悯人:"我是不想另一个女孩子步亦慧的后尘。"

"可是,我还是不明白,亦慧还只是失踪……"

"所以说,你还是个纯真的小女孩,我没有读过任何统计数据,也知道一个心智健全的成年人,失踪超过三年,意味着什么。"

"可是,这并不代表我们应该彻底放弃,我想,您移居到江京,也是在找她,不是吗?"

邝景晖又坐了下来,再次端起了茶:"很多时候,我们自以为了解真相,或者,推测出真相,接近真相,其实不然。所谓真相,也是无常之物,时时变换着脸面。"

那兰觉得只是明白了个大概:"您的意思是,凭我一个人的力量,很难把这件事看透,因为有很多变数?"

邝景晖的脸上浮出让人轻易难看出的微笑："只要你会善待自己,今后前途无量,真的。"

那兰终于恍然大悟："原来,您今晚特地叫我来,就是要告诉我,把查明亦慧失踪的事、宁雨欣被杀的事,都抛之脑后,让您和您的同僚来处理?"

"你比我说得还好、还透彻。"

"可是……"

"可是,我知道你不会放弃。"邝景晖又叹了一声,"但是我必须负起长辈的责任,该说的话一定要说。莫说你一己之力很难查出这些不幸事件的根源,即便查出来,也是在为自己掘墓……这后面的很多事,用'可怕'二字形容,一点不过分。"那兰一凛,他提到"掘墓",莫非意有所指?

"谢谢您的忠告,我……我可能需要时间想想。"那兰的确需要时间,咀嚼邝景晖的话。

"但还有件事,你不用花太多时间考虑——我希望你离开秦淮,离得越远越好!"

37 斯人独憔悴

那个像中青年版樊渊的人名叫阚九柯，果然是邝景晖的亲信。他自称是个书痴，攀谈之下，倒也没夸张，不但对大小弗、荣格这样的"一线大师"耳熟能详，对阿德尔、班杜拉等不算广为人知的心理学家也有涉猎。阚九柯亲自驾着游艇，带那兰渡湖到了湖心岛，不需要那兰指路，停在了轮渡码头，显然已不是第一次来"拜岛"。

清晨的湖面，一层淡薄的雾气，似乎预示着秋日的临近。那兰觉得昨夜发生的一切，似乎也将自己投入一片雾中。临下船时，那兰问："老人家不会介意你送我到湖心岛？"

阚九柯笑笑说："老人家只是吩咐，送你到任何你想去的地方。我不知道你们谈了些什么，但我可以给你一句忠告：无论老人家说什么，希望你离开哪些人，最好是听。"他忽然收敛笑容，低沉了声音说："我在老人家身边很久了，知道老人家从来不会随便乱说话，也从不会做出格的事，否则他不会有今天这样的威望；我也看见，那些不听老人家话的人，最后都尝到了苦果……我刚见到亦慧的时候，她还是个戴着红领巾的小姑娘，可爱的、无忧无虑的小姑娘……"他的声音开始哽咽，眼圈泛红。

那兰想说，你是在警告我。又觉得太明显的话说出来很没意思，点点头和他告别，走上了码头的台阶。

脚步沉重，是因为她第一次发现，自己不知道下一步该怎么走。

太多的疑难。

秦淮是否无恙？劫杀、追杀自己的是谁？邝景晖的威胁是否真实？

不知为什么,她同意阚九柯的警告,"老人家"远非一个巧言令色、虚张声势的人。

纷杂的思绪陷入更迷乱的丝麻时,那兰已经走到秦淮的别墅门口。一阵轻柔低缓的钢琴声从小楼里飘出。那兰一怔。她可以听出这不是音响里播放的音乐,而是真正钢琴的弹奏,帕赫贝尔的《D大调卡农变奏曲》,巴洛克乐章里难得的诗意,恬淡的欢乐,美丽的憧憬。一宿未合眼的倦怠随着这清晨妙音飘远。

秦沫!

她心头一阵喜悦:如果秦沫能开始弹琴,那将是她恢复心智的一个重大突破! 而且如此愉悦的曲调,正是秦沫需要的! 她脚步陡然变得轻盈,那兰几乎是跳上台阶。

到门口时,她又一怔:别墅门几乎永远上着安全警报系统,但此刻大门却微开着,仿佛是美乐满屋关不住。

莫非秦淮已经安全到家?

她推开门轻轻走入,不愿打扰了演奏者的清兴。

走进正厅后,她却成了一塑雕像。

她只能看清弹琴者的侧面,纤巧而坚挺的鼻梁、绛唇如画、修长玉颈、长发成髻,是古人发明"闭月羞花"时的模特儿。更令她惊奇的是,弹琴者的不远处,面窗望水、站立不语的婀娜身姿,正是秦沫。

弹琴的女子,那兰也不是第一次惊艳,她是司空晴。

纤纤细指在黑白键上跳跃、徜徉,司空晴似乎全未注意到那兰的出现。她已融入乐中,游离于物外,浸淫在一种莫名的幸福里。

曲终时,双手仍微抬在空中,司空晴闭上双眼,光影横斜,照见她睫边晶莹闪烁。

秦沫半转过身,看着那曾经属于她的钢琴,脸上是什么样的表情? 是怅然? 是微笑?

司空晴刚结束演奏美乐的左手无名指上,赫然有颗钻戒,在阳光下晶彩纵横。

"那兰，真高兴又见到你。"司空晴的话音里，是礼节性的高兴。"快坐……你看上去好像很疲惫的样子。"

疲惫吗？我只是拉练了一晚上的铁人三项而已。那兰不知该说什么，仍怔怔站着，看着司空晴扶秦沫在钢琴前坐下。

"妹妹，你不要怕，我一曲弹完，不是好好的？什么可怕的事都没发生，不是吗？你试试。"司空晴轻声对秦沫说。

秦沫的双眼里，跳动着异样的光，像是孩子新发现了一个有趣又摸不着头脑的玩具。她抬起手，那兰似乎被惊醒，心揪起来。

"妹妹，你可以试一个音阶练习，就用 D 大调。"

一串清澈的音符从秦沫指下流淌而出。这次，没有惊叫，只有微笑，还是像个孩子，突然发现自己有了小小的魔力。

那兰也终于彻底醒来，努力微笑着说："恭喜你……我看见了你的戒指。"

司空晴脸上笑容洋溢，说："谢谢。说了你可能不信，我和他说，只要两人心心相印，送不送戒指又有什么关系。但是他说，你这话说得太晚了，戒指早买好了。他这家伙，不知道什么时候偷偷量好了我手指的尺寸，真是鬼头鬼脑。"

"他一定爱你很深，也是个很聪明的人。"

"聪明谈不上，说他鬼头鬼脑，是因为他是个写悬疑小说的。"

那兰觉得脚下的地板在融化，说了声"哦"，大概只有她自己听得见，因为司空晴的话继续在那兰耳中轰鸣："我也是最近才真正相信了方文东的话，秦淮其实是个很专情的人——他用了三年，也没能真正忘掉邝亦慧。但他必须走出来，必须有正常人的生活、爱情、家庭。所以他对我说，他不能再辜负我，再辜负一个女孩子的爱，再辜负爱他的人的等待，所以向我求婚。"

我为什么还站在这里？

司空晴走上前，关切地看着那兰："你看上去真的好像很累的样子，先吃点儿东西吧。秦淮马上也该回来了……昨晚他出了车祸，还是公安局的人把他救了，我带他去了医院，折腾了大半夜，回来后他就到方文东和君君那里去休息了，说他们那里清静些。我在这里陪陪秦沫。"

我为什么还站在这里？

"听君君的建议，我买了一台豆浆机，豆子已经泡好了，我这就给你打点儿豆浆，秦淮爱吃荷包蛋，你呢？除了豆浆，你要吃点什么？"

"不用……我想……我该走了。"那兰觉得自己走入"秦淮人家"，其实是走入了一个噩梦。

但要离开是否已经太晚，注定不能全身而退？

"为什么？你才刚来呀！不过，以前倒没在这儿见到过你呢。我其实一直有秦淮家的钥匙，但尊重他，从不会贸贸然跑过来，来之前总会征得他同意。没办法，谁让是他给了我第二次生命呢……我忘了告诉你，有一次我游泳突然抽筋，险些溺水，幸亏秦淮把我救了起来，真是不得不相信命运。当时他还是个落魄的文学青年，但自那时起，我就想将一辈子交给他了。"

司空晴将一个平底锅放在煤气炉上，点火，转身对那兰说："你真的不要走，至少要吃点东西，豆浆马上就会好，我还是给你煎个荷包蛋吧，要吃嫩的还是老的？秦淮爱吃嫩的，我原本从来不会下厨，现在却要练成手艺了。"她抬手将排烟机打开。

"真的，真的不用了！"那兰转身，逃离。

但还是太晚。方文东和君君出现在门口，身后是秦淮。

那兰还是忍不住看了秦淮一眼。他脸上有几处明显的擦伤，左膀吊着绷带，前臂僵僵的，显然是上了石膏。

"有空替我再谢谢巴渝生吧，如果不是警方及时赶到，我的命恐怕就没了。撞车的人在警察来之前就跑了，他们现在正在找那两辆车。"秦淮平平淡淡地说出来，好像一切已经发生了几十年。"你看上去……除了累一点，好像没有太大问题。"

那兰想，如果你能透视我的心，可能会有不同结论。她勉强笑笑："我也过了很有趣的一夜，可能要等下回分解了。"

司空晴走过来，在秦淮颊上轻轻一吻，笑着说："为什么都站在门口？还不进来说。我正要给那兰煎蛋。"

秦淮看看未婚娇妻，又看看那兰，眼光也是淡淡的："你还有别的什么事儿吗？需要吃点早饭再走吗？"

端茶送客。那兰再天真，也听得懂。

不用镜子，那兰也可以想象得到自己此刻的狼狈样儿，凌乱的头发、灰黑的眼圈、肮脏的肌肤，继续在这儿和极品古典美女斗艳吗？

她摇摇头，算是回答，也算是对这一切的无法理解，无法释怀。

她没忘了说再见，转身，离开，离得越远越好。

如果这时候秦淮忽然开口挽留，说这些其实都是个巨大而残酷的玩笑，我会怎么样？那兰自己知道，只要秦淮拉住她，她不会走，至少暂时不会走。

嘲笑我的懦弱吧。秦淮没有开口，没有挽留。那兰没有回头，也能感觉出身后他的目光，淡淡的。

等了很久，才看见渡船不急不慢地靠岸。走下摆渡码头的台阶时，那兰忽然觉得这一幕似曾相识。

可悲的似曾相识。

不同的是，那天在渡头上一身悲伤的是宁雨欣，今天是那兰，挂满全身的落寞和疲惫。她现在唯一需要的是一副墨镜，可以遮挡住一路红来的双眼。

时间尚早，从渡船上下来的乘客寥寥，其中偏偏有一位身材高挑的少女，青春逼人，憧憬写满无瑕的俏脸。那兰暗自苦笑，在那女孩走过来的时候，似是不经意地问："你是来给秦淮做写作助理的么？"

女孩愣住了，惊讶中微微张开嘴，露出可爱的虎牙："你怎么知道？你怎么这么神？"

那兰淡淡说："我就是传说中的巫婆……这个岛很小的，什么事都是公众新闻。祝你好运。"

她低下头，快步走开，有点后悔自己说得太多。

可是，见到了话更多的渡老板，反而不知该说什么好了。

"稀客！"渡老板先是愣了一下，盯了她一阵，才开始微笑。"您变了发型，我一下真认不出来了。什么时候上岛的，怎么好像没见您过来？"

那兰忽然发现，自己这一上船，好像摆明了是要"将生死置之度外"。我难道真的伤心到不在意自己的安全？下船后呢？是不是该举手投降，对暗处的不知名的凶手说，来吧！任你处置！

"您可以猜猜，选择填空，坐直升机、坐小游艇、游泳、还是乔装打扮坐摆渡？"那兰强打精神。

渡老板哈哈笑笑，又凝神盯了那兰几眼，说："不过，您看上去可有点……有点憔悴，最近身体还好？工作还算顺心？"

"好得不能再好。"

渡老板干咳了一声，有些欲言又止。那兰猜出八九，笑笑说："刚才坐船过来的女孩是秦淮的新助理吧，我早就不做了。"

"是啊，说来也真巧，上回那位姓宁的女孩儿……"

那兰忽然发现，自己可能走着和宁雨欣平行的轨迹，陌生、心动、深陷、落魄，宁雨欣的最后一步是失魂，我呢？湖上近秋的晨风吹过来，短衫短裤的那兰觉得有些凉，凉在肤面，凉在心中。

渡船出发，那兰一个人伫立船头，看着浪花漫开，看着波光粼粼，水面上似乎出现了两条手臂，划出平行的弧线，一起一落，协调得无以复加。

泪水滚落，那兰倚栏欠身，让它们直入湖水，不留痕迹。

那人看着那兰下船，破天荒地，心头竟升起一种怜悯。

看来自己并非真的那么冷血无情。有时候，相比那些表面温情、内心绝情的人来说，自己还更本色些。

就在这一刻，那兰其实已经用不着死了，因为她已经伤心到要死的地步。当然，这是她自己的错。虽然没有亲耳听见，但那人可以想象，有多少人劝过她，劝她不要陷进去，要离得越远越好，她偏偏重蹈覆辙。都说她聪明，但这件事上好像有点……

她也许还不知道，即将面临的是更多更绝情的人和事。

会让她求生不得，求死不能。

38 孪生图

　　船靠岸时，那兰至少想明白，自己的生命不该被受伤的感情一剑封喉。上岸后，她踟蹰着，犹豫是否该回头向摆渡老板借手机，准备向巴渝生"自首"，低头回忆巴渝生手机号码的时候，又有风吹来，那兰哆嗦了一下，想念着不知失落在何方的披肩。

　　心想事成，一件风衣披上了她肩头。

　　那兰一惊，回头看，一双深而温情的眼眸，一张极致俊逸的面庞，一个关爱的声音："你的亲友团都在这里了，还需要给谁打电话？"

　　是邓潇。他还是带了点洒脱之外的落拓和萧瑟，但遮不住"想哭就到我怀里哭"的深情邀请。

　　那兰忽然有种冲动，想到他怀里痛哭。如果他拢住她的肩膀，或许就会在这一刻发生。

　　邓潇显然不愿做乘人之危的小人，一动不动，只是温声说："你现在唯一要做的，是好好睡一觉。"君子心无旁骛。他又说："你看，还有谁来接你。"

　　那兰不及转头，后脑勺就被轻轻敲了一下。

　　没见到人，那兰已经知道是谁。

　　长发及肩、明眸皓齿的一个女孩，是如隔三秋的陶子。

　　那兰也记不清，多久没有这么痛痛快快地哭了。更难堪的是，竟然在这么一个"公众场合"让泪水纵横。但她顾不了太多，和死亡的擦肩、迷情的跌宕、一夜的逃亡，那兰觉得自己已经攒够了哭泣的资格。

　　陶子心疼地抚着那兰的短发，说："好了，现在不用担心了，你的自残之旅终于可以结束了。"

稳定了一阵情绪，那兰又转身面对邓潇，说："上回第一次见面，你就说，可以帮我隐藏身份、改变身份，这话，是否还算数？"

邓潇脸上没有一丝吃惊的表情，显然料到那兰迟早会提出这个要求，他笑着说："不但算数，而且保证不用带你去韩国做整容。"

开学在即，那兰在巴渝生的帮助下，已经和系部及研究生院通了气，可能会拉下几节基础课，她会设法通过自学和陶子替她做的课堂录音来补上。巴渝生替那兰安排好了有安全保障和警卫的住宿，但那兰还是让邓潇将自己接走。她知道，邓潇是全江京极少数可以帮助自己实施计划的人。

一个甚至比靠近秦淮更危险的计划。

来接那兰的车往校园深处开去，开到了中文系所在的"且思楼"。且思楼在一片绿竹环绕的小花园间，是江大最幽静的区域之一，楼前楼后，遍植花树，根本没有停车之处，但邓潇的车还是大喇喇地塞住了小路。

此刻，那兰顾不上考虑太多社会公德，飞跑下车，飞跑入楼。

见到龚晋，那兰劈头就问："请你帮个忙。"

龚晋正在对两个一年级的女研究生循循善诱，乍见那兰，一时没有认出，愣了一下，随后笑道："要不是你事先打电话来，我根本不敢认你。两位师妹，这位就是你们快要听厌的名字，那兰。"

两位师妹笑着起身，那兰说："看来我真的很臭名昭著了。"

"听说你认识秦淮。"其中一个看上去还像高中生的娃娃脸女孩问。"他是不是像报上说的那样？"

那兰说："比那还糟，等着看我的博客爆料吧，有图有真相。"

两个女孩走后，那兰问："帮我找到翻译了吗？"

龚晋说："你的运气好，在有生之年遇见了我……翻译找到了。江大没有一个通蒙古古文字的，但是我在省社会科学院找到了一位专家，他看了说，那张图上用的是标准的元代八思巴文字，翻译不难。"他从书包里抽出一张地图，秦淮当年就是按照这张图"寻宝"的,只不过空手而返,还是靠写小说发了点财。秦淮出示给那兰看过,那兰在他书房里复印了一份,没想到会为今后的计划派上用场。

那兰接过来,见原图上的元代蒙古古文边都有了翻译过的汉字,说:"感谢感谢。我走了,等我刑满释放后请你和那位蒙古文字专家吃饭。"

刚转身欲走,龚晋叫住了她:"别急着走啊!"

那兰猜他可能要说些不着边际的话,不料龚晋说:"知不知道,你这张图,有个双胞胎?"

"什么?"那兰一愣,心想他在搞什么文字游戏?把手里这张纸往复印机里一扔,就会出来"无数胞胎"。

龚晋说:"社科院的那位专家看到这张图后,说:'我好像也见过这张地图。'然后又说:'不对,不完全一样。'之后不知道多少个钟头里,他不停地打电话、发电子邮件,终于,从遥远的呼和浩特,发来了这么一张传真……"

"你不是在开玩笑?"

龚晋又从书包里抽出一张纸,递给那兰。

乍一看,这张复印的昭阳湖地图的确和秦淮所有的那张一模一样,大小相似,一样的古蒙古文字,连羊皮周边的皱褶都一致。

"好像真的是相同的。"那兰一时看不出有什么不同。

"再仔细看看。"

仔细看,那兰发现,一些标识的方位并不相同,名称也不一致,仿佛昭阳湖的水中,有两套全然不同的地理标志。

龚晋说:"这张图是大概三年前在内蒙古一个偏远牧区发现的,初时专家们都以为上面画的是呼伦湖或者博斯腾湖,但怎么也难定论,因为内蒙古的几大淡水湖的湖体改变特别严重,那些文字标志也不符合旧时的称呼。由于考古和文化价值不明显,对这张羊皮地图的研究也就搁置了。那位社科院专家也是前年去呼和浩特市博物馆出差的时候,和那张地图有过一面之缘,而且当时也没放在心上,因为坦白说,要是不仔细看,这图上的湖形,和现代的昭阳湖也并不吻合。"

"那位老兄,对这两张图有没有什么理论解释?"那兰好奇地问。

龚晋摇头:"没有,他说怎么看,这就是两张普通的昭阳湖地图,只不过用的八思巴文字,标记着岛上的一些记号而已。作者不详、年代不详,谈不上有太深的意义。"

那兰在一个叫"潜浮者俱乐部"的水上运动爱好者社交网站上发现了江京的同城论坛,她注册后用了两天,便和论坛上的几名活跃分子搭讪成功,称兄道弟。这其实一点儿也不难,因为她发现,自己好像是论坛里唯一的女性。

"你是毕小洲那个训练班上的美女学员吗?"QQ 上,网名叫"达达沙沙"的论坛临时版主,开始和那兰聊天。那兰给自己取的网名是"锦衣味",个人介绍里暗示自己是那种悠闲享乐但很独立的"半物质女孩",喜欢华服美食,但家境收入甚笃,不需要向富家子弟奋力抛套马圈。她知道这样的女孩在童话里才有,但她环顾四周,自己正莫名其妙地坐在敞亮富丽的居室中,面临一汪湖水和远处那座偶尔会令她失神的小岛,喝着浓浓香香的奶茶,更不用说楼下那位玉树临风、有着一双深不见底但注满温情的眼睛的男孩,一个……她觉得说出来、想起来都别扭的词……一个富家子弟。

即便那天晚上掘的是安徒生或者格林兄弟的墓,让他们还魂,也写不出这样的童话。

那兰打字如飞,说:"你认为我是小洲水上运动训练营的学员?我去执教还差不多。"

达达沙沙:"口气不小。"

那兰:"一口气可以游到天边。"

达达沙沙:"一口气吹牛吹到天边。"

那兰:"不信?算了。"

达达沙沙:"每周六下午,我们几个哥们会选择一个清安江边的点,一起玩潜水探险。你要有兴趣,可以加入。玩好了以后,一般会就近找家农家菜小饭店,喝酒聊天。"

那兰:"好啊,这次是在哪里?"

达达沙沙:"我会把具体地址发给你,在市郊,交通不是特别方便,需要搭车的话,告诉我一声。"

那兰:"谢谢好意,我应该可以找到车。"

达达沙沙:"一点机会都不给?"然后是一堆笑脸。

那兰微笑,这人至少率直坦诚。她继续敲:"你倒提醒我了,我猜你们一定是伙浑小子,有没有流氓作风的? 我胆子不算小,但还没有大到舍身喂狼的境界。"

达达沙沙:"放心吧。要说玩潜水的也有少数素质差的,但跟我们合不来。我们经常一起玩的几个,都是色胆包天,但彬彬有礼的那种。"

那兰又笑了。

达达沙沙是个巨无霸,从脑门起直到脚底,都是一疙瘩一疙瘩的肌肉,坐在农家饭店的竹椅上,随时都有"崩盘"的危险。他没有夸张,几个一起玩潜水、后来又一起喝酒的男生,看上去都还算朴实。其中除了达达沙沙和毕小洲是江京本地人,另外三个都是大学毕业后留在江京打拼的小伙子。一天潜水下来,就和几个人混得熟络了。达达沙沙的真名叫解炯,他给那兰看过他的名片,写的是"解囧",他在餐桌上的谈吐和在论坛上"执政"的风格雷同,武断又不失诙谐。

"来,敬那兰同学一杯,胆子够大,敢来和我们几个一起玩水;口气也够大,不过水平真不差,潜水方面,比那些玩票的初学者美女好得多,但还可以加把劲;游泳方面,我们可以叫您师娘了……"

有人笑着插嘴说:"那谁是师父啊?"

解炯说:"废话,你没见今天开来送那同学的那辆路虎吗? 里面就坐着'那先生',对不对?"

那兰知道他们是在套她的话,笑笑说:"你们不知道啊? 我是沿路乞讨搭车来的,装出很可怜的样子,路上好人还真多啊。"

见那兰没有动酒,毕小洲说:"解炯你别劝了,那兰如果不能喝,就让她喝可乐吧。"

那兰举起酒杯:"我喝不多,就和大家喝这一杯,有幸认识你们这些和我一样爱往水里钻的同志。"

众人酒杯都底朝天的时候,那兰说:"好了,我该开始喝可乐了。"

有人问:"还没问你呢,在哪里发财?"

那兰说:"发什么财,我还只是个江大的学生。"

"什么专业?"

"很无聊的,文科方面……给你们说件有趣的事吧。我有这么一个师兄,有天拿了系主任的手谕,逼着我帮他到图书馆的古籍馆藏室找一份老掉牙的文件。你们知道,江大的图书馆藏的一些东西,比市图书馆的还丰富,我算开了点小眼界,比如李鸿章的亲笔家信、清朝版的《红楼梦》什么的。我们翻箱倒柜的过程中,我发现了一个好东西……"那兰渐渐压低了声音,放慢了语速。

解炯说:"我感觉这会是个脑筋急转弯,一个冷笑话,比如一只死耗子。"

那兰笑笑说:"差不多的。你们听说过昭阳湖湖底宝藏的传说吗?"

席上有人茫然,有人心领神会,那兰注意到解炯和毕小洲交换的眼色,说:"是这样的,据说昭阳湖底下,埋藏着元朝第一恶势力宰相伯颜一生辛苦搜刮来的宝藏,具体有多少含金量谁也不知道,但我听有人估计,只要能拿到一小部分,就可以轻轻松松把一些本地富豪比下去,比如司空竹、陈品章、王焱那批人。"

解炯说:"继续说,你说你在古籍堆里找到了好东西。"

那兰逐个看这些大男生,问:"你们真的猜不出来?"

毕小洲问:"藏宝图?"

"一张羊皮,上面画着昭阳湖的地图,标记着藏宝的方位。"

桌上一片寂静。

终于，解炯说："你这个小同学，还是在说冷笑话，对不对？"

那兰笑而不答，喝可乐。另一个男孩问："你找到我们，就是要告诉我们这个？"

另几个人都瞪眼过去，惊诧于他怎么会问出这么弱智的话。那兰说："只是'告诉'你们这个，又有什么意义？"

毕小洲说："你想拉着我们一起找那个宝藏？"

那兰点头。

解炯说："她还是在说冷笑话，盗墓书看太多了。真的，你别拿我们寻开心了。哪里有这样的人，有一大堆财宝不独吞，却要拉一群人来平分？再说，你不怕我们动了邪念，逼你交出藏宝图，然后灭口，等等等等。"

那兰笑笑说："真有动这个念头的，会这么说出来吗？伯颜宝藏在昭阳湖湖底，说实话，我有图，却找不到……图上标得并不精确，而且，昭阳湖靠近湖心岛的部分水下地势特别复杂，水草丛生，处处暗礁。有一次我被水草缠住，险些没了小命，差点今天就不能来跟你们一起喝可乐。所以，我需要多几双眼睛，多几个智慧头脑，找几个人一起发财。有一点你们要相信，只要找到宝藏的一小部分，下半辈子就不用给资本家卖命了。"

毕小洲问："不瞒你说，我听说这个宝藏的传说也不是一天两天了，以前也有人，按照不知道从哪里弄来的地图去找过，但好像没见什么人发财。"

"也许他们用的不是正确的地图。当然，我只能假设我手头的是正确地图。"那兰知道，自己手中的，仅仅是一份地图而已，那羊皮如果标明了是藏宝图，估计早就在你争我夺中被扯成稀烂。是不是藏宝图没什么关系，甚至有没有这张地图都不要紧，地图只是她的计划里的一个道具。

"好吧，假设你拿到的是正确地图，你有什么具体打算？"毕小洲问。

"首先，就是要保密。我虽然需要人手合作，但不需要半个江京市的人都来瓜分。就我们这里几个人，大家都不是专业寻宝的，就用周末业余时间，先在昭阳湖附近训练，顺便将水下的地形摸熟，减少出意外的几率。准备得差不多的时候，找个天气好的晚上，正式协作寻宝，将地图上标的可疑区域附近的每一块石头都要掀起来。"那兰忽然像是想起什么，明知故问，"我还忘了问你们，到底有没有兴趣？"

另一个家伙说："瞧，这才是真正的冷笑话，我们又不损失什么，就算找不到什么宝藏，最多当作潜水练习好了。"

解炯问："可我想不明白，你为什么不在昭阳湖附近找人，反倒在江边找我们……"

那兰说："你们这些老江京一定知道，清安江和昭阳湖虽然相通，但湖边和江边像是两个世界，我如果在昭阳湖附近找人，湖边的人和湖边的人总是混在一起，消息会立刻传遍湖边，到时候肯定会有百万雄师来寻宝。"

"所以，我们几个，必须守口如瓶。"解炯总结。

"但有一点，我们都要做好思想准备，那就是无论我们再怎么保密，哪有不透风的墙。如果被别人知道了，我们还是有被人黄雀在后偷袭的风险，甚至会出现解炯那个笔名的情况，你们要想好。"那兰说，希望在座的人都明白"打打杀杀"的后果。

毕小洲问出早就想问的问题："假如瞎猫撞见死耗子，我们找到了宝藏，然后怎么办？"

那兰说："这桌上有六个人，就是六个人平分。"

众人似乎不相信那兰的爽气，自然没有一个人有异议，只是都用奇怪的目光望着那兰。

"而且，我连我们这个小团体的名字都想好了，叫'淘宝组'。"

39　淘宝组

　　那兰从不敢确定,这几个一起戏水的男生是否会产生邪念,尤其当知道她身怀重宝。好在她运气不错,解炯这一伙人明显是"善类"。

　　她坐上餐馆不远处停靠的车,车里是邓潇和他的两个"同僚"。今晚特殊情况,那兰请他们护驾一次,如果餐馆内外有什么异常,他们会及时出来扫荡。那兰甚至注意到,刚才的食客中就有一位邓潇的手下。

　　"感觉你又开始玩火。"邓潇说。

　　"更准确的说法,是玩水。"

　　邓潇说:"其实,我比你更想立刻找到杀害亦慧的凶手,但我不希望又失去一个我在乎的人。"

　　那兰感激地看一眼邓潇,心头柔软温暖,她明了邓潇对自己的感觉,所以格外敬重他对自己保持的距离,没有死缠烂打,没有强吻,甚至没有言语的情挑。他似乎在努力改变仅仅将那兰当做邝亦慧替身的初衷。他对她无微不至,却并不要回报。他甚至不去过问她这个异想天开的计划。

　　于是她柔声说:"你放心,这世上也还有很多我在乎的人,我会很小心。"

　　邓潇看懂了她的眼神,嘴角浮上笑意。那兰心头一动:他如果不是受到邝亦慧离开和失踪的双重打击,如果不是那么终日忧郁,会是个很阳光很有磁性的男孩。命运弄人,对含玉而生的人也不留情。

　　昭阳湖畔以浅滩居多,不是练潜水的佳地。湖心岛附近倒是有多处适合潜水,但那兰知道那附近已是她心中的禁区。她不怕任何人,只是不想自讨没趣。她用了整整两天,绕着昭阳湖实地考察,最后找到了最适合下潜的一个区域,在一个隶属江京杨阜县叫米庄的小镇外,高速公路可到,水深,偶尔会有人单枪匹马在练潜水。她的计划是,和解炯等人继续练好潜水,尤其要提高自己的基本功,然后逐渐移向湖心岛。

虽然千叮咛万嘱咐,一同参与的人必须守口如瓶,不把寻宝计划向任何人透露,但那兰真正的目的,反而是希望消息传出去。

让"淘宝组"的消息不胫而走,是那兰整个计划的核心——"五尸案"的三个受害者,加上"第四个"受害者冯喆,都曾经参与了三年前的另一个探宝小队。如果"五尸案"和那个探宝潜水队的幕后组织者有关,而这位幕后组织者正如冯喆留下的录音里所说的一样,是江京本地人,那么新淘宝组的存在,传到他耳中,他一定不会坐视。

他一定会成为不速之客,会关注那兰他们这几个很不专业的淘宝客。

然后,引蛇出洞。

具体的计划,那兰还在一天天仔细酝酿。

将米庄的下水地点通过邮件发给众人后,那兰和他们约定了周五晚的训练。白天和夜晚,水下的能见度大小有别,但越潜往深处,差别反而不明显,总之都需要使用潜水灯。那兰已经颇有用潜水灯的经验,解炯等人却很少在夜晚潜水,也很少潜到二十五米以下的深水。尤其清安江的水底,有时候会有湍急暗流,并不是潜水的最佳地点。

几个人练了一阵,都腿脚酥软后,在岸边开了啤酒,拿出早准备好的卤菜,烤鸭猪蹄卤牛肉,全肉大餐。

众人随口闲聊,那兰说:"你们几个,潜水都比我有经验得多,但是我总觉得,如果有个大师级的人物来指导指导,会更有益。"

毕小洲指着遥远的湖心岛说:"那儿就有一个。"

那兰已经知道答案,哪壶不开提哪壶。只好淡淡问:"谁啊?"

"那个写小说的,叫秦淮,很有点儿名的,我也是听说——你上回说得一点不错,湖边和江边,完全是两个世界,江水不犯湖水,秦淮从来不去我们江边潜水，我也是听朋友说起过。这家伙做过救生员、公安的打捞员，据说还救过司空竹的女儿。"

那兰真希望再钻回水里去，越深越好。不识趣的解炯说："上次在哪儿看到个帖子，说两个人快结婚了。"

毕小洲说："他们两个人结婚是迟早的事，据说司空竹的女儿自从被秦淮救了命，就认定了非秦淮不嫁。"

解炯说："我怎么没那么好的运气，要我碰到司空小姐落水，也能保证她平安上岸。"

另一个男孩说："那你也得先用昭阳湖水照照你的脸，有没有秦淮那么帅，他用不着司空小姐去爱，总有一大堆为他要死要活的粉丝。"

"不着谱的事，说他干什么，我可不想让那位大作家卷进来。"那兰看了看手机上显示的时间，说："老大们，天不早了。"站起身。

不知为什么，她感觉黑暗中，有双眼睛已经在注视他们。

不可能，这是他们这伙"江边族"第一次到湖边来"踩点"。

也许，流言传得比她想象中还快，毕竟，江边、湖边，在 QQ 上和手机间，没有太长的距离。

在那兰回眸的刹那，那人几乎以为她已经发现了他窥伺的双眼。

当然不可能。

那人对自己的隐藏有十足的信心，尤其在黑暗的掩护下，没有什么罪恶不能遮盖。

可是，对那兰的观察越久，那人越觉得惊讶——她在玩一种什么样的游戏？

有一点可以肯定，这游戏越来越危险，越来越刺激。

那人知道，也正是因为这游戏，那兰暂时和死神擦肩而过。但是，等这游戏结束的时候，就是她结束的时候。

不过，这只是一种假设，假设一切都按既定的方向发展。这世界上，疯狂的人太多，控制不住自己的人太多。

40　凶兆

"淘宝组"加强了训练的频率,隔天就要聚一次,逐渐往昭阳湖深处试潜。在毕小洲和解炯的指点下,那兰的潜水技能稳步提升。

当然,她知道,毕小洲并没有过分谦虚,他们的潜水经验远不如秦淮。秦淮,这个可恶的名字,她的潜水启蒙。

也许是因为每次潜水,秦淮的阴影都会悠悠荡荡地遮过来;也许是因为白天"乔装打扮"去学校补了一星期的课,脑子几乎要被装爆,天色暗下来的时候,那兰鬼使神差地来到了绿坞世家的那个小停车场旁。

那辆奥德赛不知道是不是还在修车铺里,至少那兰没看见。车去,她的心里也空落落的。

我为什么又来到这儿呢? 那兰知道,她只是想旧地重游,只是想游泳。高强度的潜水训练,整天泡在水里,但不能替代游泳。

邓潇的居住小区中也有游泳池,但那兰从未涉足。她虽然如公主般住着,但那儿不属于她。

白日里,豪宅中无论多静谧,那兰都不能定下心来整理思绪,还是因为,那儿不属于她。她感觉,只有独浸湖水,才能澄澈了心境,自己和自己谈判,将恩怨一一化开。

出门前就已经穿好了泳衣,那兰从运动包中取出秦淮送她的那套潜水服,套上,不知为什么,眼睛已经有点湿润。快下水吧,泪水会溶在水里,思念会溶在水里。她恨自己,不知不觉,居然就陷得那么深,但还是阻止不了,纵身入水。

皎皎明月光,洒在一面湖水上,暗暗的银灰色,间或有一条修长手臂,划出美丽的弧线、无奈的弧线、不知所终的弧线,激起低浅的浪花,不是汹涌澎湃的悲伤泛溢,而是一唱三叹的沉吟。

为什么? 他这么做是为什么?

时隔多日,那兰还是想不明白秦淮的突变是由何而生。她也想不明白为什么自己如此念念不忘。在那晚之前,他们是恋人吗? 他们爱着对方吗? 他们有什么诺言需要恪守吗?

她游的还是同样的路线,目标是同样的无情的小岛,但只有她一个人在重复这路线,形单影只。

寂静的湖面,水花的飞溅,卡路里的剧烈燃烧,这不是深思熟虑或者纵容情感纠结的最佳环境,但那兰还是坚持,只有这个时候,她才有一片清醒的头脑。她在思考,又没有在思考,她在逐渐遗忘,又无法遗忘,一个完美的、两忘两难的境界。不知什么时候,她停止了划水,让全身放松舒展,懒懒地躺在水面上,望着明月稀星,释迦牟尼在菩提树下,她在水里,都在想很多很多事,又什么都没在想。

不同的是,释迦牟尼的眼中一定没有泪。

为什么,水波震动有些强烈起来? 难道是自己哭泣时身体的震荡?

一片阴云遮住了大半边的月亮,而当那兰觉得水下有人的时候,已经晚了。

"那兰? 真的是你?"

是谁? 难道真的是他? 梦与现实,原来也可以离得这么近。

即便在微弱的月光下,那兰也看得真切,那双熟悉的充满关爱的眼睛。是秦淮。

谢天谢地,四目相交的时候,泪水没有落下。她扭过头,让屏息的专注,转移走起伏不定的情绪。

我有我的尊严。

秦淮又问:"你怎么一个人深夜到这里来游泳?"

男人是不是都喜欢明知故问? 那兰不言。秦淮轻抚那兰肩头,那兰心头一乱,猛地挣脱。

我有我的尊严。

"离开你,是不希望你受伤害。"秦淮说。

好听的句子,用到你的假悬疑、真言情小说里去吧。那兰开始踩水,一寸寸从秦淮身边离开。

"你怎么不说话?"秦淮终于发现那兰的缄默。

那兰自己清楚,如果开始和他交谈,就是一块石头上摔两次。她和所有聪明女孩一样,对受伤很敏感。

秦淮张张嘴,似乎要追问,一阵划水的响动过后,又有一个人游过来,壮大身材,停下来后,惊讶地叫:"那兰! 这不是那兰嘛!"

是方文东。

那兰向方文东挥挥手,反倒觉得更亲切。

方文东也不木讷,看出秦淮和那兰之间的尴尬,笑着说:"巧了,大家正好都有心情来游泳!"

不远处忽然一阵马达声,一条白色小艇从湖心岛方向,踏着月色驰来。而且,那小游艇似乎知道他们在什么方位,航线笔直,船头刺眼地亮着一盏灯。

那兰知道来的是谁,她加快了往回滑的速度,甚至,绕离了小游艇的航线,这个时候,她更愿躲在任何光线都照不到的阴暗里,继续她的沉默。

果然,小艇在秦淮身边停下,船头是司空晴玲珑婀娜的身姿,秦淮和方文东爬上船。司空晴在秦淮额头一吻,他吻回。

她无声哭泣。

小船开走时,她透过泪眼,看见秦淮转头,望向她消失沉没的方向。但也可能是看错了,一厢情愿,毕竟自己的视线要穿过眼前那么厚重的水帘。这时候她完全认为自己在重复安徒生童话里那个小美人鱼的悲戚命运。

夏秋之交,冷暖气流开始交锋,一天雨,一天晴。不过最新的气象预报表明,今后的一周里可能都有雨。

云多而厚重,但此刻非但无雨,半边月还格外明亮。

一条小船轻轻荡过湖面。

那兰和解炯、毕小洲正在做正式下潜探宝前的最后一次准备——下潜定在明晚。毕小洲用车拉来了一条向朋友租借的小船,出发在即,此刻正逗留岸边,所以当那兰看见湖中心的那只船,不免有些诧异。

"你们见那条船了么?"那兰问。

"有什么大惊小怪的,以前晚上也不是没见过船。"解炯将一个防水包从车上扛到小船上,包里是温度计、深度仪、酸碱度计、尼龙绳等和明晚潜水相关的用具,用得上的用不上的,都准备好了。

那兰说:"船本身没什么奇怪的,奇怪的是那船晃晃荡荡,不像是在行驶,倒像在随波逐流,任凭湖水带着,摇来摆去。"

解炯说:"这你不知道? 有些人为了享受那种懒散劲儿、休闲劲儿,特意不划船、不开船,没准就躺在船上,看月亮、数星星,追求浪漫嘛。"他从包里取出一副望远镜递给那兰,"既然你那么好奇,用它看个清楚。这个是军用的,超强大,放大倍数没说的,但不是夜视,现在月色亮,看个大概应该没问题。不过,你要是看到一男一女,一定要闭眼。"

那兰笑笑,接过望远镜。

她拧着调焦旋钮,逐渐对准了那只小船。

心陡然揪起。

小船上只坐了一个人,一个蓑衣人!

"怎么了?"毕小洲和解炯都觉出那兰陡然加快的呼吸和举望远镜手臂的颤抖,同声询问。

"锁命湖。"

"什么?"

那兰将望远镜递给解炯,说:"你看,那人,穿着雨衣……小洲,把船开过去,开到那条船边上,我要看看是谁在上面。"

解炯看了一下望远镜,说:"的确有些奇怪,好好的天气,穿什么雨衣。当然也没什么大不了,江京这林子,怪鸟多着呢……这人一看就有病,怎么坐在那儿,一动不动,倒像是在钓鱼。”

钓鱼,还是钓命?

那兰叫:“你别废话了,上船再接着看,再耽误,那船就要跑了。”

“那船犯什么法了? 跑了就跑了呗。”解炯上了船,不解地问。毕小洲已经开了引擎,对着蓑衣人的小船迎头而去。

那兰又将“锁命湖”的迷信提醒了一遍,解炯说:“听说过了,你这个人表面看上去挺智慧的,不会真相信这个吧?”

“我当然不信,但还是想看个明白,究竟是谁在装神弄鬼。”

毕小洲说:“至少,那人好像没有畏罪潜逃的迹象。”

解炯继续通过望远镜观察,说:“非但没有逃跑的迹象,这位蓑衣垂钓哥甚至假装没听见我们这么热情地跑过去,稳坐泰山……稳坐泰船。”

那兰皱眉:“他真的在钓鱼?”

解炯说:“现在咱们离得近些了,好像是有根鱼竿斜在那儿,但还不是很清楚。”过了片刻,他又说:“好了,看清楚了,钓鱼竿,错不了。”

“鱼竿上有没有鱼线?”

“我老眼神还没好到那个地步,你到跟前自己看吧。”

不久后,三个人的小艇离那小船已近在咫尺,也看清了小船的整体。那与其说是小船,不如说是块烂木——那是一条极为破旧的小木船,那种在江边经常可见的被废弃的木船,照理不具备任何出航的条件。船上人背对着他们,身上的雨衣也和那木船一样破旧,头顶草帽也破烂不堪,仿佛他从明朝嘉靖年间就开始保持着这一姿势没动过。解炯刚才没看错,一根鱼竿斜在水面上,那兰几乎可以断定竿上无线。

解炯叫道:“哥们儿,您是姓姜吧? 啊? 姜太公后人?”

毕小洲笑道:“好了,达达沙沙,别人以为你是来耍流氓的。”

雨衣人仍是背对着三人,恍若不闻,一动不动。

三个人互相看看,毕小洲会意,将船绕到那垂钓者的面前,两船紧靠着,解炯和那兰探身看去,那人的头脸似乎整个都埋在草帽下,见到陌生人探寻的目光,仍不动声色。垂钓者的手缩在雨衣里,而那鱼竿,从雨衣里伸出,竿上真的没有线!

那兰忽然伸手,抓住了鱼竿,向自己身侧一拉,鱼竿已被她整个拖了过来。鱼竿是常见的硬塑料制品,可伸缩,显然也经过一些风霜。她将鱼竿纤细的末梢插回去两节,回伸到钓鱼者的头边,鱼竿末梢插入草帽的下沿,用力一挑。

草帽被掀起,露出一张脸,一张草脸。更可笑的,是草脸上还架着一副墨镜。

"锁命湖"的主角原来是个草人,诸葛亮借箭后没来得及处理掉的道具。

是谁在开这样的玩笑?

解炯哈哈笑了两声:"我今晚就到坛子里发帖子,说'锦衣味'被一个草人吓得浑身打抖。"

但那兰没笑,她手里的鱼竿继续拨弄着那草人。

破雨衣被鱼竿无情脱下,墨镜被鱼竿粗鲁地摘下,草人身上、脸上的茅草被一根根挑下来。

解炯觉得那兰的举动好奇怪,打趣说:"这你可就不对了,欺负别人打不过你……"

他的话被哽在喉中,他的双眼开始放大。

茅草还在一丝丝落下,茅草落下后,是一片灰白。

灰白的是皮肤,死者的皮肤!灰白的是眼,已变空洞的双眼。

一具尸体,"跪坐"在三人面前!

那兰一阵晕眩。面前的尸体,形销骨立,是樊渊。

午饭是"淘宝组"六个人一起在麦当劳吃的。大半时间里,众人都努力保持沉默,连一向最不擅长保持沉默的解炯都努力没有发言,庞大的身躯在小小的座位上扭动不休。

在那兰眼前飘过的,还是樊渊灰白的尸体。

终于,那兰说:"你们有想退出的,可以说,不要不好意思,或者在岸上给我们做后勤。如果运气好，我们真的发现了什么，也一定会有你们的一份。"

一个男孩说："姐把我们都想成什么菱人了？据我所知，所谓'锁命湖'只是谣言加迷信。而且那死掉的老头好像和我们的计划也没什么关系……"男孩比那兰至少大三岁，却一口一个"姐"的网络化称呼，平时没什么，这时听来特别让人烦心。那兰说："不要姐不姐的，这后面还有很多事情，我们都不知道。有些我知道的，又不便都说出来，所以我刚才问的，不是激将法，是真的希望你们三思。今晚潜水，会有风险……或者说不管今晚还是未来的哪个日子，参加这个活动，都会有危险。"

毕小洲冷冷地说："你是不是从一开始就知道这个计划会有危险？"

解炯说："她第一天就警告过，你难道忘了？"

毕小洲说："当然没有忘，我们也是自愿上的船，当然不会在这个时候打退堂鼓。"

那兰向众人感激地一笑，从包包里取出了一张纸，摊在众人面前，说："这就是我们全部的希望。"

众人都凑近过来。那是一张普通的白纸，显然是原版地图的复印件，但仍可以看出原件毛糙的周边印迹。乍一看，地图的确描述的是一汪湖水，和湖水中的一个岛，岛的形状和昭阳湖的湖心岛也极为相似。奇怪的是，整个地图上没有一个字，确切说，没有一个汉字！

毕小洲先是自言自语，"伯颜宝藏？"又抬眼看那兰："蒙古文？"

那兰点头，说："的确是蒙古文，你们再看。"她将那张纸翻转过来，背后是湖心岛的放大图，在岛边有着更多的标记。"这是从湖心岛边下水的方位，很具体，可以在哪块石头上拴船，水下有什么认路的记号，都有注明。"

41 孤舟蓑笠翁

天气预报说今晚会有雷阵雨,但此刻从乌云间时隐时现的月色比想象中的亮,那兰不知道是该高兴还是该顾虑。

她用解炯带来的望远镜四下张望,黑暗无尽。

没有钓命的蓑衣渔人。

小艇停在离岛岸五米远处,毕小洲下水,在那块被称为"龙须岩"的长条形凸出的岩石上拴紧了小艇。

那兰在船上,深吸一口气,环顾四周。湖面上,视野所及,只有这里一条船。

她和解炯,还有另一个男孩刘利隆,轻轻浸入湖水,和毕小洲汇合后,四个人一起从水面上消失。另外两个潜水经验稍逊的男孩则弓腰上了岛,隐藏在岩石和长草之中,为他们望风。

四个人没有立刻下潜,按照既定路线绕岛半周,到了另一块突出的礁石下,缓缓下潜。根据多次的训练经验,四个人彼此都保持着随时可以互相扶持接应的距离。那兰领头,潜水灯照着戴在手腕上的指北针,也照着已经熟悉过的路线。她会偶尔回头看一眼同伴,那三个兄弟都聚精会神,可以想象他们心头的期许和紧张。她在心底轻轻一叹。如果他们知道真相,知道我所谓的"淘宝计划"全是挂羊头卖狗肉,会对我怎么看? 我是不是在利用他们?

至少,地图是真的。秦淮曾用类似的地图,在这湖里漫游经年而一无所获。

也许,现在还不是道德自谴的时候,说不定,今晚过后,一切都会有个明白的交待。

何况,她用的,不是一张地图,而是两张看似相同的地图。

从龚晋处得到另一张羊皮地图后,那兰连看了数天,怎么看都觉得只是一张普通的昭阳湖地图,和秦淮的那张没有太大区别。也就是说,任何人拿着这张地图,也会像秦淮那样,在湖中兜兜转转多少年,也捡不到一文铜板。

她盯着那张地图太久,觉得自己财迷了心窍,可笑可恨,但她没有完全放弃,她先前隐约笼统的计划在这张地图前越来越明朗,现在唯一需要的,是对这张地图更深刻的了解。

比如,那些标识,为什么和秦淮手里的那张有所不同?

也许是很简单的道理,水下本来就有各种不同的礁石、地貌。不同的绘图者,选择了不同的标记。

就当那兰觉得走到了穷途末路、对这张图无可奈何的时候,她沮丧地将两图叠在一起,准备放回文件夹。

就在两图上下相叠的时候,她隐约可以看见,上面一张图的湖心岛岛体,和下面那张图的岛体,完全重合,唯独那些水中的标志⋯⋯

她福至心灵,将两张地图紧紧叠在一起,然后对着窗外光线看去。两张图上那些水中的标识,在单张图上原本是无规则地错落分布着的,但此刻,叠在一起后,竟是隐约连成了一条路径!

这就是那兰今天和小组成员们潜水的路线。

又下潜了一阵,依稀已见湖底。那兰停顿了一下,拍了拍身边一块礁石。那礁石被潜水灯照着,泛着黄白之色,显然是那种含金属元素高的石头。有趣的是,礁石的整体形状,有点像只公鸡。

跟在那兰身后的三个人聚过来,频频点头——这一定就是地图上标的"凤仪石"。根据图上的指示和比例推断,"凤仪石"右下方三丈,或者十米左右,就是路线的终止。

那里只有一块硕大的礁石,靠在湖心岛的岛体。

那兰知道,礁石的底部有个不深的凹陷,自己已经事先塞了几只黑皮袋子,里面放了些石块。她从未怀疑过今天的"探宝"将一无所获,但他们必须显示出"满载而归"的样子。这是她计划的关键之一。

四个人在那块礁石前停住,解炯从潜水包里取出了一个锤子,和一个凿子。如果不是在水中无法交谈,那兰真想问:"你要刻'到此一游'吗?"

解炯举着锤子在那礁石上敲了几下,那兰觉得他有点像是蜻蜓撼铁树,暗暗好笑。他又将凿子尖插入礁石后的缝隙里,用榔头敲打了几下,还是像在给那巨石挠痒。解炯自己大概也觉得自己很不专业也很可笑,摇摇头,耸耸肩。

三个男生围着那块礁石,前后搜寻,什么也没发现。

那兰没有加入寻找。这已经是她第四次来到这块礁石前,她知道,礁石本身,没有任何玄妙,所以她根本不相信,在这儿会找到什么宝藏,那"锁命湖"的故事,只是明清笔记小说里的逸闻。

真正的"锁命湖",他们已经见识过,樊渊化为草人的尸身,挥之不去的噩梦。

真正的"锁命湖",也发生在那兰的生活中。

是回头的时候了,回头是岸。

刘利隆冒冒失失地游到礁石后贴着岛壁的一大片水草边,立刻被毕小洲拽了回来。无论什么环境,水草总是潜水员的木马病毒。

但那兰心头一动。

她的目光,越过礁石,注视着那片水草。那片水草,直接长在岛体石壁上,密密麻麻。她忽然觉得,这处水下的岩壁,似曾相识,除了……除了水草。如果假设水草不存在,假设水草后面有道缝隙,是个入口,从石缝间钻入,就像是进了秦淮悼念邝亦慧的密穴。

如果不是曾经跟着秦淮游到专属纪念邝亦慧的那个礁洞,那兰不会产生这种似曾相识感,永远不会有人想到,长在石壁的茂密水草后,可能会有那么一条狭缝。

那些水草!

那兰游上前,向三个同伴招了招手,率先取出了小刀,割断了一丛水草,又一丛水草。草叶弥散在水中,漂荡在众人身边。三个同伴也取出了各自的小刀,游过来和那兰一起"锄草"。

他们很快就明白了那兰的用意。

水草被斩断、被拔去后,石壁上现出了一道"裂缝",虽然算得上狭窄,却足够一人钻入。

四个人互相观望,胸中充满好奇和期许,但一时不知下一步该怎么做。当然是"进洞"。但,是该"女士优先"呢,还是让男生领头进入可能的险境?

毕小洲拍拍那兰肩膀,又指了指自己,那兰明白,是毕小洲要率先进洞,让自己紧跟着他进去。她点点头。

四个人鱼贯而入。

狭缝终究是狭缝,十分逼仄,缝间仍有水草蔓延,而且不小心就会和嶙峋石壁碰头。直到进入了十米左右,才逐渐开阔,而且地势逐渐上升。显然,那兰的似曾相识感没有错,这一切都像是那晚水下跟踪秦淮的回放。当然,她可以认定这绝非是秦淮和邝亦慧发现和"拥有"的那个水底岩洞,因为她清晰地记得,除了没有那么多水草的遮掩,上次的岩洞由于秦淮的经常进出和维护,有更多人工的痕迹。

但两者的相似还是令她震惊。狭窄隐秘的入口,不断上升的地势,连最后无路可走时头顶上一片光滑的岩壁,都一模一样。只不过这段时间昭阳湖的水位甚高,上回去秦淮那个岩洞,到无路可走时,人已探头在湖面之上,但这里却还浸在水中。昭阳湖和大多数淡水湖不同,水位变化明显。水位变化的原因专家们各执一词,比较流行的说法有二,一是昭阳湖和清安江相通,清安江的季节性水位变化,也影响了昭阳湖的水位;二是昭阳湖湖底有很多孔穴,孔穴下还有暗河,暗河水量的变化,也影响昭阳湖的水位。

那兰抬手,在头顶上摸索了一阵,招手示意解炯过来,两个人用力向上转、推、举,竟推开了一块石板,现出一个圆形的洞。

那兰顺着水势,向上纵身,钻进了洞口。

三个同伴依次进来,站起身,水没至腰。

手电光照遍,洞里空空,那兰还是惊异于整个岩洞空间和秦淮纪念邝亦慧圣地的雷同,仿佛有人在岛的两端,刻意开凿了一模一样两个洞穴。

毕小洲讶然:"你以前来过这儿?"

那兰说:"我是第一次来,骗你是猪。"

解炯轻笑一声:"美女猪?"他又啧啧赞叹:"这儿够宽敞! 哪天潜水结束,可以提几扎啤酒、几份卤菜,到这儿来喝个痛快。"

刘利隆说:"要能扛进来一个台球桌就更好了。"

毕小洲说:"好了,你们真是猪啊! 只知道吃喝玩乐。不过,至少咱们这次没白来一趟,发现了一个多功能娱乐场所。这儿什么狗屁都没有,走吧!"

"等一等。"那兰率先向前走,如果这个洞的构造和邝亦慧的纪念堂类似,向前行进的地势应该缓缓向上,但趋于平坦,而且会深入岛心。四个人趟着水,哗啦哗啦地走了一阵,果然,地势基本平缓,只是略略上升。终于走到洞的尽头,因为地势增高,水在膝下。那兰举着手电缓缓扫过洞壁:"你们仔细看,这石壁,好像不完全是自然形成的。"她走上前,指着几处石壁说:"比如这里,好像有石头被齐刷刷地劈开,再看这里,又凸出一块,细细长长像根棍儿,光溜溜的,天然石头,要长成这个样,可不容易。"

毕小洲也走上前仔细看,点头说:"有道理。"又蹲下身,从水里捧起一把细碎的石头,用手电照着:"地上到处都是碎石头……但很难说是不是自然崩解的,依我看,更像是开凿后残留下来没清走的。"

解炯摸不清那兰的思路,问:"就算是有人费了大功夫,开出这么个水下娱乐中心,又能说明什么?"

那兰说:"首先,这里应该已经在湖面上了,谈不上水下娱乐中心……"

解炯嘟嚷说:"抬杠!"

"我的猜测,有人从水底挖洞,一直挖到水平面上,第一说明挖洞的人实力极其强大;第二说明,挖洞的人可能想藏什么珍贵的东西,而且不想被水浸泡——谁也不会将自己的宝贝浸在水里,是吧?"那兰边说,边再次将手电缓缓扫过洞壁。

解炯这回明白了:"你是说,伯颜藏宝,很可能就在这里!"但他抬头看看,又摇头说:"不可能,这里最值钱的,就是我们这几个最不值钱的八零后,哪里有任何别的东西……除了这些碎石头。"

那兰觉得解炯无意的话中有点醒自己的元素。石头。

手电光在石壁上停了下来,再次照回到刚才她提到过的那块很突兀的石头上,"细细长长像根棍儿",是不是也有点似曾相识?

龙须岩?

那根"龙须"并非平平地伸出来,而是指向斜下方。

那兰的手电继续搜寻,最终停在石壁高处一片微微突出的部分,LED白光下,仍能看出淡淡的黄褐色。而那突出的部分,是只鸡、或大鸟的形状。

凤仪石?

鸡也好,鸟也好,它的"喙",也对着斜下方。

"龙须"和"喙",从不同的角度,指着同一个方向,洞壁的一侧,和人齐胸高的一片。

那处洞壁,不甚光滑,也没有记号,乍一看没有任何异样。那兰用手电照着,凑近前,却发现石壁有细微颜色深浅的变化——壁间隐约可见缝隙,缝隙周围似乎是颜色略深的灰泥将几块石板粘连在一起。

那兰转头对解炯说:"借你的锤子用用。"

锤子只是轻轻敲在洞壁上,那兰的另一只手扶在洞壁上,感觉出微微的震动,耳中是明显的回响。一切迹象表明,这处的洞壁中空。

她将锤子递还解炯:"现在是你显身手搞装修的时候了,我可不敢班门弄斧。"

解炯会意,举起锤子,用力砸下。锤头虽不大,但石壁上裂缝已现。乒乒乓乓一阵敲打后,地上多了一堆破碎砖石,洞壁上则多出一个密室。

心跳加快,对刚结束奋力砸墙的解炯来说很正常,但另外三个人也同样感受到飞驰的心律。

一个巨大的箱子,乌黑,仔细看有暗金色的花纹,端坐在洞壁的凹陷里。箱子上,是条一尺长的玉石雕的小船,船上坐着一位同样玉石雕成的渔人,蓑衣斗笠,一根"竹竿"伸出船外。

竿上无线。

雕船的玉石通透明澈,仅从石材上看,就不是凡品。雕琢的工艺,更是天工鬼斧。

解炯用锤子轻轻一敲黑箱子,金属相击的声音。

他回头对三个目瞪口呆的同伴说:"今晚,咱们别想睡觉了。"

42　夺宝奇兵

提着沉重的黑皮袋，游回水面的途中，一切如梦，字面上的"梦游"。那兰不敢相信刚才的所见有任何真实可靠的片段。她不敢相信自己，不敢相信任何人。

怎么解释这一切？无论是否是伯颜的宝藏，显然多年前有人在湖心岛下发现了两个相似的岩洞，其中的一处，因为位置不算绝顶隐秘，最终也没有被选作藏宝地，后来被秦淮和邝亦慧发现，成为两人的洞天福地；而另一处，位置更为难寻，成为了藏宝的首选。藏宝者为了以后便于寻找，在羊皮上绘制了地图，只不过分成了两张图，只有将双图拼在一起，才会有明显的寻宝路径指示。

当年的凤中龙，和当代的秦淮，都寻宝失败，因为他们只有"一半"的藏宝图。

那兰觉得自己的思绪逐渐漂远，好像真的在做梦。如果此刻真的是"梦游"，那么，一定和所有的梦游一样，假如被粗鲁地打断，会危险至极。

这是她瞥见那条黑影时闪过的第一个念头。

因为戴着潜水脸罩，那兰的周边视野其实很有限，但她庆幸自己的警觉，发现了不速之客。虽然沉浸在一种极不真实的感觉里、对自己突如其来的"好运"的难以置信中，她并没忘了今晚的计划，醉翁之意不在酒，淘宝之意不在宝。在缓缓上浮的过程中，她一直在四处张望，也不断提醒同伴们提高警惕。

但袭击者的来势之猛，她却有些始料未及。直接向她攻击的，就有两个人！她同时看见另有多条身影围住了三位同伴。

希望他们已经武器在手！

至少她已经拔出了一把长而锋利的匕首，解炯"亲手"为她挑选的武器。在水下使用的武器，太轻或太重，都无法灵活操纵，所以是否"趁手"，格外重要。

那兰用匕首在身边划了一个大圈，不让来袭者逼近，同时发现一个进攻她的人突然翻身向下，显然准备上下夹击。

情急之下，那兰松了手，黑皮袋迅速下沉。

果然，下面的袭击者一愣，没来得及在半途截住那黑皮袋，只好追随而去，下潜速度之猛，多半会得压力症。

同时，那兰执刀的右手向前，人横向游去，准备加快上浮的速度。另一个攻击她的人被刀逼退，但一转身，紧追而上。

那人游泳的速度极快，那兰游出不远，就几次险些被他抓住腿脚。好在这次她戴了脚蹼，奋力打水之下，水泡也勉强起了保护的作用。那兰强忍住立刻游上水面的冲动——紧急时刻，还是应该避免减压症，如果因减压症突然晕厥，反让袭击者占了上风。

可恶的是，紧追的袭击者已经占了上风。那人比那兰力大了许多，在水下也很镇静。水下游泳，双臂需要克服的阻力更大，力大的人划水也更占优势。那人的手已经触及那兰脚蹼，那兰眼前突然又现出一个黑影。

熟悉的身影。熟悉的潜水面罩、熟悉的潜水衣、熟悉的俊伟身材。

那兰曾和这个身影同游，曾和这个身影同潜，也曾为这个身影伤心。

秦淮直冲过来，竟像个鱼雷般撞向追袭者。那人闪身避开，秦淮欺身向前，长臂直伸，抓向那人的面罩。

但那人的手中，已经多出一把匕首，挡在脸前。秦淮掣回手，忽然转过身，拉起那兰，飞快游开。

那兰知道秦淮为什么要逃开——袭击者身后，又出现了数道潜水灯的光影，向两人逼过来。今晚，捕蝉的螳螂有多少只？

前面又现出潜水灯光和一个身影，离两人近了，挥手向他们打招呼，看体型，应该是方文东。秦淮向方文东示意，身后有人紧追，方文东拍拍前胸，应该是在说："我帮你们抵挡一下。"

秦淮和那兰,并肩向水深处游去。那兰不知道秦淮为什么不游回水面,反而下潜,更奇怪自己居然也没有犹豫,竟跟上了他。她这样做,甚至是打乱了原先的计划。

向下游了一阵,身后始终有两个人紧紧跟随,看来方文东还是没能把所有的追兵堵上。那兰知道追踪者的目标是自己,他们相信自己发现了伯颜宝藏,只有抓到她,才能问出宝藏的具体下落。所以如果落入他们手里,会生不如死。

再游了一阵,那兰逐渐明白了,秦淮下潜的用心。

前面的湖水逐渐变得浑浊,不但是水浑,夹杂着无数细小气泡,而且水草蔓长。虽然众人都有潜水灯,仍难看清周遭一切。

那兰突然感觉手又被秦淮握住,她想掣开,但知道现在不是使小性子的时候,也知道只有秦淮对这附近了如指掌。

秦淮拉着那兰穿行在水草之间,速度放慢了,追兵也没能立刻赶上,虽然隔得不远,却只有两个模糊的轮廓。

他们也一样陷在混沌中,而且陷得更深,更致命。

秦淮拍了拍那兰肩膀,又指指脚下,然后双手比划,纵横交错。那兰会意:此处水草密布,湖水因为大量气泡的存在十分浑浊,潜水者——至此就模糊了视线,很难再注意脚下是否有水草牵绊。她也明白了秦淮的用心,他打算让水草缠住追来的人,然后捉一个带去审问。

他显然料到了那兰的计划,于是他冒险闯入,利用这个机会,想知道"五尸案"的真相、邝亦慧失踪的真相。

要不是那兰了解秦淮,一定会认为他是个疯子。

她真的了解他吗?

至少,她可以有她的专业判断,他的心里藏着太多的秘密,他为自己的心理施加了太大的压力,为了达到目的,可以做出很"疯狂"的事。

而邓潇、邝景晖、樊渊,又何尝不是如此?

还有自己。

如果不是自己疯狂，如果不是一味地要查出宁雨欣被害和邝亦慧失踪的真相，她怎么会在这个月黑之夜如居无定所的鱼儿一样迷失在浑浊的水下，逃避着追杀？

秦淮又拍了拍那兰的肩膀，带她离开纷乱思绪。他伸手指向那两个追袭者，他们没有再继续追赶，浑身扭动不停，像是被无形的手抓住了，想要挣脱却不能。

那兰有过类似的经历——那次跟踪秦淮后，被水草缠住。

那兰跟着秦淮来到其中一人身后，那人弓着腰，正专注地用手中刀割开水草。

秦淮的手中，不知什么时候，也多出一把小刀，他的另一只手，忽然伸出，紧紧抓住了追袭者执刀的手腕，而他手中的刀，对准了那人的喉咙。

那人识趣，没有动弹，其实，他即便要反抗，也没有太大的胜算，因为那兰已经扳住了他的另一条手臂。

秦淮的潜水包里有手指粗的尼龙绳索，在水下，如果手脚都被捆绑住，和僵尸已无任何区别。

两个人没去理会另一个被水草缠住的追兵，知道给他足够时间，舍去脚蹼和部分潜水衣，最后总可以挣脱。他们拖着"俘虏"，按减压程序上浮。等露出水面的时候，那兰注意到附近很安静，他们在岛的另一侧，离"战场"很远。

将那人拖上岸后，秦淮脱下潜水面罩，没有寒暄，没有"你好吗"、"你受伤了吗"的关切，直直地问那兰："想不想知道偷袭你们的人是谁？"

那兰看一眼秦淮，心头一凛。月光早被黑云吞没，点滴小雨开始落下，但仍能看清，秦淮看着她的眼中，没有离别重逢的些许温情，却有一种饥渴野兽在猎物到口前的神色。

"他可能只是个小人物，不知道那么多的真相。"那兰淡淡地说。

"哦？"

"但你既然抓了他来，一定早知道，他是个重要人物。"

秦淮苦笑一下："我没看错你，你真的很聪明。"

"谢谢星探大人的夸奖，但我相信，你知道得更多，只是你从来没有分享的兴趣。"那兰的声音,如脚下秋水,冷冷的。

秦淮的声音也没有一丝暖意:"没错,我没有和别人分享痛苦、危险、甚至死亡的兴趣,尤其……尤其是和我在乎的人。"

那兰突然又想要逃回水中。

秦淮忽然出手,粗暴地扯下了那俘虏的面罩。

"秦淮!你小子想干什么!"那人惊呼。

那兰也发出一声惊呼。

毕小洲奋力向前游着,他有信心甩掉后面紧跟不舍的"尾巴",但当他看见前面猛然又多出一个潜水员,心头暗暗咒骂。

那兰这鬼精灵的女孩,把我们这几个哥们儿卷进什么样的一个浑水里来了?也怪我们自己不好,大概是潜水潜多了,脑子里也进了水,怎么就会毫不犹豫做了"义勇军"呢?当然,她也没骗人,甚至,我们真的找到了伯颜藏宝!

可是,一件宝贝尚未到手,就要做这样的生死逃亡!

他突然想起准备会上那兰的叮嘱:"如果被夹击,立刻丢包!"他不得不佩服那兰的心思过人。手上的皮袋里,装的不过是些石头,而追击者,一定会认为里面是金银珠宝。

于是,他松了手,沉重的黑皮袋义无反顾地坠下。

果然,在后面追赶的人突然下潜,去捞"宝贝",而他,只需要摆脱一个人,轻松多了。

他顺利浮到水面,追堵者还在努力,但已构不成威胁。可是当他在水上刚露出头,又暗暗叫苦。

不远处,停着一艘机动艇,灯光照得湖面彻亮。如果"敌人"要开艇追逐,自己肯定不是对手,只好再潜下水,但这样能支撑多久?

他一迟疑间,船上灯光已打过来,正照在他头顶。糟了!

小艇向毕小洲驶来,他正准备再次下潜,突然发现小艇的船身上写着"公安专用"四个字。紧接着,船上有个熟悉的声音叫道:"小洲!游过来!"

是解炯!

他这才明白,他得救了。

他此刻脑子里冒出的唯一念头是:不管那兰是不是个穷学生,等硝烟散去后,一定要"认真"地逼她请客喝酒。

可他怎么也没想到,一直等到天明,那兰都没有出现。

43 乱性

面罩下的脸,长长的像把弯刀,那兰从没见过,但那个人的声音,她听到过。

冯喆录音带里的声音。就是他,找到了冯喆,让冯喆去五湖四海纠集几位潜水高手,一起到昭阳湖探宝。然后,就发生了"五尸案"。

那兰没有问他的名字,因为他的姓名已经不再重要。她问秦淮:"你认得他?"

秦淮说:"说来话长……首先,我认得他的潜水衣,今天所有来袭击你们的人里,他的潜水衣,是最好的牌子和面料。所以,我猜他是个头目。"秦淮指着那人胸前 Pinnacle 的商标。

那个人为什么能脱口叫出秦淮的名字?那兰还是有些疑惑:"他到底是谁?"

"大名严涛。"秦淮看那兰伸手到腰间潜水包里摸索,又问:"下水前,我看见了公安的船,是你的安排?"

那兰点头:"他们的船应该离这儿不远。"她的确伸手到潜水包里找手机,"我这就告诉巴渝生我们的方位,让他们来把这个混蛋接走。"

秦淮按住了她的手:"先不要……算我求你,先让他去我家一次。"

那兰心头又是一凛:"你想干什么?"

"我很少求人,但这件事,请你同意,这对我很重要。"

严涛突然叫起来:"不要!不要!他会杀了我!"

秦淮从包里取出防水胶带,贴在了严涛嘴上,冷笑说:"原来你也怕死。"他又转向那兰,说:"我只是想尽快从他嘴里知道一些真相。"

那兰想了想,点头说:"好,我跟你去,但是我会随时和巴渝生联系。"

秦淮的车就停在不远处。严涛被塞进了车后行李厢中。

车子直接进了车库。秦淮和那兰拖出严涛,带他进屋后,在厨房里再次将他的双脚捆住。

"秦沐还在楼下?"那兰看着地面。

"在君君那里……最近她有不少起色,已经能在外面走走,这件事,你居功至伟。"秦淮的感激发自内心。

"别忘了君君这些年的帮助。"那兰说。

秦淮点点头,又说:"洗手间里有换洗的衣服,你换上吧,身上总是湿着不好。"

那兰问:"你到底想做什么? 我没有时间和心思立刻就换衣服。"

秦淮反问:"你真的不知道?"

隆隆雷起,窗外是雨打芭蕉声。

厨房里,只开了一盏昏暗壁灯。

"原来你早已猜出了我的计划,利用这个机会,抓了这个……牵头的,打算用私刑,逼他招供'五尸案'和亦慧失踪的真相……看来,毕小洲一直在向你汇报我的情况?"

秦淮微微吃惊:"你怎么知道毕小洲……?"

"你难道真以为我那么胆大包天,找一群全然不知底细的人'合作'? 他们每个人的背景,我都仔细摸过。巴渝生帮我查到,毕小洲的水上运动训练班,就是向你借钱开的。这家伙还有个荒废了多年的博客,上面有你们两个的合影。你说我怎么会不怀疑他?"

"这么说来,巴渝生一直是你的后台?"

"我没有舍身喂狼的习惯。我知道保护自己的重要。"

"所以不用我替你担心了。"秦淮微微一笑,今晚头一次见到他露出真心的笑意。那兰心里却翻了五味瓶。

她倔倔地说:"从来就没有要你担什么心。自作多情!"

秦淮轻轻叹一声，仿佛知道是自取其辱。他转过身，蹲在严涛的面前，冷冷地问："今天你肯定要去见公安，但去之前的几个小时里，你有两个选择，可以风平浪静，也可以地狱半日游，取决于你怎么回答我的问题。"

那兰心头又一凛，秦淮终究不会轻易罢手。她说："秦淮，你不要乱来，要不要我这就打电话给巴渝生。"

秦淮摇头说："你不用担心，我真的只是问几个问题。很多东西，他即便不承认，我也知道答案。"

严涛抬头，艰难地啐了一口，说："故弄玄虚，你知道了还说什么废话！"

"推测和事实证明毕竟有所不同。比如说，我现在推测出，三年多前，是你牵头，找到了冯喆，组织了寻宝的小组，对不对？"

严涛看着秦淮，半晌不语，直如默认。

秦淮又说："你其实早就按照坊间流传的一些所谓地图，自己下水找过很多次——现在想起来，我以前好像通过望远镜看到过你——但湖心岛附近礁石众多，那么一大片水域，以你一个人的力量，不知哪辈子才能找到。所以，你们物色到了冯喆，冯喆又替你们找了另外几个潜水好手……"

秦淮忽然踢了严涛一脚，说："那天晚上的事……张馥娟被害的事，还需要我说吗？"

严涛冷笑说："好像你什么都知道似的。"紧紧闭上了嘴。

那兰说："你可以慢慢和公安说，其实，冯喆已经说了一些，剩下的，我都能猜到。那天晚上，发生了什么，我可以说出来，全是我的猜测，欢迎你纠正。"

严涛脸色一变，听那兰说："下水探宝的当晚，你们可能在一起喝酒'壮行'，没人知道你们在哪里鬼混，但我猜，至少有一个厨子帮你们准备酒菜，还有一个小姐陪酒助兴。这是那位厨子的小产业，让女朋友做小姐，他负责烧菜。厨子的名字是钱宽，小姐的名字是张馥娟。在你们喝酒中有什么样的丑态，只好给你们自己留念，但显然引发了一连串令人毛骨悚然的事件。

"也许是你们多喝了几杯，酒后乱性，张馥娟由简单的陪酒，变成了你们发泄的工具……"那兰喉咙忽然梗住，呼吸陡然变得急促。这样的推测在她脑中已经不知走过多少遍,每次想到,都有种难忍的苦楚,但她还是没想到,自己根本无法开口道出。

秦淮握住那兰的手,那兰竟忘了挣脱。

"从尸检结果看,张馥娟多半是死于被轮奸后的大出血。"秦淮替那兰说,"我猜,等在厨房里烧菜的钱宽发现时,估计已经晚了。他肯定也知道没办法和你们计较,于是只好跟着你们上了同一条船。毁尸灭迹,你们将张馥娟的尸体,绑了重物,水泥块或者石块,沉入昭阳湖。你们的这一幕,正巧被两个女孩看见了,只不过她们无法看清你们是谁,或者在干什么。张馥娟的尸体被捞上来的时候,肿胀不堪,但还是能看出被绳索勒过的痕迹。和绝大多数沉尸的结果一样,张馥娟的尸体最终还是浮上水面,而且比你们预料得早,这一定让你们心惊。"

那兰看一眼秦淮,他和自己想得一模一样,她说:"你们这群人里,并不是个个都像你这样的虎狼之辈,比如冯喆。他肯定觉得纸最终包不住火,所以在你们探宝一无所获之后,就匆匆逃离这个是非。不过,冯喆虽然谨慎,他败也败在过于贪婪。他在你们刚开始找他入伙时就录了音,出了事后,他又和钱宽联手,我想是因为钱宽是江京本地人,也和你们、你和你的老板,多少有些联系。冯喆和钱宽联手,一定是为了敲诈,钱宽也不甘心白白丢了张馥娟这个摇钱树,何况,他担心张馥娟的事,警方最终会找到他的头上,所以他也需要一笔钱,压惊、甚至潜逃。

"但你,和你的老板,当然不会轻易妥协,你们选择的,是灭口。钱宽很快就被干掉了,但警惕的冯喆感觉到事情不对、发现钱宽失踪后,就再次远离江京。这回,他没有再打算和你们抗衡,而是找到了一同参与探宝的另外三个民工,提醒他们,处境危险,让他们也去逃亡。但是,出门打拼的民工,能有份稳定的工作已很不容易,单身逃亡绝非他们的上策。你们也是利用了这一点,在张馥娟的尸体被发现后,找到他们,也许是欺骗他们,许诺他们再次寻宝的重金,将他们诱骗到江京来,然后一一杀害,也一样弃尸湖中,还造成了游泳淹死的假象。"

那兰说完,抬头看秦淮,说:"这些,都是靠着最近得到的线索,推测出来的。还有,潜入我宿舍的、偷了优盘的、麻醉小仓鼠的、在江大附中袭击我的,都是你们!你们想掌握秦淮的动态,你们也生怕宁雨欣已经和冯喆联系上,了解到了'五尸案'的真相……宁雨欣是你杀的!"

　　严涛冷笑说:"警察破不了的案子,你就全推在我头上?偷优盘什么的是我们干的,但杀宁雨欣的另有他人!肯定是和秦大作家的风流史有关!"

44　苦心孤诣

　　秦淮的眼中,那种兽性的神情再起,但被那兰紧紧拉住。他说:"好,你承认就好,你现在,只要再回答我一个问题,就可以立刻去公安那里报到,不用受我的任何'私刑'。亦慧是不是被你杀了?"

　　严涛一震,脸色微变,摇头说:"不是……我们有什么道理要杀你老婆?"

　　秦淮挣脱了那兰,弯下腰,轻声对严涛说:"但你倒是给我解释解释,亦慧失踪,怎么就在你们制造的'五尸案'之后不久呢? 我该怎么让你说实话呢?"他的脚,踏在了严涛的裆部。

　　严涛的头上开始冒出豆大的汗珠,喉结剧烈地蠕动着,他说:"除了时间上接近,别的证据你有吗? 真的,真的不是我!"

　　"但是你知道,对不对? 告诉我,是谁?"秦淮的直觉没有错,不知为什么,那兰也觉得严涛可能还在掩饰什么。

　　严涛努力摇头:"我真的不知道!"

　　秦淮说:"不知道? 那你告诉我,为什么'五尸案'发生不久后,亦慧还没失踪的时候,我们在湖边的破房子就被你们搜过?"

　　"那两个女孩告诉公安,从你们家窗子看到有五个人在小船上,你说,我们对你、对你那间小破房子,能放心吗?"

　　"但是为什么? 为什么要对亦慧……"

　　"我真的没有!"

　　也许是他闪烁不定的目光,也许是不自主地蠕动喉结,那兰觉得严涛一定在努力守着什么秘密,她也蹲身说:"只要不是你害的亦慧,你何必为他人遮掩,你看他的样子,"那兰指着在爆炸边缘的秦淮,"你何必要给自己更多的苦吃?"

秦淮的脚又在加力,严涛终于叫道:"好,我告诉你!

"五具尸体都出来以后,有段时间里,我们的人,的确一直在盯着你们那个破屋,也进去搜过。尤其,我们听说了,你是写悬疑小说的,更怕你对那件事有什么特别的兴趣。盯了几天,没发现什么异样,我们正准备撤了,有一天,却发现有一个五短身材的家伙,到你们家门口,鬼鬼祟祟的,从门缝里塞进了一个信封样的东西。

"我们生怕那小子和我们的事情有关,立刻做了两件事,一是拆开那信封看了,二是跟踪了那个小子。我们撬了你家的锁,看了信封里的信,信上说,你的老丈人要见你老婆,信里说的话文绉绉的,但很清楚,是要缓解一下父女两个的关系,见面定在当天晚上,江京丰城酒店的大厅里,到时候会有一辆白色小面包车来接她。因为你们的房门前不通公路,车子开不进来,她只要在晚上九点等在湖三公路、隆青路口就可以。还特地说,知道秦淮有傲气,所以不见就算了。我们把信封又原样封上,留给你老婆。

"那个人就住在离湖边不远的南湖宾馆,我们一直跟踪到他的客房里,发现客房里有两个人。"

"两个人?"那兰不知道严涛的话有多少可信之处。

"那个人和另一个女的。那女的,一看就是小姐。快到晚上的时候,那个人出了房间,我们跟着他,发现他搞开了另一间客房的门,我们的好奇心更大了,继续观察。不久他从另一间客房出来,我们就现了身,那人挺专业,要不是我们人多,差点让他跑掉。把他制服后,上了点刑后,才知道,这家伙是个杀手,但和我们的事无关,而是有人派来,专门拆散秦淮和他老婆的。"

"你在编故事?"那兰问。

"真的,这些都是真的!那小子叫曾祝伟,我们后来才知道,他在黑道上还小有名气。他说有人出钱,让他用那封信引出邝亦慧,然后他和那个女的会设法进入秦淮的破屋子,用迷香什么的迷倒秦淮,然后让那个女的和秦淮拍一些艳照。所以,邝亦慧基本上就是白跑一趟、白等一场,当然不会有什么车来接邝亦慧。但这段时间里,至少有半个小时到一个小时,他们有足够的时间放倒秦淮,拍裸照什么的。他们的计划,是过几个月后,把这些照片发给邝亦慧,秦淮很难说清楚,至少会造成他们之间的感情问题。"

邝亦慧和秦淮之间出现问题,得益者是谁? 邓家? 邝家?

"另一间客房里的人是谁?"

"另一间客房里有个倒在地上昏迷不醒的家伙。曾祝伟说,他也不知道,只是发现这个人好像一直在盯梢秦淮和邝亦慧,为了不妨碍他的计划,他就闯进去把那人迷倒了,还打了麻针。后来才知道,原来那被迷倒的家伙,十有八九是邝景晖派来暗中观察邝亦慧和秦淮的,顺便保护邝亦慧……那些尸体冒出来后,邝景晖一定立刻想到了女儿的安危。"

那兰想象着当时的情形,根据自己对邝家、邓家、尤其邓潇和邝亦慧那段旧事的了解,觉得两家完全做得出这样的安排,严涛的故事里应该没有太多编造的成分。

"雇曾祝伟的是谁?"

"他说不知道,是通过中介接的生意。我们本来犹豫不知该拿他怎么办,还是后来发现……发现邝亦慧被杀后,才知道这里的麻烦有多大。"严涛的双眼焦虑地盯着秦淮,生怕他再发作。

"你……看见邝亦慧被杀?"那兰轻声问。

严涛说:"我只是看见了她被杀以后的情形……我和两个手下为了保险起见,为了证实姓曾的在说实话,那天晚上开车到湖三公路和隆青路口附近等着。可是九点半过了,还是没见邝亦慧的影子,不过倒是有一辆白色小面包车出现了! 现在想起来,一定是那个被曾祝伟迷倒的小子醒过来,通知了邝景晖的人。"

那兰点点头,想起白色小面包车是邝景晖的"商业用车"。

严涛又说:"小面包车停下来后,出来两个人,着急地四面看,一个人用手指着秦淮和邝亦慧家的方向,又用手指指前面的一片树林,我猜想,他们是在说,到那个树林里找找。果然,这两个人钻进了树林。我们好奇心也起来了,就跟着那两个人进了树林。

"毕竟是我们对那树林熟悉,知道哪里有路可以穿,所以,还是我们,先发现了邝亦慧的尸体!"

那兰见秦淮在微微颤抖,不祥之感顿起,轻声叫着:"秦淮!秦淮!"

秦淮如梦初醒,转过脸,满面是汗,是泪。

那兰悄声问:"你是说,你看到邝亦慧的时候,她已经……"那兰重新将目光投向严涛。

严涛又瞟一眼秦淮,似乎有些不敢开口,秦淮索性掏出了潜水刀,对准严涛的双眼,哑声说:"你说,你说,把你看到的都说出来!"

严涛的喉结,紧张地伸缩着:"那天下雨……她穿的,是雨衣……她是被勒死的!胸口和肚子上也被刀捅了!"那兰目不转睛盯着秦淮的脸,那张脸已是水光一片。

"我还可以告诉你们,我赶到的时候,不但发现她已经断了气,还发现,她的衣服很凌乱,被撕破了很多处,看上去似乎有人要对她动粗,可能是要强暴,但她反抗得很厉害。"严涛大口喘着气,显然当时的见闻也全然在他意料之外。"我当时立刻对手下说,兄弟,我们的麻烦已经够多了,别在这儿凑热闹了。我们刚离开,小面包车里下来的两个人就跑来了,他们看见了邝亦慧,其中的一个人叫了半天,看她真的没动静了,竟然哭了起来,很伤心的那种大哭。"

阚九柯。

秦淮深深地吸了一口气,扭过了头。

"是他们把尸体带走了?"那兰问着,虽然早知答案。

严涛说:"是,那个人哭完后,拿出手机打了个电话。我们感觉情况不妙,立刻走开,只留下一个手下隐藏在路边观察,反正一定得把车开走,否则,如果被那些人看见,一定首先被怀疑。后来听我那个手下说,过了没多久,就来了一批人,那阵势,跟公安办案勘查现场差不多,尸体好像也被抬走了。"

难怪邝景晖确知了女儿的死讯,但亦慧的尸体何在?

"曾祝伟……他现在在哪儿?"

"我怎么会知道？早就把他放了。"严涛的声音不是那么实在。

那兰忽然明白："你们最终还是没有放过他！"能制造"五尸案"的人，有多大可能放过一个黑道杀手？

严涛一惊："你……你胡说什么！"他的眼神已经暴露了一切。

秦淮又将脚踏上来："为什么叫你说实话这么难？"

"是，是我们干的……把他干掉的！"严涛叫着。

"可是，我还是不明白，不管曾祝伟有没有对你们撒谎，你们至少应该放心，他和你们的'五尸案'无关，为什么不放过他？"

"你这就太天真了！曾祝伟这样的人，吃了我们的亏——他当时受的伤，绝对不是一两个月能复原的——他吃了我们的亏，认得了我们的脸，知道我们在哪个码头混，不会善罢甘休，不会不来报复。"严涛叹口气，竟有些自怨自艾地说："我们这些走错了路的人，眼前就是黑和白，不是你死，就是我活。我说的，不但是我，还有曾祝伟。你想想，他那个时候的状况，也是生不如死，邝亦慧被害，他本来就是受雇于人，又莫名其妙地消失了半天，雇他的人会饶了他吗？怎么会不怀疑他呢？肯定又要对他一阵折磨。如果邝景晖知道他和邝亦慧被杀有关，又会轻饶他吗？我们干掉曾祝伟，其实应该算是成全他，给他个解脱。"

典型的强盗逻辑。那兰问："这么说来，你并没有见到杀害邝亦慧的凶手？"

严涛一个劲地摇头："我如果见到凶手，说不定会去向邝景晖请功，得一笔奖金。"

秦淮愤懑地又踢了严涛一脚，收起刀，双手抱住头，怅然若失地说："是我害了她！"

"你不能无理由地自责！"

"是我这个穷书生的傲气害了她，邝景晖瞧不起我出身贫苦，我就更瞧不起他的为人，尤其是认为他对亦慧无情，胸中一直有口恶气。彼此离得远倒算了，如果我知道他来到江京，一定会去和他理论，结果必然还是话不投机，导致他们父女更难复合。我想，亦慧一定是怕我知道了邝景晖来到江京，冲动地去胡闹,所以,她没有让我知道那封信,自己孤身去和邝景晖见面……可是,这还是和她的性格不符,和她做事的风格不符。她虽然一向胆大,却还没有到冒失的地步。深夜出门,在荒郊大路边等车……她一个女孩,不会就这么冒险单身前往,她不可能一点不为自己的安危着想,尤其'五尸案'才发生不久,她很聪明的,一定会安排好保护……"

这时,那兰忽然觉得眼前一片豁然,一个大胆的猜测闪现。

可是,猜到真相的代价——尤其猜到凶手的身份,竟是那个一直意想不到的人——还是惊出一身冷汗。

她说:"我知道了,真正的凶手是谁。"

秦淮一惊:"是谁?"

那兰拉起秦淮,说:"我们快走! 希望不会太晚。"

但是已经太晚。

凶手也同意:"已经太晚了!"

两个人都十分熟悉的声音,两个人都十分熟悉的朋友。

方文东出现在两人背后,仍穿着潜水衣,但举着一柄手枪,黑洞洞的枪口对准了那兰:"你们两个,谁也不要动,不管谁动,那兰都会没命。"

秦淮怔怔地看着方文东,缓缓摇头,仿佛初醒的人要将一夜的噩梦从眼前晃走。"是你……为什么是你?"他又望向那兰,虽然没有开口,但满是疑问。

那兰生平第一次看见一个枪口如此近距离地对着自己,心头一阵狂跳,知道此刻让自己尽快镇静下来的办法是说话:"是你刚才提醒了我,你说亦慧绝对不是冒失的人,深夜出门不可能没有保护。只不过,她和你一样,怎么也没想到,她找的这个天下最衷心最可靠的朋友,却是随时都会发狂的野兽。亦慧的不幸在于,野兽恰巧在那个夜晚发狂。"

方文东冷笑,他方方正正的脸上虽然杀气隐隐,但很平静,没有"发狂野兽"的狂野之色。他说:"那兰,你很聪明,当然,秦淮也很聪明,可是这次,你们都被我踩在脚下了。事实证明,最后得胜的是我,我最应该拥有一切,我只不过生不逢时,运气一直不在我身边,直到今天。"

秦淮也从茫然和震怒中冷静下来，沉声说："文东，不论你做了什么，我知道，可能只是一时的糊涂和误会，放下枪，咱们好好聊聊，朋友这么多年……"

"住嘴！你以为我是你小说里那些傻瓜反角吗？啊？你不要动逃跑的脑筋，你动一下，我就会毫不犹豫地开枪，你想看你的新欢死在你面前吗？啊？如果不想，那就听我的话，把两只手伸出来！"

秦淮伸出双手，方文东又说："那兰小姐，我知道你爱上了这位美男作家。怪不得你，'一见秦淮误终身'嘛，哈哈。但是，他对你怎么样？当然，他也很喜欢你，但他还是做了他应该做的选择，对不对？你是什么？你只是个大学生，除了漂亮脸蛋一无所有，你知道他的，他以前找的是'岭南第一人'的千金，如今找的是江京房产大佬的小公主，哪辈子会轮到你呢？哈哈。今天要委屈你一下，用这个，把伤透你心的人锁上。我给你十秒钟，十秒钟后如果没锁上，我就会开枪。"他抬手将一副手铐扔给了那兰。

十秒钟后，秦淮和那兰都被戴上了手铐。秦淮问："你既然没有立刻杀我们，一定还有问题。"

方文东冷笑说："还在动脑筋，耍聪明？我怎么觉得，倒是你，还有很多问题要问。"

那兰一直在飞快地想着新知的一切，这时候突然说："其实也没有太多要问的，因为都很清楚了。或者说，也许你觉得很复杂的事，我们都已经想得很清楚……"

她的话，被一记重重的掌掴打断。她的脸上顿时红肿一片。"你死到临头，还要耍聪明，还要激怒我，打的是什么算盘?!"

那兰觉得嘴里鼻中都咸咸腥腥的："我只是说实话——你要我怎么说？更专业点讲吧，你应该早点找个心理咨询师，或许不会走到这一步。"

"晚啦，是不是我现在只能去精神病院挂号了？"方文东自嘲着，逼着二人蹲坐在客厅一角的地上。

"不晚，解决心理问题、精神问题，永远不要说晚。何况，你的问题……你并不是天生杀人狂的那种变态，你的问题其实很简单……你最大的问题，你唯一的问题,就是你永远生活在秦淮的阴影之下。"

秦淮的脸上,是费解和若有所悟的交加。方文东的脸上,是愤怒。

那兰又说:"我记得君君说过,如果不是亦慧,就不会和你认识;我以前也听秦淮说过,邝亦慧和秦淮相识,其实还是通过你。是你,把秦淮要寻找游泳高手帮忙的活推荐给邝亦慧。八卦一下你们的过去,其实你,方文东,也曾追求过邝亦慧,对不对? 你介绍邝亦慧给秦淮帮忙,你接触了邝亦慧的好朋友君君,都是希望有更多的机会接触邝亦慧,因为你知道和家境一流的邓潇竞争,你毫无优势,只有通过频繁的接触,才有得到邝亦慧芳心相许的一点点可能。

"你万万想不到的是,邝亦慧很快着魔般地爱上了秦淮,怪不得她,也怪不得你,'一见秦淮误终身',你那个时候还没有听说过这句话。邝亦慧很快和秦淮结婚,你无奈娶了君君。其实,天下可能只有你一个人不知道,你能娶到君君这样一流的女子为妻,是什么样的福气。但你,你没得到你想要的,没得到不属于你的,你终究不会甘心。

"你的'机会'终于来到,但那是一个天大的不幸。那天晚上,邝亦慧灌醉了秦淮,准备去见邝景晖,她千不该万不该,请了你去做保镖。

"知道邝亦慧将要和邝景晖修好后,你一定有些手足无措吧,因为如果他们父女间消除了隔阂,秦淮做了真正的乘龙快婿,你们之间的差距就更悬殊了,你就更没有机会了。而且,当时秦淮被海满天签下,眼看写作事业就要有突破,更是让你觉得生不逢时,可能要永远屈居人下。于是,当走在僻静的林间小路上时,你失控了,你被压抑太久的本性被激发了——你绝望了,你发现,你永远也不可能有任何机会得到邝亦慧的爱,当时的你,只想要占有,哪怕短暂的占有。所以当你和邝亦慧一起经过树林时,你露出了真面目,你甚至……你甚至要对她施暴……她当然会反抗,但和完全失控的人反抗,会怎么样……"

那兰心头一颤,她已经从方文东的眼神中,看出了失控。

不但眼神失控,枪也失控,颤抖的手握着无情的枪,抵在那兰的额头上。

"文东。"秦淮叫方文东的声音,和往常一样的亲切。方文东的身体颤抖着。秦淮说:"文东,我知道你是一时冲动,一时糊涂,我原谅你,放开我们,我们可以让过去的事过去，该忘掉的就忘掉……"

"住嘴！你想拖延时间，你想苟延残喘，收起你的妄想！"

那兰努力张开口："你还不打算杀我们，对不对？你想知道藏宝的地点，对不对？"

"既然知道，你为什么不快说？你快说！不说……不说……"他忽然又将枪口抵在秦淮的头上，"不说我就先杀了他！"

那兰说："为什么要杀他？你不是早就得出结论，杀他已经毫无意义。"

"没错，只要夺去他爱的人，他活着，比死还难受。哈哈，这三年来，我算是见识了。"方文东又将枪对准了那兰，声音冷静下来。"不过，事到如今，我暴露了，你们知道，我不可能再留你们做活口。"

"这些年来，你一定在想，邝亦慧的尸体去了哪里？"从时机上来说，那兰的话无比唐突。

果然，方文东一怔："你……什么意思？"

"你知道不知道，邝亦慧被害的当晚，就在你匆匆逃离现场不久，邝景晖就收到了她的尸体。"

"你信口胡说！"方文东的枪离那兰更近了几寸。

拖延，继续拖延。那兰冷笑说："你不信，可以问他。"她将脸向严涛的方向摆了一摆。

方文东斜眼看严涛，严涛知道方文东不会放过这里的任何一个活口，包括自己，索性不置可否。

"你到底想说什么？"方文东怒吼。

"知道邝景晖为什么不报案吗？为什么要制造邝亦慧失踪的假象？"那兰顿一顿，又说，"我可以告诉你……但我想秦淮对他的岳父会更了解，他一定也知道原因。"

方文东握枪的手微微颤抖，喝道："这些都无关紧要！"

"相反，这些至关重要，"秦淮显然明白了那兰的心思，沉静地说，"邝景晖刻意将亦慧被害的事隐瞒下来，是因为他不相信万事缠身的公安局有能力侦破这个案子;或者说,他有足够的实力调动一支十分专业的侦破大军,如果他都查不出来,公安局也没有破案的可能。如果他将发现亦慧尸体的事告知警方,警方开始破案,万一日后找到凶手,自然会通过正常的司法程序为凶手定罪。这样,邝景晖就失去了机会。你知道,我说的,是什么样的机会吧?"

"你在恫吓我?!"

那兰缓缓说:"对邝景晖来说,他在晚年失去了幸福家庭,他生命中最重要的两个人,他的女儿,他的结发妻子。这时候,他的心理,严重地失衡。他一心想做的,就是复仇,如果他找到了杀害亦慧的凶手,可以保证这位凶手生不如死。从一点一滴的折磨直到处死,你能想到的凶残,都会经历。你如果杀了我们,虽然可能可以逃脱,但人们都可以猜出谁是罪魁祸首。邝景晖有了寻找的目标,有了复仇的对象,他一旦发动自己的影响,大江南北、五湖四海,都会有人将你挖出来,你逃脱的希望微乎其微。倒不如,听我一句话,我们这就去找巴渝生,你自首,公安局至少可以保证你不受任何充满怨毒的私刑。"

在一刹那,那兰觉得自己的心理战有了胜机,方文东的手抖得更厉害,他的脸上,开始显出不同的神色,他在激烈地思考。

等方文东再次开口时,那兰心一沉,知道路已到尽头:"巧言令色!巧言令色!我差点上了你们的当。告诉你,我有足够的勇气去试试我逃生的运气。但是看来我要更利索些了。你们告诉我伯颜宝藏的地点,我让你们死个痛快,否则,你们会受很多苦。"

那兰颤声问:"你会怎么样?"

"你看过我写的《残肢令》,对不对?差点儿被禁掉的那本书。没看过,没关系,反正没多少人看过我的'大作'。告诉你吧,如果从现在开始你不合作,我会像书里变态的主角一样,先切断你的手指,再切断你的脚趾,然后是手腕,然后是脚踝……"

那兰摇头,叹息:"你真的应该早点儿和我聊聊,聊聊你的心事。"

方文东叫道:"晚了!"枪口对准了那兰的赤足,随时准备开枪。

那兰点头:"晚了。"

45 华丽转身

"啵"的一声，然后是"咚"的一声。

方文东魁梧的身躯重重倒地，手枪飞出手。取代他站在屋中的，是君君，满面的泪水，手里一个平底锅，司空晴曾试图为那兰煎蛋的那只平底锅。

地上的方文东蠕动了两下，并没有全然失去知觉，他的脑后渗出血来。

那兰轻声说："君君，谢谢你，救了我们。"她可以想象，对温柔的君君来说，给自己丈夫那样沉重的一击是何等不易。即便她已经知道方文东是何等的危险。

君君哽咽道："终于知道，为什么这些天，他心神不宁，还藏了一把枪；终于知道，亦慧被害的那个晚上，我为什么睡得那么沉。我……也是我不好……忽略了很多迹象……"她望着俯卧在地上的方文东，这个和她朝夕共处多年的男人，仍不敢相信刚才听到的一切。

那兰说："这怎么能怪你！你也是受害者！"这时，一身白裙的秦沫走了进来，显然是和君君一起回来的。秦沫看见眼前东倒西歪的景象，睁大了眼睛，一片茫然。那兰暗暗着急，知道这样的场面对正在恢复期间的分裂症病人极为不利。

"手铐的钥匙应该在他潜水衣口袋里，或者在他的潜水包里。"秦淮提醒着正在努力控制情绪的君君。

君君应了一声，放下锅，蹲身在方文东的身边，去摸他口袋。那兰惊叫一声"小心"，但已经来不及，方文东忽然翻过身，一拳击在君君脸上，然后用尽全力，反将君君压在地上，双手掐住了君君的喉头，双目充血、眼神散乱、兽性汹涌，嘶哑着声音说："贱货！我掐死你！"

一声凄厉的尖叫响起，一条白色身影飘过来，扑到了方文东身后。是秦沫！

秦沫的双手，从背后紧紧掐住了方文东的脖子，嘴里还不停重复着方文东刚才的话"我掐死你！""我掐死你""你要叫，我就掐死你！"

秦淮也扑上前，戴着手铐的双拳重重击在方文东的脸上，血光四溅。

方文东摇摇欲坠之际，君君摆脱出来，在地上摸到平底锅，又一次砸在方文东头上。

那兰也起身，叫道："方文东，秦沫是不是也是你伤害的?!"

方文东口眼歪斜，嘀嘀怪笑着，含糊不清地说："秦淮……看见没有……我得到的，其实比你多。"

秦淮再次愤怒地挥出双拳，方文东的脸只剩一片模糊。

那兰惊问："可是，我不明白，难道当时，你和警方，都没有怀疑过是他?"

秦淮大口喘着气，说："那时候，我还不认识他。只知道他当时和我一样，也是一个蜗居在湖边农舍里的江漂。"

君君拢住了浑身不停颤抖的秦沫，低声安慰，又像是在祈祷着噩梦的终结。

屋子里沉默了片刻，君君又开始在方文东身上搜摸钥匙，严涛在一旁徒劳地叫着："快点，快点，别忘了给我也放开。知道了你们这么多丑事，真他妈的受不了。"

那兰冷眼看看严涛，又看着秦淮："你现在可以告诉我，你怎么知道是严涛……严涛的身后，到底是什么角色?"

"什么角色？不管是什么角色，都是你们碰不了的人。"一个声音突然在客厅门口响起来。

三个穿着灰色西装的汉子走了进来，每人手里都握着一把枪，对着一地的伤残。其中一个走了过来，给严涛松绑，严涛解绑后做的第一件事，就是重重捆了秦淮一掌。秦淮的嘴角边顿时挂下血迹一道。

"你倒是说说，我们身后的人是谁?"

这些年来,他在众人前,虽然光芒四射,但仍保持了十足的理性。他知道自己是谁、是什么样的出身、是什么造就了他。

他还记得母亲在巴掌大的小屋里如何独自将他拉扯大,童年时家里的日子,用拮据二字来形容都太奢侈;他还记得那三年困难时期,他和母亲几乎没能挺过来。他从小就学会了抓住一切能带来财富的机会。六七岁开始,他就四处收集废纸和破布头去卖给回收站,捡到硬纸盒子就算是发笔小财,捡到铁管或者铜管,就算是横财。在那时他学会了收集东西,他甚至注意到,报纸回收的价钱,有逐渐增高的趋势。于是他开始将自认为有价值的东西存放起来,期望过个几年,这些东西可能会更值钱。

原始的投资理念。

今天的广厦千万,不是从天而降,不是祖上的福禄传承,是他,像童年时那样,一点一点积累下来的。

所以当他听说那个流传百年的传奇——湖心岛下的伯颜宝藏,怎能眼睁睁地让它永埋水底?那几年,昭阳湖曾掀起一个小小的寻宝热,就连后来写小说发了财的秦淮,也曾没日没夜地浸在水里,等待着上帝的恩赐。

他不缺财宝,但他不会放弃任何增添财富的机会。

他没有忘本,没有忘记积累的重要性,他无法看着一笔巨资在自己的眼皮底下随岁月逝去而被忘却。他无法承受“得不到”的苦痛折磨。更何况,他不是没有听说过,宝藏的发掘结果有时候会超出千万富豪的身家。

或许寻宝这样的事,有些不符合身份,但只有他自己知道,他真正的身份,还是收集废报纸卖到回收站去的那个孩子。

然后就是所谓的“五尸案”,本是一出缺乏节制的闹剧,却以悲剧收场——几乎让他无法收场!严涛做砸了,他只好收拾烂摊子,一步错,步步错下去。

不巧的是,‘岭南第一人’邝景晖的独女,秦淮的妻子邝亦慧竟然在“五尸案”发生不久后被杀,邝景晖几乎立刻来兴师问罪,只不过他老人家也不知道谁该承受那样的罪名。从邝亦慧失踪的那天起,秦淮成为了他一个挥之不去的阴影。秦淮孜孜不倦地对“五尸案”进行调查,或许是错误地以为邝亦慧的失踪和"五尸案"有关。当秦淮再没有任何有价值的线索时,他也松了口气。

直到宁雨欣的出现。她对"五尸案"浓厚的兴趣,使他和严涛再一次动了灭口的念头。

然后是那兰。她的固执,甚于宁雨欣。她的机敏,更是连他都不得不佩服。当时,就在严涛的人准备除掉她的时候,她不但逃脱,还玩起了失踪。现在才知道,原来她先是躲进了秦淮的宅子,然后又投靠了那个无所事事的浪荡公子哥邓潇。当然还是要感谢她,将那个比耗子还精贼的冯喆引回了江京。

冯喆自从"五尸案"后就一直疑神疑鬼,销声匿迹,但也没忘了敲诈、威胁,所以始终是他和严涛的肉中刺。但冯喆有个致命伤。

一个女人,一个私生子。

冯喆千不该万不该,不该在"五尸案"真相大白之前就回到江京,更不该在回到江京之后,就立刻安排要见儿子,和儿子的母亲。

血浓于水,亲情可鉴,他也是有孩子的人,完全可以理解。只不过冯喆智者千虑,总有一失,以为自己这唯一的"风流债",是江京最大的秘密。殊不知严涛雇的得力私家侦探,就在不久前冯喆再次浮出水面和宁雨欣联络的时候,查出了冯喆的软肋。

三年过去,和冯喆一夜风流的女人究竟和冯喆还有多少感情剩下来,没人知道,总之严涛发现,足够金钱的许诺,不难换来一个"他来了就通知我们一声"的简单任务。

一箭双雕,除掉了冯喆,也让那兰走出了深藏的湖心岛。只不过,那晚昭阳湖上的追杀,严涛那些无能的手下,还是被那兰智胜一筹。

当然,幸亏让她逃脱,这才有了今天这个劫宝的机会。

在秦淮家这些天,那兰一定发现了什么寻宝的线索,毕竟秦淮是位"老寻宝员"了,有时候他甚至怀疑秦淮的一夜致富也说不定是因为找到了什么宝贝。对此,他不是没有关注过,尤其在江京,如果有价值连城的宝物交易,不会瞒过他的耳目。但种种迹象表明,秦淮的发家还只是靠着一台电脑和满脑子男男女女的酸故事。

那兰得到了什么样的寻宝线索呢？总之她开始招募潜水高手。她以为自己这一切做得非常隐秘，却忘了，一旦卷进好几个人，消息的传播速度会以级数增长。更不用说，在江京的流言，很少能逃过他的耳目。

有些出人意料的是，秦淮在这个当口闪电般向司空晴求婚。外人看来，好像突然，但他这样熟知内情的人看来，其实是一种水到渠成——司空晴苦恋秦淮整整三年，以她的深情、条件和背景，再铁石再木讷的人都会被打动，秦淮是个识时务的情种，受到冯喆之死的惊吓、又被追杀后，幡然醒悟，倒也在情理之中。

不知为什么，思绪拉拉扯扯，有些混乱，大概是上了点年纪的表现吧。

轻柔的脚步声响起，乌龙茶香飘近，是妻子捧茗进了书房，"又熬了一晚上吧？要不要吃点东西？"

他握住妻子的手，正要说两句温存的话，桌上的手机响了起来。

他接起电话，脸色微变。

"真的还需要说出来吗？"秦淮的嘴角乌红血迹历历，双手已被缚在背后，但态度还是没有"改善"。

严涛上前，又是窝心一拳："你向晴晴求婚，是真的回报她对你的单相思，还是为了接近我们家？"

秦淮冷笑说："我向晴晴求婚，当然是为了名正言顺地出入你们的深宅大院，寻找证据，也寻找一个人，确切说，寻找一个声音，一个在冯喆留下的录音里听到的声音。找到了那个声音，我就能证实，'五尸案'背后的主使是谁。很不幸，我成功了，那个声音属于你，你的一个表姐，恰好是江京某位举足轻重大人物的夫人。"

"司空竹！"那兰并不惊讶，但还是不由自主叫出了这个名字。虽然在这样绝望的时刻，她还是觉得好受了些，秦淮和司空晴"闪订婚"，果然不是因为对自己的薄情。

"这么说，我们一直是你的怀疑对象？"严涛问。

"怀疑对象之一。江京有实力纠集五湖四海的人潜水探宝、做出'五尸案'这样的大案、又能遮掩完好的,我算了算,至少超过五十家,所以这五十多家都是我的怀疑对象。你们本来是在我的嫌疑人排行榜上排得很低的,源于我对司空竹素质修养的敬佩,也源于他本身就已是豪富,似乎不会对宝藏传说那么有兴趣。现在想想,司空竹有近乎病态的收藏欲,还有他不放过任何一个敛财机会的特色,如果从来没有试图去寻找传说中就在眼皮下的宝藏,反而和他的性格不符了。后来冯喆被杀、我和那兰被无牌大车截击、那兰被汽艇追击,能有这样的实力而掩盖得天衣无缝的,在江京的地头蛇就只有十来家,你们就是其中之一。你瞧,我用的不是福尔摩斯式的推理,只是很客观很现实的一些假设。我向晴晴求婚后,得以自由出入贵府。当然,你们不会傻到在家里藏任何证据。但晴晴带我参观过你们的很多处房产,终于,我在丰饶县你名下的一处别墅的库房里,发现了几套潜水衣,包括你现在身上的这件,很先进的设计和面料。那个时候,司空家在嫌疑榜上的排行已经升至前三。当然,等我和你见面后,听到你的声音,一切都明白了。"

　　严涛又一拳击在秦淮的脸上,更多的鲜血长流:"好了,废话已经说得太多,现在是我来问你问题,宝藏在哪里,是这位那兰小姐回答,还是你来回答?"

　　"你以为,你的拳头,就是让我说话的理由?"

　　严涛又举起了手,但想了想,还是放下了,冷笑说:"其实,你说出来,我们肯定会放你一马……晴晴还在等你,你们还可以完婚,我姐夫不会拿他女儿的幸福开玩笑。"

　　秦淮指了指屋中他人:"他们呢?"

　　"他们?还用问吗?他们知道得已经太多。"严涛听一位手下在耳边嘀咕了一阵后,得意开口,"我们的人正在忙活着,把你家前后里外都装点好,二十分钟后,这里就会成为一个大火球,你们,包括秦淮你的妹妹,都会一起熔化……当然,如果你改变主意,你和你妹妹就能保住性命,死去的不过是……不过是这些外人。"

　　那兰心头阵阵发紧,知道司空竹和严涛他们,是动真格的人物。同时她知道，即便秦淮或自己告诉他们藏宝的具体方位，也必然是一死。

秦淮盯着严涛，想了良久，终于说："好，你拨通司空竹……我准岳父的电话，我要亲口告诉他。"

严涛犹豫了一下，一位司空竹派来的手下递上了手机，严涛拨通了，贴在秦淮颊边，秦淮突然发出一阵奇怪的笑声，像是看完了一部让人哭笑不得的拙劣电影："司空竹，你……我……真的是贪欲能够熏昏聪明人的头，你居然会在这个时候，还来问什么狗屁藏宝的事，还真的以为我会相信你们的谎言。那天晚上，你们两辆车来撞我的车，那时候就准备杀我们了，今天会突然大度？我想，如果我不闪电般向晴晴求婚，我早就横尸街头了，对不对？你真的会相信，我会告诉你藏宝的真相？"

电话那端，司空竹无语。严涛啐了一口，说："原来你用晴晴做挡箭牌！"他挥拳欲击，那兰忽然叫道："我找到了伯颜藏宝，让我和司徒先生说，因为我也有个条件！"

严涛说："你好像没有谈条件的……条件。"

"我比谁都有条件，因为我是唯一知道藏宝地点的人。"

严涛又犹豫了一下，将手机放到那兰嘴边："司空先生，我可以如实告诉你藏宝点，但请你必须答应，放过秦沫。"

司空竹仍然无语，思忖片刻后，他说："好，只要你说实话，我会把秦沫送到精神病院，保证她今后的医疗费用。"

那兰说："先让你相信，其实我们真的找到了宝藏，我还带上了一些来，你让严涛打开那边桔黄色的潜水包，就可以看见。"

严涛颔首示意一名手下，那人会意，走到那兰的潜水包前，拉开了防水拉链。

潜水包里只是些潜水相关物品。"你在涮我们？"

那兰像是突然想起来："我忘了，刚才进来后，我把些值钱的，藏在了沙发后面。"

严涛努力回忆，刚才是否看见那兰在沙发后藏过东西，但那心惊肉跳的瞬间，自顾不暇，记忆一片模糊。他仍拿着手机，探身到沙发后，俯身。

"操!"严涛直起身时,面色如死灰。

他手中,多出了一枚手机。

一枚正在对话状态中的手机,通话已经进行了三十五分钟。

严涛手忙脚乱地中止了通话,翻查着那兰的通话记录。那兰说:"你不用麻烦了,我可以告诉你,一直在'偷听'我们说话的,是一位叫巴渝生的警官,如果你们不熟悉他的话……"

"你在诈唬!"严涛叫道。"那些被公安抓走的人,都是雇佣军,没有人知道我们的真实身份!"

那兰笑了笑:"那你不妨看看窗外的风景。"

严涛望向窗外,湖面上停着那艘公安的汽艇。这不能说明什么。"你还是在诈唬……"

但他回头的时候,才发现那兰并非在虚张声势,厅里已经多出了七八名荷枪实弹的刑警。

司空竹飞快地合上了手机,仿佛手里的小小电话成了一块滚烫的烙铁。他猛然起身,呼唤着隔壁卧室里的妻子:"我有事要出差几天,急事,这就要动身,过几天和你联系!"

他撳了座机电话上的一个按钮,司机小朱接到后会立刻将车子开到楼门口。他取过一个早已备好的皮箱,里面是他随时准备逃生用的必备品。

妻子匆匆赶来:"出了什么事。"

"过几天我会向你慢慢解释。"

推门而出,他的那辆宾利车已经停在门口。没等司机出来给他开门,他急忙拉开后排门,一头钻了进去:"小朱,去花园机场。"那里有架飞机等着带他远走高飞。

"司空先生,咱们可能要改变一下路线。"说话的司机并非小朱,那司机转过头,向他出示了带着警徽的证件。

司空竹下意识地回过头,发现自己的这辆车后,已经跟上了三辆警车。

46　同穴

　　前面二十米外就是秦淮的别墅，依旧是如火的红瓦屋顶，和修葺剪枝过的玫瑰株，甚至屋里飘出来的钢琴曲，但不知为什么，恍如隔世。

　　记得那天是方文东带她走进来，一个挺拔的汉子，一颗扭曲的心，斯人已入囹圄。

　　记得那天她带着几分忐忑，几分对秦淮先入为主的戒心，但没有一星星预感，自己会从观众看客变为剧中人，情动，情伤。

　　更不用说剪短的发，惊惧的心。

　　她说不清为什么要来见秦淮——不用陶子提醒，她也下定了决心，离开他要果敢——或许是想最后再见一下秦沫，或许是有几句话她不愿永埋心底。

　　被斜阳拉长的影子在门前踟蹰，大概是因为屋里久违的琴曲。肖邦的《悲伤练习曲》，初见秦淮时，此曲是他的手机彩铃，好像已经是很久远的事。

　　门虚掩。

　　弹琴的女子，消失的是往日高髻，只将长发如瀑，洒在肩头，任西窗外湖上的风吹来撩乱，眉头心上，都是凄凉。

　　那兰自认为走进来时轻如狸猫，但钢琴声还是戛然而止，司空晴抬眼，悲伤却远远没有休止。

　　"我一直在等你。"司空晴幽幽地说。

　　那兰却没有相同的期许，倒是有些吃惊，只好说："你知道我会来？ 呃……我并不想介入你们……我是想和他，有些事，了断一下。"

　　司空晴苦笑一下："了断？ 你开什么玩笑，我才是来和他了断的。其实，你、我、他，大家心里都清楚，你更属于他的生活……"

那兰同样苦笑："你才是在开玩笑，我一直后悔，没有听宁雨欣的劝告……"

"离开他，离得越远越好？"不知道司空晴的 QQ 签名是否也是同样一句。

那兰点头。

"也许我这个人情商比较低，或者只是读了太多秦淮写的小说，直到现在还认为，如果他深爱你，你深爱他，两个人就应该在一起，王子公主，永不分离。"

"所以，那只是小说童话里才有的事儿。何况，我和他之间……"

"他真的爱上了你。我知道他从来没有爱上宁雨欣，宁雨欣也是因此发了狠，在博客上兴风作浪，我猜也有可能是为了阻止秦淮和我的结合；但宁雨欣不知道，秦淮也从来没有真正爱上我。邝亦慧后，他只爱上了你……不仅仅是因为你和邝亦慧有几分相像，他爱的是你本人。可悲的是，偏偏只有我这个和他'朝夕相处'的人知道。"司空晴的声音里，是无奈。想想情感弄人，换作常人，知道了自己父亲和秦淮的那段纠葛，不会再来登门，但司空晴显然对秦淮无法忘怀。

那兰心头一片茫然。

良久，那兰才说："可是，还有一点我很清楚。他永远忘不了邝亦慧。这次，亦慧遇害真相大白，他自责得很厉害，受的打击可想而知。"

司空晴脸色有些局促，站起身，望向窗外，说："哦，原来是这样……我正有些奇怪呢，他这个时候去了哪里？他明明回来了，车钥匙、手机、钱包，都在这儿。"

那兰一惊："你是说，他已经回岛，但你一直没看见他？"

司空晴拿起手机拨号，对着手机问："你能肯定秦淮回家了？"

那兰心想：看来跟踪和监视，还在继续。但在这一刻，她忽然觉得司空晴的痴情可以说明一切。

司空晴放下手机，说："我安排的人说，敢以脑袋担保，看见秦淮坐摆渡上了岛、进了家门。他还说，他看上去有些异样，很木然，在渡船上没有和任何人打招呼。"

他会在哪儿?

那兰盯着窗外的一汪湖水,想着司空晴的描述,木然,异样。湖水平静,但和早些时候比,高了许多,满了许多——是涨潮的时候了。

一个可怕的念头闪过,那兰低声惊呼。

她顾不得向司空晴解释,飞快地冲到了走廊边的洗手间,然后是卧室的洗手间,然后是车库。

车库里的墙上,她看见了自己早上换下来的潜水服和潜水器材,记得当时秦淮将他的那套挂在了旁边。但此刻,秦淮自己的那套潜水服和潜水器材都消失了。

那兰摘下尚未晾干的潜水服,冲回洗手间换上,提着气瓶、面罩和脚蹼,飞快地跑向湖边。

到湖边时,她的心一沉:果然,此刻是湖水涨潮时,水位明显高了许多。更何况,近日来雨水不断,清安江的秋水也有大量盈余注入湖中,更是抬高了水位。

紧急下潜。

那兰不断告诫着自己,要控制下潜的速度。但心好像已经跳出腔外,下沉,下沉。

终于,她凭着依稀的印象,在水底找到了那道缝隙,钻进了岛身,向上,在黑暗中,任凭突兀礁石的碰撞。

秦淮,你不会糊涂到这个地步。

你会吗?

但当她看到头顶处,那圆形洞口大开,知道自己可能已经来得太晚。

她飞速摆动双脚,穿过那洞口。

上涨的潮水已经淹了整个岩洞的一半,那些对邝亦慧的纪念,因为在地势较高之处,并没有受到影响。

但水面上,有一个黑色的影子。

秦淮!

那兰似乎忘了怎么高效地游泳,扑打着水,踉跄地到了秦淮面前,或者说,到了秦淮的"尸体"面前。

秦淮一动不动，那兰将他拖到水面，伸手在他鼻下，感觉不出呼吸。

她推着秦淮的身体到了岩壁边，又奋力将他推到了一块略突出的高处，自己也找了处落脚点，除去面罩，在他胸口有节律地按了几下，然后一手托起秦淮的下颌，一手捏鼻，开始对他口对口地呼吸。

秦淮的胸廓，是起是伏？黑暗之中，她看不清，只知道他没有任何动静。

真的要失去了？你真的要走了？这么糊涂！

失望的泪水、焦急的汗水和一路赶来挂在身上的湖水，纷纷点点，落在秦淮的脸颊上。

那兰想痛快哭一场，在这里号啕也不会有人听见，对不对？

但她还是在一口一口，将空气吹入秦淮逐渐冰冷的躯体。

间或用双手，一次次按压秦淮的心口。

直到一阵剧烈的呛咳，一串微弱但规律的心跳。

显然是因为多年的锻炼，秦淮的体质非同凡俗，从地狱边缘兜转掉头，他虽虚弱，但上岸后，一路来倒是他在搀扶那兰往回走。

天色已暗下来，寂静的小路上只有两个身心疲惫的人跟跄而行，如梦游。

那兰很想冲秦淮怒吼，斥他不该太纵容自己的深情，用鲜活的生命悼念亡人。但想想自己应该宽容秦淮让他有个喘息的机会，更没有资格对挚情批判。

原来死而同穴的旧事还可以有新注，写在这个灯红酒绿的年代。

让她稍稍心安的是，秦淮经过短暂的生死轮回，似乎重新爱上了这个世界，至少，坚定地和那兰走回家。

路边一丛金丝菊，格外惹眼，大概是看到如此鲜活的生命，那兰终于说了一路走来的第一句话："司空晴也在为你担心着。你答应我，再不做这样的傻事。"

秦淮停下脚，执着那兰的手，端详着她的面容，入定了般，良久不语。他的眼神，糅杂着那兰见过的最多冲突与最多的情绪，爱怜、悔恨、伤感、喜悦、绝望、希望,最终都归于一片迷惑。

和一个紧紧的拥抱。

秦淮紧拥着那兰,有点令人窒息的紧,但那兰丝毫没有觉察到。在这一刻,她多日来的颠簸,体力和心理的拉练,一起向她反噬,劫后余生的回味,让她崩溃。

她能在严峻的考验下支撑,但和所有人一样,会在爱人的怀中瓦解。

无声地哭,苦涩的吻。

这一吻,能否永恒?

一片茫然,原来自己终究还是个悲观的人。

那兰哭得更凶了。

那人将这一切都看在眼里。幸亏这是他第一次、也是最后一次目睹那令人作呕的一幕,他俊逸的面容已经扭曲得不成样子。

他的胸膛里,是久抑的火山,此刻,沸腾!

47　最后一杀

　　秦淮家的门还是虚掩着。两个人牵着手走进来,没有听到屋里有任何动静。

　　莫非,司空晴已经走了。

　　司空晴没有走,而是倒在地上,头边一小摊血迹。

　　背后是个熟悉但陌生的声音:"哈,苦命鸳鸯,卿卿我我,你们两个摸摸弄弄得太久,我都快等不耐烦了。"

　　那兰最担心的事发生了。

　　转过身,面对的是邓潇的枪口。

　　还有多少枪口要面对?

　　即便拿着枪,邓潇还带着那种潇洒散淡的神态,只不过,他深深的双眼,带着和往日全然不同的眼神。

　　"小潇,你知道方文东吗?"那兰的问话似乎不着边际。她知道,邓潇此刻的状态,和方文东昨日的杀机毕露不同。邓潇是真正的疯狂。

　　"你认为我疯了,想叫我分神,让你们苟延残喘,对不对?方文东和我有什么关系?"邓潇嘴角挂上微笑,平日里,这微笑可以迷倒一堆少女,但此刻,说不出的诡异。

　　"我是要还原真相给你。你当然知道方文东,对不对?是他杀害了亦慧,出于嫉妒,出于绝望,无法得到的那种绝望。"那兰保持着轻柔的声音,甚至向前走了一步,离邓潇更进一步,离枪口更进一步。她告诫自己,从现在开始,一定要将他做为一个病人对待。"和你相处这么久,我知道,你本性随和善良,现在只是一时气愤冲动,其实你只要放下枪……"

"方文东的事我当然听说了!我这点神通还是有的!你要继续玩弄我于股掌间?我对你如何?我给了你要的一切,以为你在完成了你的'使命'后,最终会领悟,我对你的真心。可是你……你们……你们这些女子,你,邝亦慧、宁雨欣,你们都一样地忘恩负义!一样地薄情!一样中了这个混蛋的魔!"

那兰的心一紧,忽然间,她明白宁雨欣是如何进入了司空竹的拍卖会,邓潇这富二代公子哥的身份,受到邀请并不奇怪。我就是当初的宁雨欣,是邝亦慧的替身,又都犯了和邝亦慧同样的错误,爱上了秦淮,所以只会有一个结局,一个和邝亦慧、宁雨欣同样的结局。那兰几乎就要脱口问出:"是不是你杀的宁雨欣!"

不行,这样会更激发他的戾气。他是个病人,可能有偏执型的精神分裂,可惜自己和他相处时保持着距离,没有和他倾心交谈。她心头冒出一丝悔意。

那兰缓缓说:"你对亦慧的一往情深,认识你的人都很感动,包括我。我是个平凡的女孩子,也不知多少次会想,如果有个人如此执着地爱我,我会用所有的一切来回报……"

"但你和她们一样,爱上了他!这就是你对我的回报?"邓潇咆哮着,那股洒脱闲散之气似乎已被秋风吹得无影无踪。

"小潇,你放下枪,我们好好谈谈。有些时候,你感觉到的东西,可能并不真实……"

"你说我是疯子,是精神病!"邓潇深深的眼窝里是深深的杀气,"你应该知道,另一个认为我是精神病的人,是什么下场。"

那兰几乎又要脱口而出:"原来是你杀的樊渊!但是,为什么?"

邓潇似乎知道那兰心头的疑问,说:"你瞧,一个人哪怕再好,再忠心耿耿,如果他总把你当个小孩,当个无能的纨绔子弟,玩弄于股掌之间,甚至千方百计破坏你的追求,甚至认为你是精神病,你的脾气再好,能无动于衷吗?"

那兰终于忍不住说:"或许,樊渊掌握了你杀宁雨欣的证据。"

秦淮开口喝止,已经晚了:"那兰!"

邓潇的双眼陡然睁大，忽然用极平静的声音说："哦，你猜出来了，你现在应该知道了，宁雨欣为什么会保不住自己的青春，樊渊为什么会保不住他的老命。但你倒是说说，我对你这样的女孩子，对凡事一目了然的女孩子，能无动于衷吗？爱上你是我的错吗？爱上亦慧又是我的错吗？"

疯狂中的人，骤然平静下来的时候，也是最令人心颤的时候。

那兰抓住了邓潇的思绪，说："我不想激怒你，但你自己最清楚，我在你心目中，宁雨欣在你的心目中，不过都是邝亦慧的替身，所以你认为，我爱上秦淮、宁雨欣爱上秦淮，不过都是在重演邝亦慧爱上秦淮的悲剧。而你，也是一直在想终结这个悲剧……樊渊错就错在，他对邓家太过忠心，他也早就想终结这个悲剧。"

邓潇今天第一次赞许地点头："所以，樊渊死有余辜，不是吗？"

"但亦慧的被害，是悲剧中的悲剧，你从此连做梦都想着旧日时光重回。宁雨欣的出现，我的出现，使你陷入一种迷惑的状态，因为我们和邝亦慧的相像，使你坚定地将我们当作替身。你一定也追求了宁雨欣，即便在感受到危险不得不离开秦淮的时刻，宁雨欣仍拒绝了你。于是你更迷惑了，你感觉宁雨欣就是亦慧，她在进入另一个注定发生的悲剧，与其让悲剧发生，不如提前结束。我想，这是你下手杀害宁雨欣的真实用意。"

那兰想，宁雨欣要和自己面谈，说不定也就是要提醒邓潇的威胁。

"很透彻，"邓潇的声音保持着平静，"你瞧，这样的谈话，我们早该进行。你在我那儿住了那么久，怎么就没想到，关心我一下？"

"是，我一定会补偿……"

"晚了！"邓潇又叫了起来，握紧了手枪。

"你有没有想到，"那兰也提高了声音，厉声叫着，"我是你心中亦慧的最佳替身，如果你杀了我，就等于你亲手杀了亦慧！"

邓潇听到"亲手杀了亦慧"，目光里突然一片茫然，整个人如遭雷击般怔了一下。

这一怔已足够，秦淮猛地向前一扑，枪声回荡在这栋几日来经历了太多伤心之事的小楼中。

邓潇被秦淮撞倒，但手里的枪还对着那兰；秦淮也倒在地上，肩头一片血迹。

那兰没有动，只是轻声说："小潇，你现在住手，还来得及。"

邓潇缓缓摇着头："对不起，我不能……我不能让你……你知道，我爱上你了。亦慧以前说过，我这个人，得不到的东西，宁可毁掉，也不会让别人拥有。"

那兰的心沉入深渊。难道这就是结局。

枪声再次响起的时候，那兰痛苦地闭上眼。

那兰睁开眼，自己还站着，还存活着。

邓潇曾经握枪的手无力地垂着，枪已落地，手滴着血。

凌乱脚步声几乎和枪声同时响起，那兰回头，屋里已经多出几个人。

她看见了阚九柯，迷惑不解。

迷惑中，从门口走进了一个苍老的身影。

邝景晖看着地上苦熬中的邓潇，脸上掠过一丝怜悯之色，他轻声说："小潇，你应该学会放开。"

他转过身，看着那兰，那目光中是什么？悲哀？慈爱？

"谢谢您……对不起，我没有听您的话……"

邝景晖走上前，温声说："我还没来得及谢谢你，是你的执着，给了亦慧一个交代。三年前，我派的人没能确保亦慧的安全，这一次，我们没有犯同样的错误。"

一旁指挥手下为秦淮包扎的阚九柯说："老人家认为这两天多事之秋，所以我们的人今天一直在盯着秦淮家，发现邓潇闯入后，立刻通知了我们。"

那兰再次言谢，邝景晖说："从今后，你不要这样客气，我们……我会……会把你当自己的孩子一样看待，也希望你能领情。"

老人那份未竟的父爱，也要有寄托之处。那兰心头温热柔软，泪水盈盈，点了点头。

尾声(一)

因为大雾,摆渡又迟到了。但那兰不介意,她没有约会,不需要准时,让自身浸在雾中,有一种遗世独立的感觉。

虽然,这个世界,有太多让她留恋的人和事。

但渡船将近岸时,那兰的心跳开始加快,开始很认真地考虑是否应该再踏足这小岛。可恶啊,不知什么时候,自己成了一个随心所欲的人了。

她向四下张望。还有没有一双在暗中监视的眼睛?司空晴还在医院里等待痊愈,她估计和自己一样,再上这个小岛前,会忐忑不安。

她坐上岛内屈指可数的出租车之一,将秦淮的地址告诉司机。司机从后视镜里多看了那兰两眼。

给人民做谈资,是不是也算是对社会的一种贡献?

离秦淮的别墅还有数百米远的地方,那兰就叫司机停了车。

她走上一条小路。走到小路边的一丛金丝菊旁。金丝菊纤柔的花丝上晨露点滴,如泪。那兰痴痴立了良久。

那个拥抱,那个吻,几分苦涩,几分醇香,柔情绕指,却刻骨。

小楼在望,斯人何在?

她至少可以确定,秦淮家里有人。贝多芬的《田园》,略有些生涩的弹奏,但灵性跳跃在音符间,甚至带出淡淡的思念之情。

那兰推开虚掩的门,弹琴的是秦沫。

秦沫身边,站着君君。

一瞬间,那兰的双眼真的变成了两汪秋水。

看见秦沫重拾钢琴演奏的惊喜，和不见秦淮的失落。

君君看见了秋水盈盈，眼也湿了，走上前，紧紧抱住了那兰，一起洒泪。

良久，君君终于说："他走了。远行，他会先去梅县……"

那兰已经从巴渝生处得知，邝亦慧的尸骨，和邝夫人的尸骨同埋在一起。

"……然后他会去云南，说要在一个僻静的地方多住一段日子，等安顿下来后会接秦沫过去，写完新小说的稿子……"

那兰忽然想到两人初见时秦淮一厢情愿打的赌，如果他按时完稿，她就要陪他吃晚餐。心里鼻头，都是酸酸的，那套海市蜃楼浪漫大餐的名字，定是"伊人何在"。

君君哪里知道那兰涌来的心事，继续说："写稿之余，主要是疗伤。"

那兰一惊："怎么？我以为他肩上的枪伤痊愈了。"

君君说："枪伤是差不多好了。"

不用再多说，那兰已经明白，秦淮要愈合的，是心头的重创。

君君问："你找他……"

"我……其实，也是来道别的。"

"道别？你要去哪里？"

"回老家，我妈妈身边。"

"疗伤?"君君也是冰雪聪明的人。

那兰点点头，开口告别。

君君忽然说："有句话，他一定要我告诉你，你们之间的那个赌约，他不会忘，也不会输，要你做好准备。"

那兰心头一阵激荡，眼前又是一片水膜，承着欢悦、思念、无奈。她推开门，告别《田园》，走入那一片雾霭中。

尾声(二)

那人望着那兰楚楚的身影,心头一阵莫名地惆怅:如此一场好戏,就这样结束了。在这短短两三个月里,他已经和那兰结下了深深的缘——不要误会,他相信那兰丝毫不知道他的存在——他指的是那种知音欣赏的感受。他庆幸自己选对了焦点,这是一个非同寻常的女孩,值得他用一生来关注。

在这些日子里,他发现了另有他人在暗中盯着那兰的一举一动,从宁雨欣、司空竹和严涛的打手、直到那个精神有点问题的公子哥儿邓潇。

但没有人发现他。

这就是同样在暗中窥视的人群中,素质上的极大差别;这就是为什么他还能屹立在此,看着这出好戏的收场。而那些人呢?他们的结局如何呢?除了可悲,就是可憎。

不过,这个令他津津乐道的故事虽然结束了,那兰在他眼里心中,还远没有谢幕。或许,是该他登场的时候了。

想到自己将有机会和那兰共舞,他露出了愉悦的笑容。他的手伸向腰带,那里系着一根皮鞘。他从皮鞘里抽出一把匕首,细细把玩。

太阳努力破雾成功,光芒刺在匕首锋利的刀刃上,寒光反射进他的眼中,照出一道温柔的杀气。

（全文完）

图书在版编目(CIP)数据

锁命湖/鬼古女著.—上海:上海人民出版社,
2011
(罪档案)
ISBN 978-7-208-09986-9

Ⅰ.①锁… Ⅱ.①鬼… Ⅲ.①长篇小说-中国-当代
Ⅳ.①I247.5

中国版本图书馆 CIP 数据核字(2011)第 093164 号

出品

出 品 人　邵　敏
责任编辑　张　莉
助理编辑　蔡艳菲　方蔚楠
封面装帧　姜　追

锁命湖

鬼古女　著

世纪出版集团
上海人民出版社出版
(200001　上海福建中路 193 号　www.ewen.cc)
世纪出版集团发行中心发行
上海商务联西印刷有限公司印刷
开本 720×1000　1/16　印张 19.5　插页 2　字数 240,000
2011 年 6 月第 1 版　2011 年 6 月第 1 次印刷
ISBN 978-7-208-09986-9/I·900
定价 28.00 元